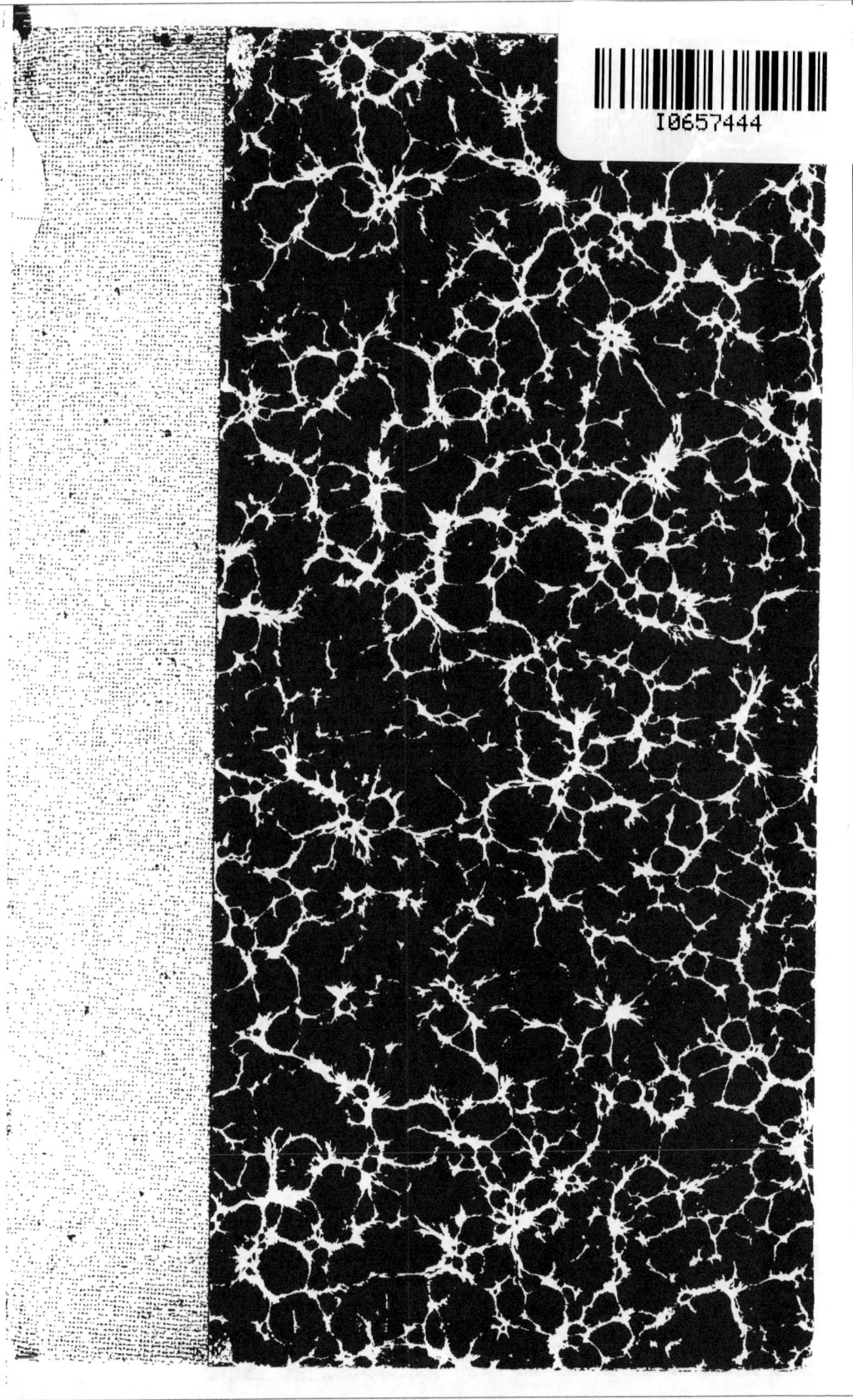

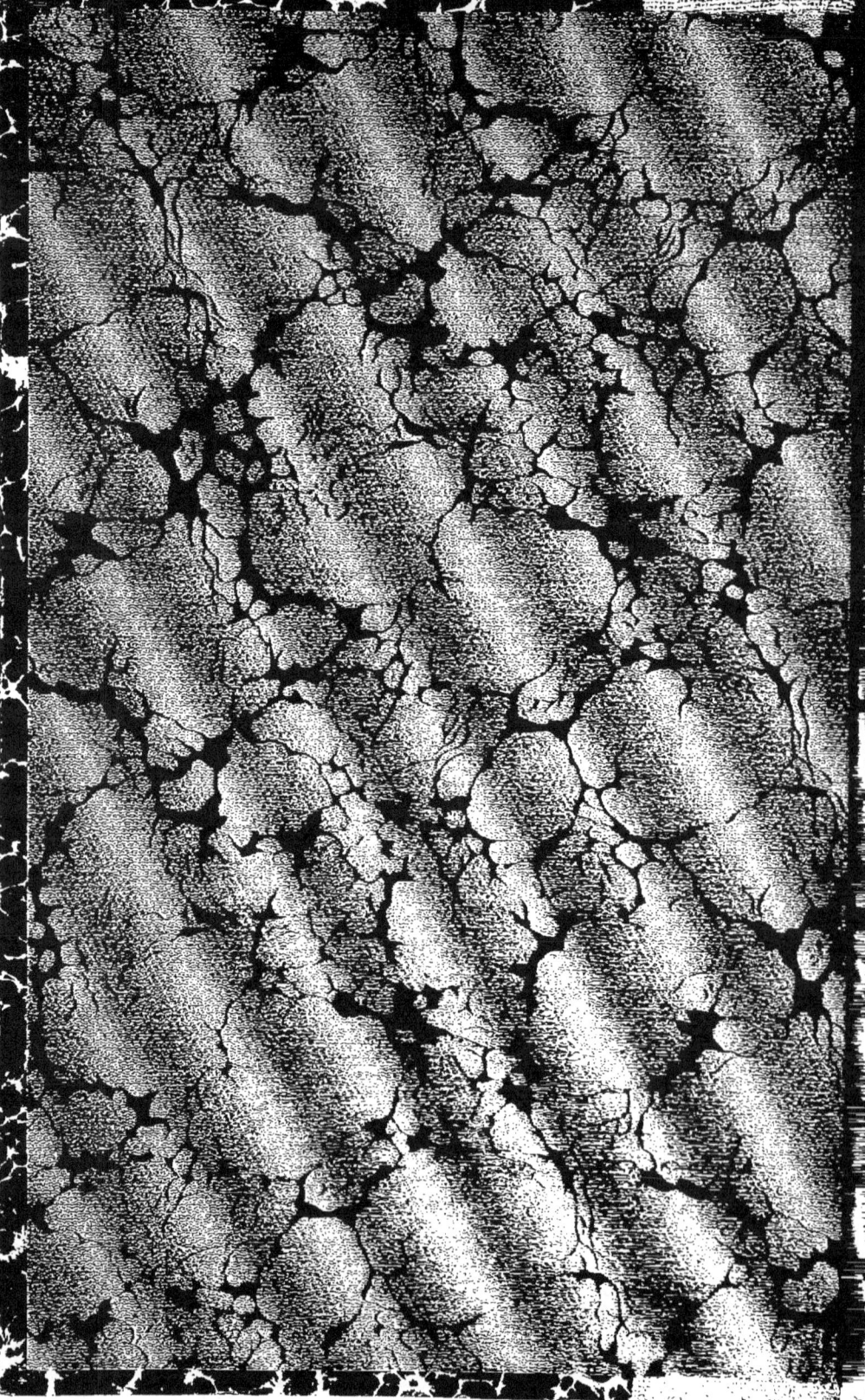

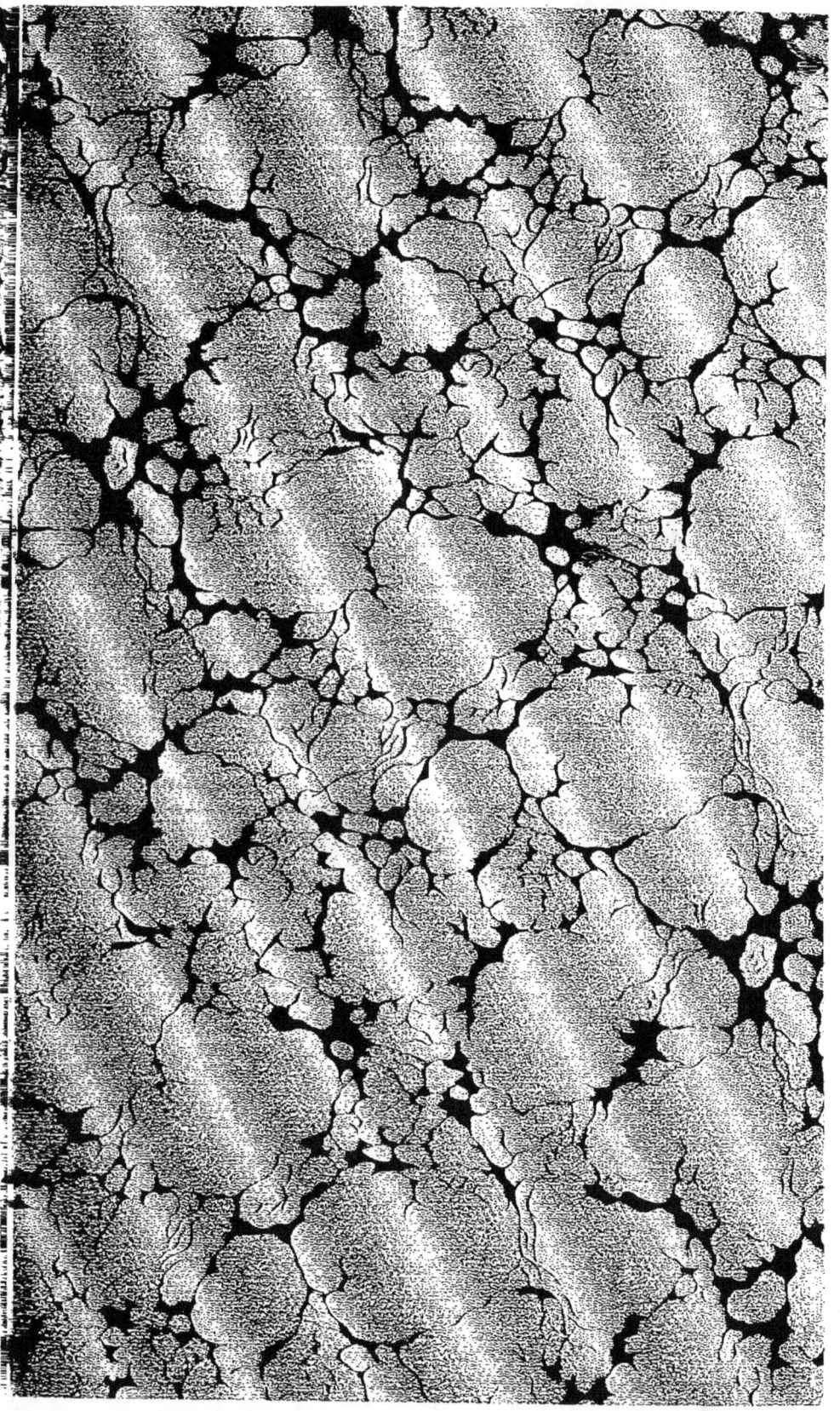

MADEMOISELLE

DE

La Rochegauthier

PAR

G. DE BEUGNY D'HAGERUE

PARIS

BLÉRIOT ET GAUTIER, LIBRAIRES-ÉDITEURS

55, QUAI DES GRANDS-AUGUSTINS, 55

MADEMOISELLE

DE LA ROCHEGAUTHIER

A LA MÊME LIBRAIRIE

Lucy, par G. de Beugny d'Hagerue. 1 vol. in-12. . . 3 »

Touriste et Pèlerin, par le même. 1 vol. in-12. . . 1 50.

Les Lurons de la Ganse, par Aimé Giron. 1 vol. in-12. 3 »

Flora chez les Nains, par A. de Lamothe. 1 vol. in-12. 3 »

Trop Belle, par Jean Loyseau. 2 vol. in-12 . . . 5 »

Pas méchant, par Jean Loyseau. 2 vol. in-12 . . . 5 »

L'Argent et l'Honneur, par E. Marcel. 1 vol. in-12. 2 »

Les Drames de l'Argent, par Raoul de Navery. 1 vol. in-12 . . . . 3 »

Les Journées Mémorables de la Révolution française, par le Vte Walsh. 5 vol. in-12. . . . 10 »

Cléricale, par Claire de Chandeneux. 1 vol. in-12. . 3 »

ANGERS, IMPRIMERIE BURDIN ET Cie, 4, RUE GARNIER.

MADEMOISELLE

DE LA

ROCHEGAUTHIER

PAR

G. DE BEUGNY D'HAGERUE

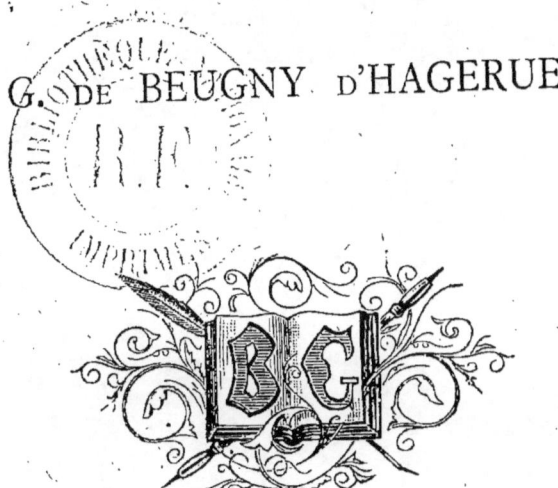

PARIS

BLÉRIOT ET GAUTIER, LIBRAIRES-ÉDITEURS

55, QUAI DES GRANDS-AUGUSTINS, 55

1883

MADEMOISELLE

DE LA ROCHEGAUTHIER

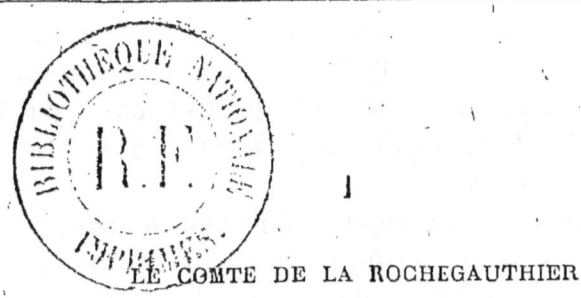

LE COMTE DE LA ROCHEGAUTHIER

Le comte Gaëtan de La Rochegauthier descendait d'une de ces familles où le dévouement à la dynastie des Bourbons se confondait avec l'amour de la patrie.

Son grand-père était tombé mortellement blessé à la bataille du Mans, après avoir combattu pendant quatorze heures à côté de La Rochejaquelein. Son père avait aussi prit sa part de toutes les gloires et de toutes les infortunes de cette guerre de géants, et n'avait déposé les armes qu'après avoir vu disparaître autour de lui les derniers défenseurs de la cause à laquelle il avait juré de se dévouer.

Fils de soldat, le comte Gaëtan n'avait jamais pensé qu'il pût exister pour lui d'autre carrière que celle des armes. A vingt-huit ans il était capitaine de hussards, ne rêvant que guerres et expéditions lointaines, quand la révolution de juillet 1830 vint le forcer à briser son épée. Ses amis, fidèles comme lui à la royauté vaincue, se reti-

raient dans leurs terres ; mais le capitaine de La Rochegauthier ne comprenait pas cette existence de gentilhomme campagnard qui consiste à s'armer en guerre pour
massacrer quelques innocents perdreaux ou quelques ti-
mides lapins, à faire de plantureux repas, à aller chez un
voisin dire du mal des autres, en attendant d'aller chez
les autres dire pis encore des premiers.

Son âme ardente avait besoin d'émotions ; doué d'un
caractère entreprenant, d'une santé de fer, d'une force
peu commune, il lui fallait des dangers, des fatigues, des
luttes, des combats ; et puisque sa bouillante ardeur ne
pouvait plus trouver à s'exercer sur les champs de bataille, il résolut de se jeter dans les aventures et les périls
des voyages lointains.

L'hiver qui suivit la révolution de juillet le trouva dans
les steppes de la Russie du nord, chassant l'ours et le
renard bleu, en compagnie de quelques Samoyèdes et de
son fidèle Thégonnec.

Thégonnec Kergariou était le nom auquel répondait
un brave garçon, qui avait été l'ordonnance du capitaine
de La Rochegauthier au 6ᵉ hussards.

Une heure à peine après avoir signé sa démission, le
comte Gaëtan l'avait vu entrer dans sa chambre : l'honnête Breton prenant la position du soldat sans armes, et
la main au bonnet de police :

— Pardon, excuse, mon capitaine, mais on vient de me
dire que vous quittiez le régiment.

— Et on t'a dit la vérité.

— Eh bien ! et moi ?

— Toi, mon pauvre Thégonnec, tu ne peux pas donner ta démission, et il te faut rester au corps jusqu'à la
fin de ton congé.

— Et vos chevaux, mon capitaine ?

— Je les emmène.

— Qui les soignera ?

— Je chercherai un domestique.

— Sans vous commander, mon capitaine, tout cela est impossible. Je ne resterai pas au 6ᵉ hussards un quart d'heure après vous.

— Et où iras-tu?

— Je vous suivrai.

— Tu déserteras?...

— Je déserterai.

— Voyons, Thégonnec, sois raisonnable : ce que tu veux est impossible. Tu te ferais arrêter et condamner aux galères.

— Je le sais bien, mais c'est plus fort que moi; où vous irez, j'irai. Si vous le vouliez, mon capitaine, j'ai trouvé un moyen de tout arranger.

—'Voyons ton moyen.

— Vous allez être obligé de prendre un domestique; eh bien! prenez-moi. Vous ne me donnerez pas de gages, je vous demande seulement cinq ou six cents francs en entrant. Les hommes ne sont pas chers en ce moment, et, avec cette somme, je suis certain de trouver un remplaçant pour les trois années qui me restent à faire.

Le comte Gaëtan le regarda un instant.

— Tu m'es donc réellement attaché.

— A la vie, à la mort, mon capitaine.

— Tu ne sais pas l'existence qui t'attend si tu me suis. Je suis décidé à quitter la France, peut-être l'Europe. Je veux aller dans le pays de montagnes ou de grandes plaines pour chasser les animaux sauvages... Je ne reviendrai pas en France de longtemps, peut-être jamais.

Thégonnec souriait.

— Ça me va rudement cette vie-là, mon capitaine, ça doit ressembler à la vie militaire, et ça me chiffonnait le caractère de redevenir un simple pékin.

— Alors, tu es bien décidé à me suivre partout?

— C'est entendu, mon capitaine.

— Bien, donne-moi la main, et va t'occuper immédiatement de chercher ton remplaçant; il faut que tu sois libre
demain soir.

Thégonnec, sans ajouter un seul mot, s'élança hors
de la chambre; en trois bonds il fut dans la rue, une demi-heure après il avait trouvé son homme, dans la journée toutes les formalités étaient remplies, et le soir
même il était rayé de l'effectif.

Gaëtan, après avoir passé l'hiver, comme nous l'avons
dit, à parcourir les steppes de la Russie, se trouvait au
printemps suivant à Moscou, au moment du départ de
la caravane qui fait par terre le voyage de Chine; il ob-
tient d'en faire partie, visite Vladimir, Nijni-Novogorod,
Kasan, puis les steppes arides et les sommets neigeux de
l'Oural; il traverse Tobolsk, Tomsk, Krasnoïarsk, s'arrête quelques jours à Irkoust, la capitale de la Sibérie-
Orientale. De là il passe le lac Baïcal en traîneau, franchit
les monts Stanovoï, traverse les déserts de la Mongolie
et arrive enfin dans cet extrême Orient, connu seulement
alors de quelques intrépides missionnaires.

De Pékin, et à travers mille périls, il gagne Canton;
bientôt il chasse le crocodile et le rhinocéros dans les
îles de Bornéo, de Java et de Sumatra, puis il passe dans
les Indes; de Calcutta, il se dirige sur Benarès, à travers
les jungles infestés de tigres, de serpents et de léopards.
Il traverse Lucknow, Delhi, et parvient jusqu'à Lahore;
il s'embarque alors sur l'Indus qu'il descend jusqu'à Hydé-
rabad: puis par terre et côtoyant le golfe Persique, il
atteint Surate, explore les Ghâtes occidentales, ces
montagnes qui fournissent les pierres précieuses, et
vient se reposer à Bombay.

Un navire se préparait à faire voile pour le cap de
Bonne-Espérance; il y prend passage, visite une partie
de l'Afrique australe. Un voyageur lui parle des splen-

deurs de l'Amérique du Sud ; emporté aussitôt par la
passion de l'inconnu et par la soif des aventures, il s'embarque pour la Plata, arrive à Buenos-Ayres, traverse
les Pampas avec les Gauchos à demi-sauvages, gravit
les Andes, remonte du Pérou au Mexique, d'où il s'é-
lance dans les déserts de l'Amérique du Nord, dans le
terrible Far-West ; il se fait adopter par une tribu d'Indiens Comanches, et, avec eux, chasse le bison dans
l'immense prairie, ou combat les ours et les jaguars
dans les profondeurs des forêts vierges.

Un épisode entre mille nous fera connaître les dangers
auxquels il était sans cesse exposé et en même temps la
fougue et la générosité de son caractère. Depuis deux ans
déjà, il vivait au milieu des tribus indiennes, il connaissait profondément le désert et les périls sans nombre
qui menacent ceux qui osent y pénétrer. Un jour, il suivait une sente tracée par le pied des fauves dans une de
ces forêts inexplorées, si nombreuses encore dans le
Nouveau-Monde ; il n'était accompagné que de son
fidèle Thégonnec ; tous deux étaient montés sur des mus-
tangs des prairies ; leurs chevaux avaient déjà fourni une
longue carrière. Le comte de La Rochegauthier, pour les
laisser reposer un peu et pour jouir un moment de la
délicieuse fraîcheur qu'il avait trouvée sous le fourré,
après avoir voyagé toute la journée sous un soleil de feu,
le comte, disons-nous, avait laissé tomber les rênes sur
le cou de son cheval, qui s'avançait doucement, en brou-
tant à droite et à gauche des touffes de lianes ou des
bouquets d'alfalfa.

Tout à coup, le houhoulement de la hulotte bleue se
fait entendre à trois reprises différentes et à intervalles
réguliers. Nos voyageurs s'arrêtent sur place, saisissent
leurs pistolets et attendent. Quelques minutes après,
une tête ornée de plumes d'aigle apparaît au milieu des
broussailles. Le comte considère un instant le nouvel

arrivant, puis il remet ses pistolets dans ses fontes, et se dirige vers lui, en disant :

— Que mon ami le Bison-Noir soit le bienvenu! Quel bon vent l'amène sur mon passage?

— Le Bison-Noir est un Sachem, son œil voit tout.

— Ah! diable! vous êtes bien heureux, chef, je vois assez clair, mais je suis obligé d'avouer qu'il est des choses qui m'échappent.

— Le Visage-Pâle plaisante toujours, mais si un Sachem n'avait pas veillé sur lui, sa chevelure pendrait bientôt à la ceinture d'un chien Apache.

— Ah! bah! Ils ne la tiennent pas encore. Mais, voyons, que voulez-vous dire? Est-ce qu'un danger nous menacerait?

— Si mon ami le Visage-Pâle veut venir au foyer d'un chef, et tenir conseil avec lui, il apprendra ce qu'il a intérêt à connaître.

— Voyons chef, je suis pressé, je veux aller coucher ce soir au Paz del Venado, où m'attendent des chasseurs ; pour aujourd'hui, faites-moi grâce de vos circonlocutions indiennes, et dites-moi ce que vous avez à m'apprendre.

Le Peau-Rouge fit une grimace ; il lui était très désagréable de déroger aux coutumes de la Prairie ; cependant il se décida à parler.

— Que mon frère blanc écoute : un chef va ôter la peau de son cœur, et les paroles que sa poitrine va souffler ne diront que la vérité.

— J'écoute.

— Les Apaches sont campés sur le bord de la rivière de l'Urubus, à deux mille pas d'ici.

— Eh bien! chef, je vous remercie, je ferai un détour pour les éviter, et, soyez tranquille, ils ne m'inquiéteront pas ; ils me craignent comme le feu.

— Les Faces-Pâles sont bavardes comme de vieilles femmes.

— Merci, chef.

— Les Apaches sont plus de cinq cents.

— Et que font-ils en si nombreuse compagnie?

— Ils ont attaqué une troupe de voyageurs blancs et les ont massacrés, sauf un jeune homme qu'ils ont emmené avec eux pour l'attacher au poteau de torture.

— Et quand doivent-ils commettre cette infamie?

— Une heure avant le coucher du soleil. Écoutez. Entendez-vous ces bruits de sifflet que le vent nous apporte? C'est la danse du scalp.

— Et vous dites qu'ils ne sont que cinq cents?

— Oui; deux cents guerriers, et avec les femmes, les enfants et les vieillards, environ cinq cents.

Le comte Gaëtan se retourna vers son domestique.

— Thégonnec, laisserons-nous massacrer un blanc sans tenter l'impossible pour le sauver?

— Cela ne me regarde pas ; monsieur le comte sait ce qu'il doit faire. Où il ira, j'irai.

— Bon. Merci, chef, de nous avoir prévenus ; vous allez voir ce dont sont capables les Visages-Pâles.

Et enfonçant les éperons dans le ventre de son cheval, il s'élança vers la rivière de l'Urubus.

Il n'avait pas à chercher sa route, les cris et les sifflets des Indiens le guidaient suffisamment.

Dans un des méandres de la rivière était une vaste clairière entourée de trois côtés par les arbres de la forêt; le quatrième était déboisé et communiquait directement avec le désert sans limites. Tout autour de cette enceinte s'élevaient les callis des Indiens, et au milieu de l'espace libre était dressé un poteau auquel était solidement attaché un jeune homme à demi-nu. Autour de lui cinq cents démons de tout âge et de tout sexe hurlaient et dansaient en se livrant à des contorsions diaboliques. Le malheureux s'efforçait de conserver une attitude courageuse, mais il était affreusement pâle ; il se savait irrévocablement condamné à mourir, et à mourir dans les plus atroces tortures. Nul espoir de secours : il était seul au milieu de ces incommensurables solitudes, entouré d'une nuée de féroces ennemis, qui se faisaient une fête de ses douleurs.

La danse du scalp était enfin terminée, le supplice allait commencer ; cinquante Indiens avaient déjà préparé leurs arcs ; ils devaient le cribler de leurs flèches, mais en ne faisant que l'effleurer, pour ne lui faire d'abord que de légères blessures. Tout à coup deux cavaliers fondent comme un ouragan au milieu des Peaux-Rouges ; ils renversent ceux qui se trouvent sur leur passage, et leurs fouets à longues lanières de cuir éloignent ceux qui voudraient les arrêter.

En un clin d'œil les chevaux ont franchi le cercle qui entoure le poteau de torture ; les cavaliers s'élancent à terre ; l'un des deux coupe les liens de la victime et lui remet un poignard et un pistolet, pendant que l'autre saisit deux enfants indiens, et va rejoindre son compagnon.

Alors le comte Gaëtan et Thégonnec, que le lecteur a reconnus, se placent à droite et à gauche du prisonnier ; chacun tient de la main gauche un des enfants, et de la droite un poignard suspendu sur sa poitrine.

Le coup de main a été si rapidement exécuté que les Apaches n'ont pas eu le temps de s'y opposer ; mais en ce moment s'élèvent des cris de colère et de vengeance.

Le comte les contemple d'un œil froid et dédaigneux, puis il leur crie :

— Silence, et écoutez-moi.

Les Indiens, vaincus par ce sang-froid, se taisent, et se rapprochent pour entendre les paroles de cet audacieux qui vient se livrer à une mort certaine.

— Si une seule flèche, dit alors le Français d'une voix

calme et ferme, si une seule flèche est lancée contre un de nous, ou si l'un de vous bouge avant que j'aie fini de parler, ces deux enfants seront poignardés sans pitié... Mais je jure de vous les rendre sans leur faire aucun mal, si vous acceptez les propositions que je vais vous offrir... A qui appartiennent ces deux enfants?

Deux sauvages firent un signe.

— Tu as eu la main heureuse, Thégonnec, fit le comte en français, ce sont les fils de deux principaux chefs.

Puis, s'adressant aux Indiens :

— Vous me connaissez, vous savez que je ne reculerai pas, moi, que vous avez nommé le Sans-Peur. Nous ne sommes que trois, il est vrai ; mais trois hommes comme nous, décidés à mourir, peuvent faire des miracles, et si nous devons succomber sous le nombre, vous savez que beaucoup d'entre vous nous précèderont dans les prairies du Wacondah. Vous pouvez compter d'avance ceux qui rougiront l'herbe de leur sang, mais avant tout ces deux enfants mourront, et cela il n'est au pouvoir de personne de nous empêcher de le faire.

« Voici le traité que je vous propose. J'ai juré de sauver ce jeune homme blanc, et je le sauverai, parce que je l'ai juré. Vous allez lui amener un cheval tout harnaché, sur lequel vous placerez ses armes et ses vêtements, un de vous le conduira avec les miens à trois cents pas dans la Prairie. Nous sortirons alors du camp, nous monterons à cheval, et quand nous aurons marché mille pas, si nul de vous n'a quitté le campement, nous déposerons vos enfants à terre sans leur faire le moindre mal. J'ai dit.

« Je vous donne cinq minutes pour délibérer, mais que personne ne bouge ; la vie de vos enfants me répond de vous. »

Deux courants d'opinions contraires se dessinèrent aussitôt parmi les Apaches : les uns considéraient comme un sanglant affront de céder aux menaces et aux injonctions de deux hommes ; les autres, entraînés par les deux chefs dont les enfants étaient menacés, penchaient au contraire pour conclure le compromis proposé.

Les Indiens sont ignorants, cruels, vicieux, corrompus, mais ils pratiquent néanmoins certaines vertus, spécialement l'amour de la famille ; ils possèdent à un haut degré le sentiment de la paternité. Aussi les deux chefs firent-ils tous leurs efforts pour entraîner la tribu à accorder aux étrangers ce qu'ils demandaient, et ils y réussirent bientôt.

L'un des deux fit signe au comte qu'il voulait parler :

— Approchez sans crainte, chef, lui dit-il ; tant que notre vie et notre liberté ne seront pas menacées, vous n'avez rien à redouter, ni pour vous, ni pour vos enfants.

L'Apache vint se placer à trois pas devant le Français, et ôtant sa robe de bison, l'étendit à terre en signe d'alliance.

— Les Faces-Pâles voient, dit-il, que nous voulons la paix ; nous n'avons pas de haine contre le jeune guerrier blanc, et, si mes frères le désirent, ils peuvent l'emmener.

— Pourquoi donc l'avez-vous attaché au poteau de torture ?

— C'est la loi de ma nation ; quand un guerrier est pris dans le combat, il doit mourir.

— C'est bon. Puisque vous vous décidez à nous le rendre, faites conduire les trois chevaux où j'ai dit.

— Nous sommes prêts à le faire ; mais qui nous répond que tu tiendras ta promesse ?

— Ma parole. Vous savez que je n'y ai jamais manqué.

— C'est vrai, dirent les Indiens.

Quelques minutes après, les trois chevaux étaient à l'endroit désigné.

— Nous allons sortir à notre tour, dit le comte, mais

surtout pas de tricheries, car j'en tirerais une terrible vengeance.

— Thégonnec, marche devant, et au moindre signe d'hostilité, pas de pitié pour l'enfant que tu tiens.

— C'est compris, monsieur le comte.

— Donnez-nous passage, vous autres.

Les rangs des Indiens s'ouvrirent. Alors Thégonnec, tenant toujours sous son poignard le misérable petit Peau-Rouge qui tremblait de frayeur, s'avança vers la Prairie ; il était suivi par le prisonnier, qui se demandait encore s'il n'était pas le jouet d'un rêve ; enfin, le comte fermait la colonne en marchant à reculons.

Les visages des Indiens exprimaient toute leur fureur de se voir ainsi enlever leur prisonnier ; mais la crainte d'être la cause de la mort des enfants et l'audace des Français leur inspiraient une telle terreur, qu'aucun d'eux n'osa faire un mouvement.

Le comte de La Rochegauthier et ses compagnons avaient rejoint leurs chevaux ; ils se mirent en selle et s'éloignèrent à petit pas ; quand ils furent arrivés à la distance que lui-même avait fixée, Gaëtan se retourna vers le camp indien ; personne n'avait bougé.

— Thégonnec, lâche ton chien sauvage.

— Sans vous commander, monsieur le comte, nos chevaux sont fatigués, et si ces démons nous poursuivent, ils gagneront la distance qui les séparent de nous. Ne vaudrait-il pas mieux en garder un pour ôtage ? On le leur renverrait à la prochaine occasion.

— Un Français ne doit jamais manquer à sa parole, Thégonnec ; j'ai promis de rendre la liberté aux petits sauvages, qu'ils s'en retournent vers leurs parents.

En disant cela, il déposait à terre celui qu'il tenait ; le misérable s'enfuyait à toutes jambes suivi bientôt de l'autre que Thégonnec venait de lâcher à son tour.

Le comte et ses compagnons enfoncèrent alors les

éperons dans les flancs de leurs chevaux, et disparurent bientôt dans une course vertigineuse. Quand ils furent en sûreté :

— Comment pourrai-je jamais reconnaître le service que vous m'avez rendu ? lui dit le jeune homme qu'il avait sauvé d'une manière aussi inespérée.

— Vous ne me devez rien, mon ami, lui répondit Gaëtan, pas même de la reconnaissance ; mais si jamais vous avez l'occasion de sauver la vie d'un de vos semblables, vous ferez comme j'ai fait, et voilà tout.

Il menait cette vie d'aventures depuis près de quinze ans, quand il se rappela qu'il avait laissé en France quelques parents et de nombreux amis. Plusieurs fois la pensée du pays lointain lui était ainsi revenue ; plusieurs fois, assis à l'ombre d'un palmier, au milieu du désert, ou dans le fond d'une grotte des forêts géantes, il avait aperçu comme dans un lointain mirage, les lieux où s'étaient passées ses premières années.

Le désir de revoir cette terre bénie s'était emparé de lui ; mais la pensée de pénétrer encore dans quelques contrées inconnues, l'irrésistible attrait d'une expédition aventureuse, l'avaient bientôt entraîné, et les pensées de retour avaient été oubliées.

Cette fois le souvenir de la France lui apparaissait sous un jour nouveau, cette belle France dont un poète a dit :

Tout homme a deux pays, le sien et puis la France.

On peut la quitter, mais tôt ou tard on est pris d'un désir immense de la revoir ; les autres peuples émigrent, mais les Français ne s'éloignent que pour un temps, et tous emportent au fond du cœur l'espoir, ou plutôt le dessein arrêté, de revenir mourir à l'ombre de leur vieux clocher.

Dès que la grande pensée de la patrie absente se fut

emparée de l'esprit de Gaëtan, la vie d'aventures lui devint tout à coup fastidieuse.

L'inconnu ne pouvait plus rien lui promettre de nouveau. Pas un danger qu'il n'ait couru, pas un fauve qu'il n'ait combattu, pas une peuplade sauvage avec laquelle il n'ait lutté de ruse ou d'audace.

Les tempêtes, les neiges, les orages, les déserts sans eau, les sentiers vertigineux, les marais pestilentiels, les pics ardus, les forêts inexplorées, les repaires de fauves, il les avait bravés et vaincus. Quelles étaient les émotions qu'il n'eût éprouvées? Quels tableaux rayonnants de spendides lumières ou de sombres horreurs qu'il n'eût contemplés?...

Et la lointaine patrie se dessinait dans une auréole de douce sérénité, de bonheur paisible, où les sens ne trouvent plus ces violentes surexcitations, mais où l'âme se repose dans les douces joies du foyer. Et le village aux vieux toits moussus, et l'église de pierre qui profile sa blanche sihouette sur les moissons jaunissantes, et dont la cloche, en ébranlant les airs, appelle les fidèles à la sainte prière.

Un soir, sous l'impression de ces douces pensées, il parla à Thégonnec de la Bretagne; ce soir-là la conversation fut longue entre eux, et quand ils voulurent s'endormir, ni l'un ni l'autre ne put trouver le sommeil, et le lendemain matin le retour était décidé.

Pour le comte de La Rochegauthier, vouloir c'était agir. Monté sur son mustang des Prairies, il se dirigea vers le Texas, le traversa dans toute sa largeur, ainsi que la Louisiane, et en quinze jours il atteignit la Nouvelle-Orléans. Un bâtiment mettait à la voile pour la Martinique, il y prit passage, et là il trouva bientôt à s'embarquer pour Bordeaux.

La France lui parut bien changée : de ses amis et de ses parents un certain nombre étaient morts; ceux-ci vivaient retirés dans quelque province ignorée, ceux-là étaient mariés, et il les trouvait chargés d'enfants et d'embonpoint.

A Paris, cependant, il fut accueilli à bras ouverts par quelques anciens amis qui, n'ayant plus entendu parler de lui depuis de longues années, le croyaient bien définitivement perdu au fond d'un gouffre, dévoré par les bêtes féroces, ou assassiné par les sauvages. Il dut se laisser conduire dans les salons à la mode ; le récit de ses aventures lui fit bientôt une réputation colossale ; en quelques jours il devint le lion du moment ; on se le disputait, chacun voulait voir ce voyageur extraordinaire qui avait échappé aux plus terribles dangers ; on voulait entendre de sa bouche le récit de son existence vraiment romanesque.

Il ne put être tout à fait indifférent au succès qu'il obtenait. Son amour-propre était agréablement chatouillé de se voir ainsi choyé et recherché.

Après un certain temps cependant, il commença à éprouver infiniment moins de plaisir à raconter ses aventures, que ses auditeurs n'en avaient à l'écouter ; il trouva que son triomphe dégénérait en esclavage ; les exigences du monde le fatiguaient, lui qui avait goûté la liberté des déserts ; la vie civilisée lui paraissait mesquine à lui qui avait contemplé les plus grandioses spectacles de la nature. Qu'était la lumière de mille bougies pour ses yeux habitués à contempler le soleil des tropiques ; et t'atmosphère des salons était bien lourde pour sa poitrine accoutumée à respirer l'âcre senteur des prairies ou des pampas du Nouveau-Monde.

Il se demandait déjà si ce qu'il avait de mieux à faire n'était pas de repartir à la découverte de quelque contrée encore inconnue. Le Thibet l'attirait avec ses montagnes aux sommets inaccessibles ; le haut Brésil encore si peu connu, et le centre de l'Afrique jusqu'alors impénétrable,

lui paraissaient non moins digne de son courage et de son
intrépidité, quand un soir, dans un salon du faubourg
Saint-Germain, chez la duchesse de P.., un de ses amis
lui présenta le marquis de Nérula. Après avoir causé
quelques instants, le marquis lui expliqua qu'ils étaient
cousins par les du K..., qui étaient alliés aux de R...,
lesquels descendaient comme lui des de S... C'était parfaitement exact ; aussi le comte Gaëtan ne put se refuser
à se laisser présenter à la marquise de Nérula, sa cousine.

Le lendemain donc il se dirigeait vers la rue de Verneuil, où la marquise l'attendait dans son salon, entourée de ses deux filles. Elle lui fit le plus gracieux accueil,
et ne le laissa partir qu'après lui avoir fait promettre de
renouveler prochainement sa visite.

II

VALÉRY DE NÉRULA

Décidément le Thibet l'emportait sur l'Afrique centrale et sur le haut Brésil. Gaëtan avait été à la bibliothèque royale, et avait demandé qu'on lui fît connaître
les ouvrages dans lesquels il pourrait trouver quelques
renseignements sur ces contrées si peu connues.

Le bibliothécaire dut lui avouer qu'il n'existait aucun
ouvrage sérieux sur le Thibet, ni en français, ni en latin ;
mais il lui parla d'une relation écrite par un voyageur
anglais qui, parti de Calcutta, était parvenu jusqu'à
H'Lassa. Cet ouvrage se trouvait à la bibliothèque royale
de Londres.

— C'est bien ! avait répondu Gaëtan, je partirai pour
Londres.

Cependant il avait dû tenir sa promesse, et était retourné rue de Verneuil. Ses cousines avaient voulu, elles

aussi qu'il leur racontât quelques-uns de ses voyages, et par suite de je ne sais quelle contradiction, lui, qui en était venu à avoir horreur de parler de ses aventures dans les salons qu'il fréquentait, avait trouvé un certain plaisir à initier ses parentes à quelques particularités de la vie des Européens dans les colonies hollandaises de Java ou de Bornéo. Puis il les avait conduites à travers les Indes anglaises, leur avait fait de merveilleuses descriptions de Lahore, de Cachemyre, d'Hyderabad ; et il avait fini par promettre de revenir pour leur parler de l'Amérique du Sud.

Petit à petit il avait pris la douce habitude de se présenter rue de Verneuil tous les deux jours.

Et le Thibet? Bast! il pouvait attendre, et l'Himalaya, avec ses sommets de 6,000 mètres d'altitude, n'était pas près de disparaître. Toutes réflexions faites même, Gaëtan préférait le haut Brésil ; le fleuve Amazone avec ses bords couverts de la plus riche végétation du monde, devait être bien plus intéressant que ces montagnes pelées et déchiquetées, où l'on ne pouvait découvrir que des rochers à pic, des neiges, des glaciers et des gouffres sans fond. Ensuite dans le Thibet, vu l'altitude du terrain, il ne pouvait guère espérer trouver en fait de gibier que quelques lamas, tandis que le haut Brésil lui promettait les singes, les perroquets, les flamands roses, les tigres, les lions, les panthères, sans compter l'oiseau-mouche, les alligators et cinquante variétés de serpents. Décidément, mieux valait se prononcer pour l'Amérique, et, en attendant, Gaëtan se dirigeait vers la rue de Verneuil.

Puis un beau jour il se dit que le fleuve Amazone avait été déjà bien exploré, et, d'après ce qu'il en avait lu, il ne trouverait pas sur ses rives de choses plus intéressantes que ce qu'il avait vu en cent autres pays. Et pourquoi quitter la France ? On n'y était décidément pas trop malheureux. Dans quel pays, du reste, trouverait-il des femmes plus gracieuses et plus charmantes que ses cousines de Nérula.

Puis il se prit à penser qu'il y avait quelque part un homme d'affaires, lequel administrait ses biens depuis plus de vingt ans, sans jamais lui avoir rendu aucun compte ; et l'idée lui vint alors de lui écrire pour le prier de lui donner quelques explications à cet égard.

Huit jours plus tard, un homme tout de noir habillé, porteur d'un faux toupet, de bésicles d'or et d'un abdomen proéminent se présentait chez lui.

— C'est bien à monsieur le comte Gaëtan de la Rochegauthier que j'ai l'honneur de parler? lui demanda-t-il.

— Parfaitement, monsieur, puis-je savoir?...

— Monsieur le comte, je suis M. Clément, notaire à Saint-Brieuc ; vous m'avez écrit pour me demander mes comptes et je vous les apporte.

Il se retourna alors, et laissa apercevoir un commissionnaire jusque-là complètement éclipsé par sa majestueuse personne. Cet homme portait un énorme registre et de volumineux dossiers ; sur l'ordre de M. Clément, il les déposa sur une table et disparut.

— Pardon, maître Clément, mais que prétendez-vous faire de tous ces grimoires?

— Ne m'avez-vous pas écrit, monsieur, de vous apporter mes comptes?

— Eh bien?

— Voici le registre où sont inscrites toutes les recettes et toutes les dépenses, et indiquant le dossier : Voilà les pièces justificatives, quittances, baux, etc.

— Vous ne vous figurez pas, j'espère, que je vais lire tout cela?

— Cependant il me semble indispensable que monsieur le comte prenne connaissance...

— Oui, vraiment! Depuis quelle année avez-vous été chargé de la gestion de ma fortune?

— Depuis 1825, époque de la mort de monsieur votre père.

— Très bien ! écoutez-moi, maître Clément ; de deux choses l'une : ou vous êtes un honnête homme, ou vous ne l'êtes pas.

— Monsieur le comte...

— Laissez-moi dire. Si vous êtes un honnête homme, ce dont je suis parfaitement convaincu, vous avez agi en conscience, et je n'ai qu'à approuver tout ce que vous avez fait. Mais si vous étiez un fripon, comment diable voulez-vous que je puisse voir clair dans vos comptes ? Nous sommes à la fin de 1846, voici donc plus de vingt et un ans que vous avez été chargé d'administrer en mon lieu et place. Pendant les premières années de ma jeunesse je ne rêvais que fêtes et plaisirs ; depuis, j'ai parcouru toutes les contrées du globe.

Pensez-vous que je me sois amusé à inscrire mes recettes et mes dépenses, comme un bon boutiquier de la rue Saint-Denis, ou comme un honnête rentier du Marais ou de Brive-la-Gaillarde ?

En résumé, comme d'une part, il est pour moi matériellement impossible de rien connaître à vos grimoires, et qu'en fin de compte je vous considère comme parfaitement honnête, j'approuve en bloc, et sans regarder, tout ce qui concerne les vingt et une années écoulées.

— Cependant monsieur le comte m'avait appelé...

— Je vous ai prié de venir me voir, parce que je désire savoir à quel point j'en suis. Je n'ai le temps, ni le goût, de passer des journées à déchiffrer des doit et avoir, des baux et des quittances ; mais j'ai besoin de connaître ce que je possède actuellement.

— Tout cela est ici, monsieur le comte.

— Encore une fois, je ne veux pas perdre mon temps à feuilleter vos paperasses. Précisons. A la mort de mon père, vous m'avez dit ce me semble, que ma fortune s'élevait à trente-cinq mille francs de rente ?

— Trente-cinq mille huit cent soixante-seize francs cinquante-cinq centimes. Voici les chiffres.

— J'aime beaucoup les cinquante-cinq centimes.

— Monsieur le comte, en affaires on doit être exact, les centimes ont leur valeur.

— Très-bien. Mes dettes antérieures étaient-elles, décomptées ?

— Non, monsieur. La somme que je viens d'indiquer est celle de l'acte de succession. Vous m'avez alors donné l'ordre de payer pour vous deux cent mille et... je cherche...

— Ne cherchez pas, mettons 200,000 fr., en chiffres ronds. Vous avez dû vendre pour cette somme des propriétés, lesquelles rapportant en moyenne 2 1/2 %, mon revenu s'est trouvé diminué de 5,000 fr.; il me restait donc 30,000 fr. de rentes.

— A peu près.

— Voilà que la question commence à s'éclaircir. Et depuis ?

— Pendant les cinq années qui ont suivi, monsieur le comte doit se rappeler qu'il me faisait souvent des demandes d'argent.

— Oui, et je dois même avoir quelquefois dépassé mon revenu.

— Toutes les sommes avancées sont inscrites avec leurs dates, et je puis produire les quittances.

— Eh! laissez-moi donc tranquille avec vos livres et vos paperasses. Le total, donnez-moi le total des sommes avancées jusqu'au... voyons, d'abord jusqu'à la fin de 1830.

— Dois-je ajouter les intérêts ?

— C'est clair; je vous demande le total.

Maître Clément feuilleta un instant son in-folio et finit par dire :

— Au 31 décembre 1830, le total des sommes avancées par moi à M. le comte Gaëtan de La Rochegauthier s'élèvait avec les intérêts, à 185,275 francs 50 centimes.

— Diable ! environ 200,000 francs à ajouter aux autres. Vous avez dû me vendre pour 400,000 francs de propriétés ; mais je suis à moitié ruiné !

— Non, monsieur le comte ; vous n'êtes pas aussi malheureux que cela, je n'ai rien vendu.

— Mais alors les intérêts se sont accumulés, et c'est encore bien pis. Je n'ose plus vous demander le total actuel de mes dettes.

— Ne craignez rien, monsieur le comte, les intérêts et le capital de vos dettes sont en très grande partie payés.

— Je ne vous comprends plus.

— J'ai eu l'honneur de vous dire, tout à l'heure, que je n'avais rien vendu ; j'ai fait pour vous ce que nous appelons un réméré.

— Qu'est-ce que c'est que cette machine-là ?

— C'est une machine qui n'est pas si mal inventée que vous pourriez le croire. Il m'a toujours paru fâcheux de voir vendre les propriétés des grandes familles ; cependant l'intérêt de vos 400,000 francs de dettes à 5 % s'élevant à 20,000 fr., les laisser s'accumuler, eût été désastreux, c'était marcher droit à la ruine complète. Il ne fallait pas penser les payer sur vos revenus ; il vous serait resté à peine 15,000 fr., et, avec vos goûts et vos habitudes, ce n'était pas assez. Il fallait donc vendre ; mais, au lieu d'une vente définitive, j'ai fait une vente à réméré, c'est-à-dire que j'ai réservé pour vous, pendant un laps de temps de vingt-cinq années, le droit de racheter vos terres, moyennant le remboursement du prix qui en avait été donné. De cette manière, vous perdiez environ 10,000 fr. de rente, mais il vous en restait encore 25,000, nets de toute créance, et vous aviez la possibilité, en réalisant des économies, de recouvrer vos propriétés. Je venais de terminer cette opération quand vous êtes parti pour la Russie.

— Tiens, tiens, c'est très ingénieux votre petite combinaison, et maintenant je crois me rappeler, en effet, vous avoir entendu parler de quelque chose de ce genre; mais depuis ce temps-là?

— Depuis ce temps, monsieur le comte, vous m'avez demandé beaucoup moins d'argent; j'ai fait rentrer quelques mauvaises créances, j'ai mis en valeur des propriétés qui ne rapportaient rien, les loyers ont été un peu augmentés, en sorte qu'à l'heure qu'il est...

— Ah! nous y voilà donc enfin!... A l'heure qu'il est?...

— Presque toutes vos propriétés sont rachetées : une seule est encore entre les mains d'étrangers.

— Et elle vaut?

— Quarante mille francs...

— Mais alors ma fortune n'est nullement compromise.

— Bien loin de là, monsieur le comte, votre revenu s'élève aujourd'hui, et sans compter la propriété dont nous venons de parler, s'élève, dis-je, à la somme de quarante-deux mille cinq cent soixante-dix-sept francs. Et si vous étiez resté encore un an ou deux en voyage, comme vous ne dépensez qu'une vingtaine de mille francs, année moyenne, j'aurais eu à votre retour la joie de vous présenter toutes vos propriétés intactes, vos dettes complètement payées, et vos revenus augmentés de huit à dix mille francs.

— C'est magnifique; mais voilà ce qu'il fallait me dire de suite, monsieur Clément.

— Monsieur le comte, j'ai l'habitude de procéder méthodiquement.

— Pardonnez-moi, je vous fais des reproches, au lieu de vous remercier. Monsieur Clément, vous êtes un honnête homme, et j'ai presque envie maintenant de vérifier vos comptes, pour m'assurer que vous n'avez pas oublié des sommes ou des intérêts à votre préjudice.

— Je pense ou plutôt je suis certain que ce serait inutile. Monsieur le comte, je ne suis pas assez riche pour faire des cadeaux, je me suis payé tout ce qui m'était dû, tout jusqu'au dernier centime.

— Quoiqu'il en soit, laissez-moi vous exprimer ma reconnaissance. Depuis vingt ans vous vous êtes occupé de rétablir ma fortune, tandis qu'il vous aurait été si facile de vous en emparer. Grâce à vous, au lieu d'être complètement ruiné, je me trouve plus riche que jamais; vous avez agi avec une loyauté et un désintéressement que je ne pensais plus rencontrer sur la terre, laissez-moi vous en exprimer toute ma gratitude.

— Je ne vous croyais pas aussi attaché à cette misérable question d'argent, monsieur le comte, répondit le vieux notaire avec une nuance d'ironie.

— La question d'argent en elle-même m'a toujours été et m'est encore complètement indifférente. Que voulez-vous ? J'ai toujours été assez riche pour satisfaire tous mes caprices; toutes les sommes que je vous ai demandées, vous me les avez toujours envoyées, et je vous affirme que jusqu'ici je ne m'étais jamais préoccupé du lendemain. Mais aujourd'hui cette question m'est apparue sous un aspect nouveau, aujourd'hui j'ai besoin d'être riche, et j'ai tremblé un instant à la pensée de me voir ruiné. Grâce à vous, grâce à votre loyauté, au moment où je craignais de me réveiller sur le bord d'un abîme, je me trouve dans une situation plus prospère que je n'aurais jamais osé l'espérer. Acceptez de nouveau toute ma reconnaissance.

— Je n'ai fait que mon devoir, monsieur le comte.

— Combien ne le font pas ? Moi-même, n'aurais-je
pas dû m'occuper un peu plus de l'avenir ?... Il est vrai
que je n'en avais guère le temps, et, après tout, je n'aurais pas fait aussi bien que vous.

Le soir de ce même jour, le comte Gaëtan se dirigeait
vers la rue de Verneuil. Chemin faisant, il était inquiet,
agité, fiévreux. « Je pensais, se disait-il, qu'aucune
émotion n'avait plus prise sur moi, et cependant, je ne
puis le nier, je suis ému... Hum ! Il est vrai que je ne
suis pas encore habitué... Où me fixerai-je ? A Paris, en
Bretagne ou à la Ménadière ? Oui, la Ménadière ferait
bien notre affaire. Pas loin de Paris, une belle forêt, des
étangs, une plaine... Va pour la Ménadière, à moins
que... Alors il me restera l'Afrique centrale.

Il en était là de ses réflexions, quand il sonna à la porte
du marquis de Nérula ; après une courte visite à sa cousine, il se leva, et, sous un prétexte quelconque, emmena le marquis dans son cabinet.

Dès qu'ils furent seuls, le comte Gaëtan éprouva un
singulier désagrément, lui qui d'habitude s'exprimait
avec la plus grande facilité se trouva tout à coup dans
la terrible situation d'un homme auquel la mémoire
refuse toute espèce de service ; les idées et les mots
s'entremêlaient dans sa pensée vagues et sans suite. Il
bégaya quelques lieux communs sur le temps , la
chaleur, l'opéra nouveau... Ce n'était pourtant pas pour
parler de ces choses qu'il avait appelé son cousin en
tête à tête.

Faisant enfin un violent effort sur lui-même, il se dit
que mieux valait commencer mal que pas du tout, et lança
au marquis cette interrogation :

— Voulez-vous me permettre, mon cher cousin, de
vous faire une question ?

— Je vous écoute, répondit celui-ci assez intrigué.

— Comment se fait-il que vous n'ayez pas encore ma-

rié ma cousine Valérie ; si je ne me trompe, elle a près
de vingt ans, et cependant...

— Cependant ?

— Je n'ai jamais rencontré une personne réunissant
à un si haut degré tant d'exquises qualités.

— Vous exagérez peut-être un peu son mérite, mais
je ne puis nier que Valérie ne soit charmante, aussi
n'étais-je pas pressé d'abord de la voir s'éloigner. Autrefois, je fus peut-être un peu trop difficile pour elle ;
depuis, les partis ne se sont pas présentés bien nombreux. Vous savez que notre fortune est très modeste :
mes filles n'auront qu'une bien faible dot.

— Grand Dieu ! est-il possible de penser à une dot,
quand il est question d'une femme comme Valérie ?

— Cela vous paraît ainsi, mon cousin, mais les épou-
seurs regardent la dot avant de regarder la femme ; vous
même, si vous aviez un fils, vous feriez probablement
comme les autres... Et après tout, est-ce un tort ? Le
manque de fortune est quelquefois une lourde croix. Si
on en souffrait seul, on le supporterait facilement, mais
quand on a des enfants, et que, faute de quelques mille
livres de rente, on ne peut arriver à leur faire un avenir
convenable, on souffre cruellement. Si vous saviez les
nuits d'insomnie que m'a causé cette pensée ! J'ai
deux filles pieuses, dévouées, instruites, parfaitement
élevées, assez jolies.

— Dites ravissantes.

— Je le veux bien, tout autour d'elles des centaines
d'autres, qui ne les valent sous aucun rapport, trouvent
des maris, et elles, on ne les demande pas. Je ne parle
pas de certaines propositions impossibles, mes filles savent trop ce qu'elles se doivent pour les accepter ; elles
ont l'âme trop haut placée pour consentir à descendre
du rang où la Providence les a fait naître.

— En résumé, vous désirez vivement les voir mariées,

et une demande pour une de mes cousines aurait donc quelque chance d'être bien reçue?

— Seriez-vous chargé ?...

— Je connais quelqu'un qui se croirait le plus heureux des hommes, si vous vouliez bien consentir à lui donner Valérie.

— Présenté par vous, il est presque accepté d'avance, car je ne puis douter que le jeune homme dont vous parlez, ne convienne à ma fille.

— Vous m'avez dit que Valérie n'aurait pas de dot ?

— Presque pas.

— C'est la même chose. Celui dont je vous parle n'en a pas besoin, il a environ quarante mille livres de rente.

— Sa famille ?

— Est de vieille roche, il a une santé magnifique, n'est pas plus mal tourné que tout le monde.

— C'est presque trop beau. Une seule question encore ; ses principes ?

— Les vôtres ; il a toujours été fidèle à son Dieu et à son roi.

— Mon cher Gaëtan, c'est la divine Providence qui vous envoie.

— Un instant, mon cousin, je vous ai montré le beau côté, il faut que je vous avoue aussi le côté faible. Mon prétendant n'est plus jeune, il a...

— Quel âge ?

— Le mien...

— Mais alors, c'est...

— Eh bien, oui, c'est moi qui vous supplie de m'accorder la main de Valérie.

Le marquis fut un instant sans répondre.

— Ah ! dit-il enfin, laissez-moi me remettre un peu ; votre demande était si inattendue. J'espérais si peu ce bonheur pour Valérie, que j'ai besoin de m'assurer que je ne rêve pas.

2

— Vous pensez donc que ma charmante cousine pourrait consentir à fermer les yeux sur mes quarante-cinq printemps ?

— Je ne puis penser ma fille assez folle pour refuser le bonheur.

— Adieu, je ne veux pas vous laisser le temps de revenir sur une aussi bonne parole. Vous voudrez bien, n'est-ce pas, faire part de ma proposition à la marquise et à Valérie, et quand vous aurez pris une détermination, vous me l'écrirez ; mais ne me faites pas trop attendre ; songez qu'à partir de ce moment il y a un homme dans la situation d'un accusé qui attend sa sentence. Encore un mot avant de nous séparer. Il est entendu que si Valérie consent à m'accorder sa main, vous conserverez sa dot pour grossir d'autant celle de sa sœur, et si les deux réunies ne suffisent pas, quand elle sera ma belle-sœur, elle me permettra de mettre dans sa corbeille de mariage les quelques mille francs qui pourraient être nécessaires pour assurer son avenir.

— Ce n'est pas bien, répondit le marquis plus ému qu'il ne voulait le paraître ; cela s'appelle de la violence morale. Comment voulez-vous que Valérie refuse le bonheur de sa sœur... et le sien ?

— Bah ! ces violences-là ne sont pas prévues par le code.

Trois mois plus tard, Valérie de Nérula s'appelait la comtesse de la Rochegauthier.

II

LA MÉNADIÈRE

Sous le règne de Louis XV, le duc de Choiseul, momentanément exilé dans sa terre de Chanteloup, en même temps qu'il faisait élever la fameuse pagode, cette drôlerie qui a échappé seule à la destruction de tout le reste d'une résidence quasi-royale, avait fait construire, à deux lieues d'Amboise, et sur la lisière de la magnifique forêt qui en porte le nom, un rendez-vous de chasse qu'on appela La Ménadière.

Le grand-père de Gaëtan l'avait acheté quelques années plus tard, l'avait agrandi, et en avait fait une charmante habitation. Une grille en fer, d'un dessin rocaille des plus riches, donnait accès à une cour d'honneur au fond de laquelle s'élevait le château, dont toutes les baies en plein cintre étaient entourées de fines sculptures.

Au-dessus de l'étage une balustrade à jour masquait en partie le toit; elle était interrompue seulement au milieu par un large fronton portant les armes des La Rochegauthier.

A droite et à gauche étaient des bâtiments de moindre importance, mais aussi soigneusement construits, et parfaitement aménagés; c'étaient des écuries, des remises, des chenils et toutes les dépendances qui accompagnent d'ordinaire les châteaux isolés.

La Ménadière, nous l'avons déjà dit, était adossée à la forêt d'Amboise, ou plutôt enclavée dans cette forêt qui l'entourait de trois côtés de ses arbres séculaires : en face du château une plaine immense allait en s'inclinant légèrement jusqu'à la Loire qui se dessinait comme un immense ruban d'argent; enfin l'œil se perdait dans les lointaines collines qui s'étageaient sur la rive opposée du fleuve.

L'intérieur du château était décoré et meublé avec une élégante simplicité, mais avec une certaine recherche de confortable. Au moment où nous y conduisons le lecteur, notre vieille connaissance Thégonnec en parcourait toutes les chambres, pour s'assurer que tout était bien, que rien n'avait été oublié; puis, quand son inspection fut terminée, il descendit dans la cour où une cinquantaine de personnes se trouvaient déjà réunies. C'étaient les domestiques ou les métayers du château ; ils paraissaient attendre la venue de quelqu'un car leurs regards se dirigeaient sans cesse vers la route d'Amboise. Bientôt un gros nuage de poussière, du sein duquel s'échappaient des bruits de grelots et des claquements de fouet, leur annonça l'arrivée de ceux qu'ils attendaient, et quelques instants après une berline de voyage traînée par quatre vigoureux percherons tournait la grille, et venait s'arrêter devant le perron.

Thégonnec se précipita pour ouvrir la portière ; le comte Gaëtan sauta lestement à terre, et se retourna pour offrir la main à une jeune femme.

— Valérie, dit-il, ces braves gens qui font valoir nos propriétés, de père en fils, depuis plus de cent ans ont voulu être les premiers à vous apporter le témoignage de leur affection et de leurs respects.

Puis, après avoir adressé quelques paroles gracieuses ou un salut amical à chacun d'eux ils gravirent le perron.

— Thégonnec, dit alors le comte, fais entrer tout le monde à l'office, et que l'on serve des rafraîchissements. Va, mais tu reviendras aussitôt ; il faut que je te présente à la comtesse.

Comme Thégonnec s'éloignait :

— C'est ce brave garçon dont je vous ai parlé, celui qui m'a suivi dans tous mes voyages.

— Je l'avais reconnu d'après le portrait que vous m'en avez fait.

— Le voici qui revient déjà ; allons, viens saluer la comtesse qui désire te connaître.

— Madame la comtesse est trop bonne...

— C'est vous, mon ami, qui à plusieurs reprises avez sauvé la vie de mon mari.

— Pardon, madame, fit le Breton rougissant, c'est au contraire monsieur le comte qui m'a sauvé plus d'une fois..

— Échange de bons procédés dans ce cas, mais je ne vous en suis pas moins reconnaissante.

— Je vous en supplie, madame, ne me parlez pas ainsi, vous me faites honte : Moi, je ne faisais que mon devoir, mais lui...

— Tiens ! qu'est-ce que je faisais donc ? Est-ce que je ne t'ai pas dit cent fois que tous les hommes sont égaux, non seulement devant la loi, mais encore devant Dieu ?

— Mais enfin, monsieur le comte, pas moins vrai que vous, qui êtes mon capitaine, vous m'avez retiré vingt fois du danger, et que moi, qui ne suis que votre domestique, je suis un pas grand'chose de ne pas m'être fait tuer pour vous.

— Tu m'aurais rendu là un fier service. Et qui m'aurait défendu après cela ?

— Ah ! dame !...

— Vous étiez donc au service de mon mari quand il était encore officier ? interrogea la comtesse.

— Oui, madame, j'avais l'honneur d'être l'ordonnance du capitaine de La Rochegauthier au 6e hussards. Quand il a donné sa démission, il m'est venu l'idée de quitter le service. Je me disais : Mon capitaine est si riche ! s'il le voulait, il lui serait facile de me faire remplacer, et je le suivrais jusqu'au bout du monde.

— Et tu ne pensais pas dire si vrai.

— J'avoue que monsieur le comte m'a fait faire un tour de promenade assez soigné, fit Thégonnec en se redressant. C'est égal, du moment que vous m'aviez fait remplacer, je vous appartenais, je devais vous suivre et me faire tuer pour vous ; mais vous, vous ne me deviez rien, et si je me mettais dans un mauvais pas, vous n'aviez qu'à m'y laisser.

2.

— Allons, tu as raison, je ne te dois rien. Pas même pour le jour où, à Java, tu as reçu pour moi trois coup de cris malais dans le corps.

— Bah ! ce n'est pas la peine d'en parler, des maladroits qui n'ont pas pu me tuer; ensuite je leur ai réglé leur compte, nous sommes quittes.

— Et ce jour où, dans le Far-West, tu t'es jeté au-devant d'un ours gris qui allait me dévorer?...

— Oh ! j'en suis encore honteux. Figurez-vous, madame la comtesse, que j'ai été assez maladroit pour manquer l'ours, et mon maître a dû s'exposer de nouveau pour me délivrer à mon tour. C'est une des choses que je n'ai jamais pu me pardonner.

— Je vois, reprit enfin Valérie, que vous voulez diminuer la grandeur de votre dévouement; mais M. de La Rochegauthier m'a dit votre courage, votre intrépidité, et les mille preuves d'attachement que vous lui avez données. Vous savez combien il vous aime, et je vous assure que je partage les sentiments du comte Gaëtan à l'égard de toutes les personnes qu'il honore de son affection et de son estime.

— Madame est infiniment trop bonne pour moi.

— C'est bon, interrompit le comte; maintenant tu es présenté, et cela suffit pour le moment; va-t'en voir à l'office si nos paysans ont tout ce qu'il leur faut.

— J'y vais, mais si j'osais demander à Madame la comtesse de vouloir bien descendre. Ils seraient bien joyeux de la voir un instant...

— Je le ferai très volontiers, si vous pensez que cela puisse leur faire plaisir.

— Va nous annoncer, j'accompagnerai la comtesse, et je veux boire un verre de vin à sa santé avec nos braves paysans.

Thégonnec se hâta d'aller porter cette nouvelle. Quand il eut disparu :

— Je vous remercie, Valérie, lui dit le comte d'avoir été bonne pour lui; ce pauvre garçon a été mon seul compagnon, disons mieux mon seul ami, pendant quinze années de vie d'aventures. Vous voudrez bien lui pardonner quelques petits travers en faveur de son dévouement. Vous pouvez compter sur lui comme sur moi-même, je n'en puis faire un plus bel éloge. Une de ces manies qui m'ont le plus agacé dans le temps, mais dont je n'ai jamais pu le corriger, c'est de siffloter un certain air javanais quand il est content. C'est un air qu'on chantait autour de nous au moment où on a voulu nous assassiner, et il est devenu le baromètre de son humeur. Quand une idée le préoccupe, qu'une pensée le chagrine, il devient muet; mais aussitôt qu'il a quelque sujet de joie, voilà l'air javanais qui lui revient sur les lèvres, et, autant vaudrait essayer d'arrêter le cours d'une rivière que de vouloir empêcher le fameux air de se faire entendre.

— Je vous promets, Gaëtan, d'être toujours bonne pour votre compagnon de voyage, qui, au reste, me plaît déjà beaucoup, et vous pouvez vous rassurer, je ne lui demanderai point le sacrifice de l'air javanais.

Les premières années qui suivirent son mariage furent, pour le comte Gaëtan, des années de bonheur. Valérie, douce, prévenante, affectueuse, sut lui faire oublier ses habitudes aventurières. Loin de regretter sa vie ancienne il ne comprenait pas comment il avait pu vivre si longtemps sans foyer et sans affection. L'inoffensif gibier que lui offraient la plaine et la forêt suffisait alors à lui procurer le mouvement et la fatigue dont son tempérament de fer avait un impérieux besoin; mais c'était toujours avec un nouveau bonheur qu'il retrouvait son inté-rieur que Valérie savait lui faire si aimable.

Il n'était pas le seul heureux, l'air javanais que l'on entendait du matin au soir, disait que Thégonnec aussi était satisfait.

Un jour, Gaëtan chassait dans la forêt, son fidèle compagnon le suivait.

— Ah ça, M. Thégonnec, savez-vous que vous devenez complètement intolérable avec votre odieuse musique chinoise?

— Pardon, monsieur le comte : javanaise...; les Chinois ne savent pas chanter. Mais voyez-vous, c'est plus fort que moi; grondez-moi, battez-moi, tuez-moi, si vous le voulez; mais quand je suis content, il faut que je chante ou que je siffle.

— Eh! change d'air au moins!

— Je n'ai jamais pu retenir que celui-là!

— Pourrait-on savoir la cause de ta joie?

— Voyez-vous, monsieur le comte, il y avait longtemps que je me disais : mon maître est un homme comme il n'y en a pas deux sur la terre, mais il lui manque quelque chose. Un homme n'est pas fait pour vivre comme un hibou; c'est beau de voir du pays, de chasser, de se battre avec les Indiens, les Chinois, les Malais, les ours et les crocodiles, mais tout cela a une fin; vient un moment où il faut qu'un homme fasse comme les oiseaux au printemps, qu'il se bâtisse un nid, et qu'il se choisisse une compagne...

Il est vrai que j'avais vu tant de femmes dans les cinq parties du monde, et il n'y en avait pas tant seulement une seule dont j'aurais voulu pour être la servante de mon maître... Ah! monsieur le comte, quand vous m'avez dit que vous alliez vous marier, j'ai passé bien des nuits sans dormir. S'il allait mal tomber, me disais-je, si sa femme allait ressembler à toutes celles que je connais! Tenez, j'aurais été capable d'aller l'étrangler un jour pendant que vous n'étiez pas là.

— Vraiment! tu aurais fait là un joli coup.. J'espère bien que tu n'as pas l'intention d'étrangler la comtesse.

— Mille tonnerres! Dites que je serais trop heureux

de me faire étrangler pour elle. Je ne sais pas où vous avez été la chercher, mais ce n'est pas une femme, ça, monsieur le comte, c'est un agneau, une sainte du bon Dieu, c'est un ange du ciel.

— Alors, tu es content?

— Content! tenez, il y a des jours, il me semble que je vais en devenir fou.

— Ah! que dirais-tu donc si elle me donnait un beau garçon ou une jolie petite fille qui lui ressemblerait un jour?

— Si je voyais cela, je pourrais mourir après, je mourrais content!

— J'espère bien que tu ne mourras pas, mais que tu verras cela bientôt.

En effet, quelques mois plus tard, un petit être était venu augmenter encore le bonheur de Gaëtan et de Valérie; tous deux, penchés sur le berceau, passaient souvent de longues heures à contempler le chérubin que le ciel leur avait confié. Puis, ses premiers sourires, ses premiers pas furent tour à tour des sources intarissables de joies intimes et profondes.

La petite Jeanne grandissait, elle allait atteindre sa troisième année, quand Valérie annonça à son mari qu'elle espérait être bientôt mère pour la seconde fois.

— Il me faut un garçon maintenant, s'écria le comte.

— Je prierai le bon Dieu pour que ton désir s'accomplisse, lui répondit en souriant la jeune femme; mais, je ne sais, il me semble que nous sommes trop heureux.

— Peut-on l'être jamais trop!

— Sur cette terre, oui; le bonheur parfait n'est pas fait pour cette vie... J'ai tort, sans doute, mais il me semble qu'un malheur nous menace. Si je venais à mourir, tu aurais bien soin de notre Jeanne?

— Pourquoi te laisser dominer par des idées semblables? Tu es jeune, ta santé est excellente, tu as encore

devant toi une longue et belle existence... Et que devien-
drais-je sans toi ? Non, non, tu vivras, tu verras grandir
Jeanne, et tu berceras ses enfants et peut-être ses petits-
enfants.

— J'ignore l'avenir, mon ami, mais nous devons être
toujours prêt. Si mes pressentiments devaient se réaliser, tu feras donner à notre Jeanne une éducation solidement chrétienne ; puis quand elle sera en âge de le
comprendre, tu lui diras que mon plus grand désir est
qu'elle devienne pieuse et douce, et que tout est dans
l'amour de Dieu et de son prochain ; c'est là qu'est le
bonheur, non seulement pour l'autre vie, mais même
pour celle-ci ; tu lui diras que c'est le testament que lui
laisse sa mère avant de mourir : « La charité chrétienne. »

Les pressentiments de Valérie ne devaient se réaliser
que trop vite. Peu de temps avant de mettre au monde
un second enfant, une fièvre maligne la prit et l'emporta,
ainsi que celui qui devait naître.

Le comte Gaëtan fut si douloureusement frappé par
cet horrible malheur, que l'on dut craindre un instant
qu'il en perdit la raison. L'amour paternel seul put le rat-
tacher à l'existence, il voulut vivre pour se consacrer entièrement à sa fille.

Dès qu'elle eut atteint l'âge qui lui permit de discerner
le bien du mal, il résolut de placer près d'elle une personne capable de remplacer sa mère, autant qu'une
mère peut être remplacée. Il voulait choisir entre mille
celle à qui serait confiée cette tâche difficile et sainte
de faire de son enfant une femme chrétienne.

Il eut le bonheur de rencontrer une institutrice qui
réunissait toutes les conditions désirables : jugement,
douceur, fermeté, piété et savoir, et il eut la joie de voir
Jeanne répondre aux soins qui lui étaient donnés.

IV

GEORGE DE NURIAC

Par une belle matinée de l'automne 1869, deux chevaux piaffaient dans la cour de la Ménadière. L'un, un arabe à la robe isabelle, portait une selle de femme ; les longues soies de sa crinière et de sa queue tombaient jusqu'à terre, et leur ton d'un blond argenté rappelait les fauves du désert où il avait grandi ; son œil ardent jetait des éclairs, et son sabot impatient frappait le sol à coups redoublés. Le jeune groom qui le tenait par le mors avait grand'peine à le maîtriser.

A côté de lui, un hunter bai-brun dont les formes solides et un peu épaisses faisaient contraste avec l'élégance et la finesse du premier. Un vieux domestique en cheveux blancs se tenait debout près de lui, et tous deux paraissaient attendre dans la plus grande quiétude un signal de départ.

A ce moment, la porte du château s'ouvrit et une jeune fille parut sur le perron. Elle portait un élégant costume d'amazone. Sa main droite tenait une cravache, et la traîne de sa robe était rejetée avec grâce sur son bras.

C'était Jeanne de La Rochegauthier ; elle avait alors près de vingt-deux ans, et était dans tout l'épanouissement de sa beauté. Elle tenait de son père une belle taille, un port de reine, et une énergie qui se lisait dans tous ses gestes ; mais ses yeux avaient le regard doux et voilé de sa mère, ses lèvres avaient le sourire gracieux et bienveillant de Valérie de Nérula.

Par un heureux privilège, en effet, elle avait réuni toutes les bonnes qualités de son père à celles de sa mère. Comme celle-ci, elle était pieuse, charitable et aimante ; mais elle avait le caractère énergique, entreprenant et intrépide du comte Gaëtan. Elle montait à cheval comme une amazone, savait nager et faisait des armes, ce qui ne l'empêchait pas d'avoir tous les talents qu'une femme instruite doit posséder. De première force sur le piano, elle dessinait d'une manière charmante, parlait l'anglais et l'italien, et, par-dessus tout cela, savait parfaitement diriger la maison de son père, talent moins brillant, mais souvent beaucoup plus utile que les autres.

En descendant du perron, Jeanne adressa un gracieux bonjour au vieux domestique, puis elle alla droit au cheval arabe, le caressa doucement de sa main, et le fit amener par le groom près d'une grosse pierre dressée à dessein, sans doute, et, le prenant elle-même par la bride :

— Allons, Ali, venez vous mettre à votre place, lui dit-elle.

— Prenez garde, mademoiselle, Ali est disposé à être sournois, ces chevaux arabes sont comme de vrais singes. C'est malin et lunatique, il ne faut pas s'y fier.

— Bah ! voyez donc, Thégonnec, comme il m'obéit. Plus près encore... là.

Et posant légèrement le pied sur la pierre, elle prit son élan et se trouva en selle.

— Vous voyez bien !... s'écria le Breton qui, de son côté, venait de monter à cheval.

En effet, Ali, retenu par la main ferme de son écuyère, s'était cabré et paraissait disposé à se promener quelque temps sur les pieds de derrière.

— Vous voyez bien, mademoiselle, c'est un vrai singe.

Mais la jeune fille ne paraissait nullement s'inquiéter des caprices de l'enfant du désert, et après lui avoir laissé faire quelques courbettes, elle lui lâcha la rêne et le tou-

...la légèrement de sa cravache, en riant de la peur du vieux Thégonnec.

Ali partit à fond de train, suivi du hunter, et bientôt chevaux, amazone et cavalier disparurent dans les allées de la forêt.

Le temps était splendide, l'air fouettait doucement le visage de Jeanne, et faisait flotter sa riche chevelure. Des perles de rosée pendaient à chaque feuille, ou s'accrochaient à chaque brin d'herbe, reflétant la lumière du soleil, et comme des multitudes de diamants renvoyaient de toutes parts l'éclat de ses rayons. Des cimes jaunissantes se dessinaient en tons harmonieux et dorés sur les lointains qui s'estompaient dans la brume légère du matin en tons bleus et lilas.

Mlle de La Rochegauthier semblait jouir d'un ineffable plaisir à parcourir rapidement les allées ombreuses et les clairières brillantes, et tandis que son cheval bondissait comme un chevreuil, elle respirait à pleins poumons, l'air vivifiant et frais, imprégné des senteurs matinales; puis, bientôt, modérant l'infatigable ardeur d'Ali, elle le força à prendre le pas, et son œil discret sondait la profondeur du bois, ou se promenait vaguement sur les troncs noueux ou sur les rameaux touffus.

A quoi pensait-elle? Se disait-elle qu'elle allait atteindre dans quelques jours sa vingt-deuxième année, et que, parmi tous les prétendants à sa main, aucun ne lui avait paru digne de fixer son choix? Se disait-elle que l'idéal qu'elle s'était créé n'existait peut-être pas, ou que, s'il existait, il n'était pas certain qu'elle le rencontrât jamais?

Repassait-elle la liste déjà longue de ceux qui avaient brigué l'honneur d'obtenir sa main?

L'un, riche comme un nabab, mais fat, prétentieux et sot. L'autre, garçon d'esprit, mais sans aucun principe religieux. Un troisième péchait par l'éducation. X.'

abusait de la permission d'être laid. Z... était bête. Dans cette foule, cependant, une figure se détachait vivement sur toutes les autres, Lucien D...; il était bien beau avec sa magnifique barbe noire, et ce n'était pas un bellâtre; sa tête avait un grand caractère ; ses traits fins, son regard limpide, intelligent et doux, annonçaient un homme d'esprit et un homme de cœur.

Une amie lui en avait fait le plus bel éloge.

Mais M. Lucien D... était d'une position sociale inférieure à la sienne, et Mlle de La Rochegauthier ne comprenait pas qu'on pût consentir à descendre. Elle ne voulait épouser qu'un homme qui fût, sous tous rapports, au moins son égal, sinon son supérieur; elle voulait pouvoir être fière partout et toujours de celui dont elle porterait le nom. Aussi la pensée de Lucien fut-elle repoussée par un impitoyable « jamais. » Après ceux-là sa mémoire ne lui rappelait plus que des nullités, des oisifs, des inutiles, des écervelés, des poupées habillées, des mécaniqnes animées, mais pas un homme.

Pendant qu'elle allait ainsi silencieuse, et que ses pensées couraient sans s'arrêter d'un objet à un autre, à dix pas derrière elle un homme, presque un vieillard, la suivait sans la quitter des yeux, et dans son regard on pouvait lire un attachement, une affection, un dévouement sans borne. Le vieux Thégonnec avait reporté sur la fille de son maître tout ce que son cœur possédait de puissances aimantes.

— Je serais heureux de donner ma vie pour vous, disait-il au comte Gaëtan, parce que vous êtes mon capitaine; je l'aurais donnée volontiers pour Mme la comtesse, parce qu'elle était bonne pour vous et parce qu'elle était la comtesse de La Rochegauthier; mais quant à Mlle Jeanne, elle, c'est ma fille, ce n'est pas de l'amour, du dévouement que j'ai pour elle, c'est de l'adoration.

Dès son enfance, Jeanne avait senti son pouvoir sur cette nature simple et aimante; elle en abusa bien quelquefois pour lui faire subir tous ses caprices, mais en même temps elle s'attacha profondément à celui qui l'aimait si sincèrement.

Aussi le comte, qui commençait à se faire vieux, se déchargeait-t-il souvent sur son domestique du soin de veiller sur sa fille, et il l'avait élevé pour la circonstance à la dignité d'écuyer. Il fallait voir la gravité avec laquelle il remplissait ses fonctions, et quand sa malicieuse élève lui jouait quelque petit mauvais tour, s'il s'oubliait jusqu'au point de sourire, ce n'était que pour un instant, et il se hâtait de reprendre le sérieux et l'aspect imposant qui convenait à sa haute dignité.

La promenade avait duré plus de deux heures, Jeanne s'était rapprochée du château, dont elle apercevait déjà les blanches murailles à travers les arbres, quand elle se rappela avoir promis à une pauvre femme d'aller la voir. C'était à peu de distance, le chemin n'offrait aucun danger, une petite plaine à traverser.

— Thégonnec, dit-elle à son écuyer, vous allez rentrer, vous direz à mon père que dans vingt minutes, je serai de retour.

— Si je pouvais savoir de quel côté mademoiselle va se diriger, je préviendrais au château, et j'irais la rejoindre.

— C'est inutile : La route que je vais prendre est magnifique, et vous voyez qu'Ali est doux comme un mouton.

Thégonnec, sans répliquer se dirigea vers la Ménadière, tandis que Jeanne, prenant sur la droite un chemin qui conduisait au village, s'éloignait au petit galop de chasse. Elle venait de dépasser quelques chaumières formant un petit hameau le long de la lisière du bois, quand elle aperçut dans la plaine une troupe d'hommes armés de fourches, de bâtons et [de mauvais fusils; ils s'avançaient en courant, et suivaient une ligne qui coupait obliquement la route.

Jeanne se demandait à quel genre de chasse pouvaient se livrer ces bons paysans, d'habitude si paisibles et si occupés à leur travail, quand elle entendit des cris répétés; mais le son de leurs voix ne lui arriva que confus et indistinct; l'un d'eux lui fait des signaux avec sa fourche, et ces signaux veulent évidemment lui dire de s'en retourner sur ses pas; mais quel danger peut-elle courir?... A ce moment, à deux ou trois cents pas devant elle, elle voit un énorme chien traverser la route, fuyant devant la troupe d'hommes armés. Il a le poil hérissé, la langue pendante... C'est un chien enragé. Son premier mouvement fut de piquer Ali et de s'enfuir au plus vite. Mais le chien se dirige vers le groupe de maisons près duquel elle vient de passer, et elle se rappelle y avoir vu jouer une bande d'enfants.

Sans hésiter, elle s'élance de leur côté pour donner l'alarme. A son premier cri, chacun s'enfuit et toutes les portes se ferment.

Elle réfléchit alors qu'elle n'a rien à redouter, qu'elle peut s'en rapporter à la rapidité du vaillant Ali, pour s'éloigner quand il en sera temps, et elle fait le tour du hameau pour s'assurer qu'aucun enfant n'est resté dehors. Tout à coup des cris perçants partent d'un enclos qui lui est en partie caché par une mauvaise masure; elle enlève son cheval et se trouve en présence d'un jardinet dans lequel le chien vient de se jeter. Ceux qui y étaient se sont enfuis, laissant derrière eux une petite fillette de quatre à cinq ans; la pauvrette se cramponne à un mur de pierre sèche qu'elle essaie en vain de franchir.

Sa petite tête convulsionnée par la terreur dépasse seule la muraille qui n'a guère que trois pieds de hauteur. La hideuse bête n'est plus qu'à dix pas d'elle.

Jeanne, sans se donner le temps de réfléchir au péril auquel elle va s'exposer, saute à terre, saisit l'enfant d'une main fébrile, et l'enlève...

Quand elle se retourne, Ali n'est plus là ; effrayé par son brusque mouvement, il s'éloigne au galop à travers la plaine.

Jeanne l'appelle, mais en vain...

Cependant le chien essaie à son tour de sauter la muraille ; il retombe, essaie de nouveau, et le voilà sur la crête du mur.

La situation de Jeanne est horrible : à deux pas derrière elle, l'horrible bête, et devant elle la plaine sans abri... Elle est perdue... Non, là, à droite, est un buisson ; elle se jette de côté : le chien s'élance ; elle tourne autour du buisson et, toujours chargée de son innocent fardeau, elle franchit le mur et rentre dans le jardin : mais le chien a suivi son mouvement, il se retourne et se précipite sur ses traces.

Jeanne veut fuir. Devant elle est une haie, elle essaie de la traverser ; vains efforts, la haie résiste... le jardin est sans issue... Et la bête est là, haletante, la gueule béante, une bave hideuse en découle... Elle approche, elle va l'atteindre...

Il n'y a plus qu'un seul moyen de salut : lutter de vitesse avec l'horrible bête.

Mlle de La Rochegauthier fait un suprême appel à toute son énergie, se jette de côté, fait un circuit pour éviter la rencontre du chien, et atteint la muraille ; mais son élan est mal calculé, elle retombe ; le chien se précipite sur elle, et ses dents acérées ont saisi le bord de sa robe. Elle pousse un cri strident, mais l'horreur de sa situation semble lui avoir donné une force nouvelle ; elle reprend son élan, la muraille est franchie, et l'étoffe, cédant à son violent effort, se déchire.

Alors commence une course folle ; éperdue, échevelée,

elle contourne le hameau. Peut-être aura-t-elle le bonheur de trouver un refuge... mais non, toutes les portes restent fermées... De ce côté, le long de la forêt, il y a des fossés ; si elle pouvait en rencontrer un qui fût plein d'eau, elle serait sauvée, le chien ne le franchirait pas...

Cependant celui-ci, qui s'était arrêté un instant à déchirer le lambeau de drap qui lui était resté, a repris sa course, elle entend son souffle, elle sent son haleine... ; elle arrache son voile et le laisse tomber derrière elle ; la bête furibonde le saisit, le déchire, mais ce n'est pas la proie qu'il lui faut ; elle recommence sa poursuite. Jeanne ne court plus, elle vole ; voilà l'entrée du bois, et là, à cent pas, il y a un étang, il n'est pas profond, elle peut s'y jeter sans danger, et, si elle l'atteint, elle est sauvée... Horreur ! son pied se prend dans les plis de son amazone déchirée, elle tombe en poussant un cri de suprême angoisse, et, faisant encore un rempart de sa poitrine à la pauvre petite qu'elle a voulu sauver, ses yeux se ferment, un élan de son cœur monte vers Dieu pour lui demander un miracle... Il lui a semblé entendre le son d'une arme à feu... puis rien, elle est évanouie.

Au premier cri de Jeanne, alors qu'elle sautait pour la seconde fois le mur du jardin, deux chasseurs sortaient du bois, à quelques centaines de pas sur la droite. D'un seul coup d'œil, ils ont compris la situation et se précipitent à son secours. Elle, affolée par la terreur, ne les a pas vus. L'un d'eux qui a devancé son compagnon lui crie de se diriger de son côté, mais la voix n'est pas parvenue jusqu'à elle. Lui aussi cependant, il vole, il voit l'imminence du danger, mais il espère la sauver ; le chien ne gagne que bien peu, il arrivera à temps. Tout à coup, il la voit trébucher et tomber. Alors il s'arrête, arme son fusil et tire. Le chien roule à terre, mais il n'est pas mort ; il se relève ; le jeune homme s'élance sur lui, et au moment où sa gueule immonde allait saisir un des bras de la

jeune fille, il lui assène un coup de crosse qui le fait reculer à trois pas.

Le chien, au paroxysme de la rage, veut se jeter sur
lui ; un nouveau coup de crosse le terrasse ; mais l'arme
s'est brisée et l'animal est encore menaçant ; il faut en
finir ; le jeune chasseur usant alors du dernier moyen de
défense qui lui reste, lui broie les mâchoires d'un violent
coup de talon, et un second coup lui écrase la tête.

Un quart d'heure après, Jeanne ouvrait les yeux ; elle
était assise sur un tertre de gazon, entourée d'une
vingtaine de paysans ; des femmes la soutenaient et lui
prodiguaient leurs soins. Que s'était-il donc passé ? Elle
regarde autour d'elle, et voit sa robe salie et déchirée ;
elle se souvient alors...

— Oh ! mon Dieu ! s'écrie-t-elle, ce chien ?
— Ne craignez plus, mademoiselle, il est tué.
— Et l'enfant ?
— L'enfant est sauvé, grâce à vous.
— Merci, mon Dieu !

Mais un doute affreux lui traverse l'esprit :
— Ai-je été mordue ?
— Non, mademoiselle, il a été tué avant d'avoir eu le
temps de vous atteindre.
— Oh ! qui donc m'a ainsi sauvé la vie ?
— Ce jeune monsieur, qui est là derrière, avec son
fusil brisé.

Jeanne regarda dans la direction indiquée, et derrière
les paysans elle aperçut deux jeunes gens en costume de
chasse. L'un d'eux était de taille moyenne, mais bien pro-
portionnée ; il avait les traits réguliers, une petite moustache noire ombrageait sa lèvre supérieure ; son compagnon, plus grand et plus fort, était blond ; une grande
barbe soigneusement peignée lui couvrait le haut de la
poitrine. Tous deux avaient cet air de distinction qui ne
s'acquiert que par l'habitude du monde. Jeanne vit tout

cela en un instant, et instinctivement elle ramena les plis de sa robe, de manière à cacher autant que possible le désordre que l'accident avait produit dans sa toilette.

Le jeune homme à la moustache noire s'était d'abord respectueusement tenu à l'écart, mais se voyant désigné par la paysanne, il s'avança et avec un gracieux salut :

— Je suis heureux, mademoiselle, que vous paraissiez vous remettre de l'horrible frayeur que vous avez éprouvée. J'espère que cet accident n'aura pour vous aucune suite fâcheuse.

Jeanne rougit un peu et répondit à demi-voix :

— Je vous remercie, monsieur, de l'intérêt que vous voulez bien me porter, mais je vous suis surtout reconnaissante de l'immense service que vous m'avez rendu.

— Mon Dieu, mademoiselle, j'ai été bien heureux d'être arrivé juste à temps pour pouvoir vous être utile. Nous venions d'entrer en forêt, mon ami Ulrich d'Altembergh et moi, quand nous avons entendu votre cri d'effroi.

Nous avons fait ce que tous autres eussent fait à notre place, nous nous sommes hâtés d'accourir à votre secours, comme vous-même, mademoiselle, aviez volé au secours de cette malheureuse petite fille que vous avez arrachée à la mort.

— J'espère, monsieur, qu'en me sauvant vous ne vous êtes pas exposé vous-même...

— Nullement, mademoiselle ; le danger était si imminent que j'ai dû tirer, malgé le risque de vous blesser vous-même et de mon premier coup de fusil le chien a été renversé.

— Il ne vous dit pas tout, mademoiselle, interrompit une paysanne, le chien n'était pas mort, et il a dû l'achever à coups de crosse et de talon, et même il a été mordu.

Jeanne pâlissait.

— Cette femme se trompe, mademoiselle. Les dents

de l'animal ont tout au plus touché le talon de ma botte, et je ne pense pas que des bottes puissent être atteintes par la contagion.

— Enfin, monsieur, je vous dois la vie, et plus que la vie... J'espère que vous ne me défendrez pas de vous être reconnaissante, et que vous voudrez bien m'apprendre le nom de mon sauveur ?

— George de Nuriac, fit le jeune chasseur en s'inclinant.

A ce nom, Jeanne fit un mouvement, et leva les yeux pour voir le visage de son interlocuteur, mais elle fut distraite par l'intervention d'Ulrich d'Altembergh, qui s'étant approché à son tour, lui disait :

— Quoique je n'aie pas eu le bonheur de vous être utile, permettez-moi, mademoiselle, de vous dire toute la joie que j'éprouve de vous voir saine et sauve après l'épouvantable danger qui vous a menacée.

— Je vous remercie, monsieur, et je suis persuadée qu'il n'a pas dépendu de vous de faire ce qu'a fait votre ami. Maintenant, messieurs, ajouta-elle, veuillez me permettre de m'en retourner chez moi; mon père pourrait s'inquiéter si mon absence se prolongeait, et la secousse que j'ai éprouvée...

Elle ne put achever; elle avait essayé de se relever, mais ses forces l'avaient trahie, et elle venait de retomber sur le sol, pâle et épuisée.

— N'y a-t-il pas de médecin dans ce pays? interrogea George de Nuriac.

— Il n'y en a qu'à Amboise.

— Qu'on aille en chercher un.

— Non, fit Jeanne d'une voix faible, je suis mieux, ces braves femmes me soutiendront, et avec leur aide je pense pouvoir rentrer.

— J'ai ma voiture dans le village, à cinq minutes d'ici; permettez-moi, mademoiselle, de vous l'offrir. Dans

l'état de surexcitation où vous a mise l'accident il pourrait être très imprudent de vouloir marcher.

Jeanne n'eut pas le temps ni d'accepter ni de refuser,
un cavalier venait d'arriver à bride abattue ; il avait sauté
à terre, traversé les rangs des paysans et s'était jeté
aux pieds de la jeune fille.

— Pardonnez-moi, mademoiselle, je suis un misérable,
je n'aurais pas dû vous quitter.

— Mais c'est moi-même qui l'avais voulu, répondit
Jeanne en souriant.

— Je n'aurais pas dû vous obéir, je ne fais jamais
rien de bon... Ah ! j'en suis bien puni. Quand j'ai vu Ali
rentrer seul, j'ai compris qu'il y avait un malheur, je
suis devenu comme fou, j'ai coupé la sangle de la selle...
et je lui ai sauté sur le dos... mais il n'avançait pas, et
cependant je ne lui ai ménagé ni les coups d'éperons ni
les coups de cravache .. Enfin je vous ai trouvée. Mais
que vous est-il arrivé ? Ah ! mon Dieu, vous n'êtes pas
blessée, j'espère ? Que font donc tous ces gens autour
de vous ?...

— Calmez-vous, mon bon Thégonnec ; j'ai couru un
grand danger, en effet, j'ai failli être mordue par un chien
enragé...

— Misérable que je suis !...

— Mais monsieur m'a sauvée, et tous ces braves gens
se sont hâtés de venir me prodiguer les soins dont j'avais
besoin.

Le vieux serviteur se tourna vers celui que le regard
de Jeanne lui avait désigné.

— Merci, dit-il, merci !...

Il ne put rien ajouter, les sanglots lui étouffaient la
voix.

Puis revenant à sa maîtresse :

— Vous ne pouvez rester ici, mademoiselle, vous allez
revenir au château... Ah ! malheureux sot que je suis,

Ali n'a plus de selle. Et comment faire, que devenir ?
Vous ne pouvez pourtant pas retourner à pied.

Une main lui touchait l'épaule.

— Ne vous inquiétez pas. Voici ma voiture qui arrive,
elle reconduira mademoiselle, et vous n'aurez qu'à l'accompagner.

Et Jeanne rougissant :

— Je ne sais en vérité, monsieur, si je puis abuser
ainsi de votre complaisance.

— On vient de me dire, mademoiselle, que vous habitiez
le château que l'on aperçoit d'ici ; il y a à peine deux kilomètres : En moins d'une demi-heure mon domestique
sera revenu, le temps de fumer un cigare. Vous voyez
donc que je ne suis pas très à plaindre, et que ma complaisance n'est pas aussi grande que vous vouliez bien
le dire.

Jeanne parut hésiter un instant, puis, prenant son
parti :

— J'accepte, monsieur, mais à une condition : c'est
qu'au lieu d'attendre ici, vous viendrez chercher votre
voiture à la Ménadière.

— Ces conditions, mademoiselle, sont de celles que
l'on accepte avec trop de plaisir pour les discuter.

— Il est entendu que votre ami vous accompagne.

Les deux jeunes gens saluèrent.

Pendant cette conversation, la voiture de George de
Nuriac s'était approchée. C'était une élégante victoria,
traînée par deux jolis chevaux bais.

Mlle de La Rochegauthier, aidée par les paysannes,
se leva et monta en voiture ; Thégonnec, qui avait
suivi tous ses mouvements pour lui porter secours
au besoin, remonta à cheval, et la voiture partit aussitôt.

George et son ami s'acheminèrent doucement vers le
château, ils ne se pressaient pas, afin de laisser au père

de la jeune fille le temps de se remettre de la première
émotion. Une demi-heure après ils étaient introduits
dans le grand salon de la Ménadière et, après avoir
attendu quelques instants, ils virent entrer un homme
dont les cheveux blancs annonçaient un âge déjà avancé,
mais qui portait gaillardement ses nombreux hivers.
Sa taille était encore droite et son regard avait conservé
cette expression de franchise, de générosité et d'audace
que nous lui avons vue quand il partait pour ses lointains voyages.

Il salua gracieusement ses hôtes.

— C'est vous, monsieur, si je ne me trompe, dit il
à George, qui êtes si heureusement venu au secours de
ma fille.

— Il est vrai, monsieur, que j'ai eu cette heureuse
fortune.

Le comte tendit la main au jeune homme.

— Permettez-moi de vous exprimer toute ma reconnaissance.

— Mademoiselle n'est pas plus mal, j'espère ?

— Non, seulement j'ai tenu à ce qu'elle se mît au lit,
et j'ai envoyé chercher le médecin par prudence. Pardon,
continua-t-il en indiquant de la main des sièges à ses
visiteurs, et, se laissant lui-même tomber sur un fauteuil. Pardon, mais j'ai été un peu ému... Si un jour,
messieurs, vous êtes pères, vous comprendrez cela.

— Nous le comprenons facilement. Vous avez dû
souffrir horriblement quand on vous a appris que son
cheval était rentré sans elle ?

— Je n'en ai rien su. Ah ! si l'on m'eût prévenu, je ne
serais pas resté ici une seconde. Mais je ne me dou-
tais de rien, quand j'ai vu Jeanne revenir dans votre voiture ; puis, quand elle est descendue, j'ai remarqué
d'abord le désordre de sa toilette ; elle était pâle et par-
raissait souffrante. Je me suis précipité pour la soutenir.

je croyais à une chute de cheval. Ce n'est que quand je l'eus amenée dans ce salon qu'elle me raconta l'horrible danger qu'elle avait couru, et auquel elle n'a échappé que grâce à votre adresse, à votre sang-froid et à votre courage. Encore une fois, recevez les remerciements d'un père qui vous doit la vie de son enfant.

— Je n'ai fait, monsieur, que ce qu'eût fait tout chasseur ; c'est la chose du monde la plus simple et la plus naturelle.

La conversation dura encore quelques minutes, puis George ayant donné au comte Gaëtan tous les détails qui lui étaient connus, il se leva pour prendre congé.

— Permettez-nous, monsieur, de vous laisser ; vous devez être bien impatient de remonter près de mademoiselle votre fille, nous n'eussions même pas osé nous présenter si elle-même ne nous en avait exprimé le désir.

— Elle a parfaitement fait, et je ne veux pas que vous me quittiez encore. Jeanne est entre les mains de sa femme de chambre, et, quand elle sera couchée, j'ai recommandé qu'on la laisse seule jusqu'à l'arrivée du docteur. Après la violente secousse qu'elle a éprouvée, le repos absolu est le meilleur de tous les remèdes.

Nous avons donc tout le temps de faire amplement connaissance.

Se tournant vers Ulrich :

— Ma fille a entendu votre nom, monsieur ; elle regrette que sa mémoire n'ait pas pu le conserver.

— Je me nomme Ulrich d'Altembergh, monsieur.

— Comte d'Altembergh, interrompit George.

— Je suis très heureux d'avoir eu l'occasion de faire votre connaissance. Voulez-vous me permettre de vous demander si vous habitez bien loin d'ici.

— Ma famille habite la Poméranie. Actuellement je voyage pour mon instruction. Les bords de la Loire m'ont tellement charmé, que je me suis décidé à m'installer pour quelque temps à Tours. De là je rayonne, et j'espère connaître bientôt parfaitement la Touraine, qui est bien le plus délicieux pays du monde.

— Je vous en remercie pour la Touraine ; de la part d'un étranger, le compliment est très flatteur. Vous avez sans doute beaucoup voyagé ?

— Je connais presque toute l'Allemagne, et une grande partie de la France.

— Je vous en félicite, monsieur, rien n'est plus instructif que les voyages.

Un moment après, s'adressant à George :

— Quant à vous, mon jeune ami, permettez-moi de vous donner ce titre ; j'y suis autorisé par mon âge et par la reconnaissance que je vous dois, et par une troisième raison que vous allez connaître. Quant à vous donc, je ne vous demande pas votre nom parce que je le sais. Jeanne ne l'a pas oublié.

George rougit légèrement. Le père continua :

— Savez-vous pourquoi elle a tenu à vous faire venir à la Ménadière ?

George devint rouge comme un coquelicot et balbutia :

— Mais mademoiselle m'a fait l'honneur de me dire qu'elle désirait me présenter à son père.

— Vous n'y êtes pas, mais pas du tout.

Les joues de George passaient au ponceau. Le Prussien fronça le sourcil.

— Eh bien ! je vais vous le dire : elle a voulu s'assurer que vous êtes bien ce qu'elle pensait, ni plus ni moins que son cousin.

— Serait-il possible, monsieur, que j'eusse cet honneur ?

— C'est plus que possible, c'est certain. Ma mère était cousine germaine de votre grand'mère ; comme les Nuriac se sont depuis très longtemps fixés dans le midi, tandis que nous habitions soit la Bretagne, soit la Touraine, les deux familles ont fini par se perdre de vue.

— Mais je serais donc chez M. de La Rochegauthier?

— Précisément.

— Et Mlle Jeanne?...

— Étant une La Rochegauthier, est par conséquent votre cousine.

— Je suis très heureux...

— Et moi donc! Voilà que je dois la vie de ma fille à un jeune homme, et le hasard fait que ce jeune homme est mon parent; de cette manière, la reconnaissance ne sort pas de la famille. Ah! ça! comment vous trouvez-vous dans notre pays?

— Je suis en garnison à Tours.

— Vous êtes donc officier?

— Lieutenant au 4e cuirassiers.

— Mais c'est charmant! La cavalerie change peu de garnison, et vous serez quelque temps notre voisin.

— Vous me permettrez de venir quelquefois m'informer de la santé de madem... de ma cousine?

— Elle vous recevra toujours avec plaisir. Depuis combien de temps êtes-vous à Tours?

— Depuis deux mois... C'est ce qui fait que je ne connais pas encore le pays, et que je n'avais jamais entendu prononcer votre nom. Un de mes camarades, qui est lié avec le propriétaire d'une partie de la forêt d'Amboise, m'avait obtenu la permission d'y chasser. C'est comme cela que je me suis trouvé là ce matin quand ma cousine a couru un si grand danger.

— Votre chasse va se trouver agrandie, mon cher George; j'ai pour ma part 1,200 hectares dans la forêt, y compris 60 hectares d'étangs, et j'espère que nous y chasserons quelquefois ensemble.

— J'accepte avec le plus grand plaisir.

— Je compte que monsieur d'Altembergh voudra bien se considérer aussi comme autorisé à chasser sur toutes mes propriétés.

L'arrivée du médecin vint arrêter la conversation, et bientôt les deux jeunes gens remontaient dans la victoria, qui les emportait au grand trot.

V

LE CHEVALIER DE L'ÉCHARPE BLEUE

Le surlendemain, George de Nuriac revenait à la Ménadière pour s'informer de la santé de Jeanne. Il la trouvait au salon, où son père lui tenait compagnie, et la forçait à rester à demi-couchée dans un grand fauteuil; elle était encore un peu pâle, mais elle affirmait ne plus sentir aucune douleur.

Le docteur, du reste, n'avait rien vu d'alarmant dans son état, et s'il avait fait une prescription, ce n'avait été que pour sauvegarder sa dignité de disciple d'Esculape ; et il avait annoncé ne pas devoir revenir, à moins qu'on ne le fît demander ; ce qui prouvait avec évidence que le diagnostic avait été des plus rassurants.

L'histoire dit même que, dans la matinée, l'air javanais s'était fait entendre un instant.

George trouva donc les habitants du château dans la joie. Le vieux comte le reçut à bras ouvert; Jeanne fut aimable et gracieuse pour ce nouveau cousin qui s'était révélé si à propos.

On parla un peu de l'événement de l'avant-veille ; puis ce fut une longue causerie sur les ancêtres communs, et sur les Nuriac que le comte de La Rochegauthier avait peu ou point connus, mais dont il avait entendu parler dans son enfance.

Plus d'une heure s'était écoulée ainsi, quand George se leva pour partir.

— Vous nous quittez déjà? lui dit le comte.

— Je ne voudrais pas fatiguer ma cousine qui a encore besoin de beaucoup de ménagements.

Jeanne balbutia quelques mots qui voulaient évidemment dire que la présence de son cousin était loin d'être une fatigue pour elle.

M. de La Rochegauthier l'engagea à revenir bientôt et souvent, et on prit jour pour une prochaine partie de chasse.

Cette partie fut nécessairement suivie de plusieurs autres avec accompagnements de dîners. Ulrich d'Altembergh et quelques officiers, amis de George, l'accompagnaient le plus souvent.

Un soir, après une grande battue, on causait dans le salon de la Ménadière de diverses personnes, entre autres d'un jeune homme qui était connu dans toute la Touraine pour le grand train qu'il menait.

— Quel est donc ce M. Adrien? interrogea George.

— C'est, lui répondit le comte, le fils d'un brave homme, doué d'une haute intelligence et d'une grande énergie, qui, à force de travail, est arrivé à acquérir une immense fortune dans l'industrie.

— Cela n'a rien que de très honorable.

— Parfaitement; mais monsieur son fils n'a guère montré jusqu'aujourd'hui de dispositions que pour jeter très gaiement par toutes les fenêtres les écus que son père a amassés avec tant de peine.

On a souvent reproché aux fils de famille de ne rien faire, de dissiper en mille folies et leur fortune et les belles années de leur jeunesse; mais je crois qu'on pourra bientôt faire le même reproche aux fils des nouveaux enrichis, qui se croient des hommes supérieurs parce que leurs pères ont su leur gagner quelques millions qui, dans leurs mains, sont encore plus vite semés qu'ils n'ont été vite acquis.

Pour vous, George, je vous félicite de n'avoir point suivi ce pernicieux exemple, et je trouve que vous avez eu en cela un véritable mérite; orphelin à vingt ans, et possesseur d'une jolie fortune, vous auriez pu vous laisser entraîner à mener cette vie de plaisir, d'inutilité, pour ne rien dire de plus; tandis que vous avez préféré choisir une carrière et vous rendre utile à votre pays. Ah! vous avez bien fait, un bel avenir vous est ouvert... Auriez-vous de l'ambition, par hasard?

— Pourquoi pas? Les épaulettes de colonel ne m'iraient pas plus mal qu'à un autre.

— Colonel! parbleu! vous êtes modeste. J'espère bien que vous deviendrez général.

— Hum! mon cousin, tout le monde n'arrive pas là; il ne suffit pas de savoir son métier et de remplir consciencieusement tous ses devoirs; il faut des campagnes, et il faut surtout la chance. L'officier le plus capable de toute l'armée, fût-il brave comme son épée, s'il n'a pas le bonheur de trouver l'occasion de se distinguer, ne parviendra jamais aux grades supérieurs.

Si ce bonheur m'arrivait, je tâcherais d'en profiter; mais pour le cas contraire je n'en resterais pas moins au régiment. Ce n'est pas l'espoir d'un brillant avenir qui m'attache à l'armée; ce qui m'y retient, c'est la profonde horreur que j'ai pour les inutiles.

J'entends souvent parler de gens bien pensant, je crois être de ce nombre, puisque mes convictions sont celles de ceux qui se parent de ce nom; mais il me semble que cela ne suffit pas, il faut être aussi *bien agissant.*

— Vous avez mille fois raison, George, et j'ai toujours regretté que des événements politiques m'aient forcé de renoncer à servir mon pays. Il me semble que si Dieu a donné à certains hommes la fortune, la naissance, une belle intelligence cultivée et développée par une bonne éducation, ce n'est pas uniquement pour dresser des chevaux, élever des chiens, se faire casser le cou sur le turf, et consacrer le reste de leur vie à des occupations tout aussi futiles, et souvent beaucoup moins avouables.

— Cela paraît assez probable; et quand j'entends ces messieurs déplorer l'état actuel de la société, s'apitoyer sur le sort de la France, où la religion et les mœurs vont s'affaiblissant de jour en jour, ils me font l'effet de braves gens qui, en présence d'un vaste foyer d'incendie, se croiseraient les bras en regrettant l'invention des allumettes chimiques, ou reprocheraient au gouvernement de n'avoir pas suffisamment multiplié les pompes à incendie. Mais allez donc au feu, prenez les seaux et jetez de l'eau! Trêve de belles paroles, agissez! Vous ne voyez donc pas que votre propre maison est menacée, que bientôt elle sera dévorée à son tour, et vos bonnes pensées ne la défendront pas contre le fléau dévastateur.

— Ces observations sont très justes, intervint Ulrich d'Altembergh, et j'ai déjà constaté que l'oisiveté avait contribué plus encore que la Révolution de 89, à l'anéantissement du pouvoir de la noblesse en France. En Allemagne, messieurs, nous sommes tous militaires, et comme aucun des jeunes gens de famille ne voudrait pour rien au monde servir comme simple soldat, ils travaillent, et se font nommer officiers.

— Vos officiers de la landwehr ne ressemblent-ils pas un peu à nos bons bourgeois qui sont si heureux de parader deux ou trois fois par an avec des épaulettes de capitaine de la garde nationale?

— Vous connaissez bien mal l'Allemagne, monsieur de Nuriac. Notre landwehr est une véritable armée, dont tous les officiers sont aussi instruits, — je suis trop poli pour dire plus, — que les officiers de l'infanterie ou de la cavalerie françaises. Les examens sont les mêmes

que ceux de l'armée active, dans laquelle du reste nous
avons tous dû faire notre apprentissage. Mais j'en reviens
à la question de l'oisiveté des jeunes gens riches en France.
C'est un de vos plus grands malheurs, ce sera une des
grandes causes de la décadence de votre pays, et je ne
crois pas qu'il existe de remèdes contre cette tendance
qui est une des conséquence de la légèreté de votre
caractère.

Vous ne travaillez que contraints par la nécessité, et,
dès que vous pouvez échapper à ses lois inflexibles, vous
ne songez qu'à une seule chose, à vous amuser. Nous,
Allemands, nous aimons aussi le plaisir, mais nous ne le
comprenons que comme un repos après le devoir accompli.

— Vous n'êtes guère aimable pour la France, mon
cher Ulrich, et permettez-moi de dire que vous générali-
sez beaucoup trop nos défauts. La notion du devoir
n'est pas perdue entièrement dans notre beau pays; et
soyez bien convaincu que la grande majorité des officiers
français n'est pas composé de malheureux enchaînés à
leur grade par l'impérieuse nécessité de gagner leur pain
quotidien. Un grand nombre, au contraire, renoncent,
pour servir leur patrie, à jouir de la liberté et du confortable que pourrait leur donner leur grande fortune. Si je
déplore qu'un certain nombre dépensent dans un triste
farniente les dons qu'ils ont reçus de la Providence, je
suis fier de constater que beaucoup d'autres veulent
ajouter à ces avantages le mérite de leurs propres efforts.
J'en vois briller dans les arts, dans les sciences, dans
l'armée, dans la magistrature, partout enfin où il y a un
rang honorable à conquérir par le travail. Il y a des
exceptions partout, mon cher Ulrich, même en Allemagne, et vous-même, depuis près de trois mois que vous
êtes à Tours je vous vois monter à cheval, danser, chasser, et vous ne vous livrez pas, que je sache, à un labeur
bien ardu.

— Pardonnez-moi. M. de La Rochegauthier nous disait, lorsque j'eus l'honneur de lui faire ma première visite, que rien n'est instructif comme les voyages. En ce moment j'étudie la France, et je vous prie de croire que je n'ai pas perdu mon temps.

Tous les jours, en effet, vous me voyez partout où vont les gens de notre monde ; mais en me promenant, en chassant et même en dansant, je travaille. Je regarde, je compare et j'apprends beaucoup. Chaque soir, je consacre plusieurs heures et quelquefois une partie de la nuit à noter mes souvenirs, mes impressions. Peut-être un jour en ferai-je un livre qui ne manquera pas d'intérêt.

— Je serais assez curieux de le lire ; si je juge de vos idées sur la France et les Français d'après ce que vous nous avez dit tout à l'heure, vous ne devez pas nous flatter.

— Un observateur ne doit ni flatter ni enlaidir, il doit constater ce qu'il voit. Quand mon livre sera imprimé, je me ferai un plaisir de vous en offrir un exemplaire.

— Quand vous rédigerez vos notes sur cette journée, vous aurez soin d'y consigner, entre autres observations, que deux jeunes gens se trouvant dans un salon à côté d'une jeune fille, au lieu de chercher à l'intéresser, ont passé une demi-heure à causer de questions politiques, sociales, sans s'apercevoir qu'ils commettaient un crime de lèse-galanterie.

— Vous me jugez donc bien frivole, mon cousin, interrompit Jeanne, que vous ne me pensez pas capable de m'intéresser aux choses qui touchent à la grandeur et à l'avenir de la France ?

George se défendit de cette pensée ; mais la conversation était détournée, et, pour ce soir-là il ne fut plus question ni de l'Allemagne, ni de la France.

Le reste de l'hiver se passa sans apporter aucun changement notable dans la situation des habitants de la Ménadière, ni dans celle de leurs amis. On remarqua seulement que les visites d'Ulrich, qui d'abord avaient été très fréquentes, devenaient de plus en plus rares. Jeanne en fit un jour la remarque à M. de Nuriac.

— Il y a quelque temps, lui dit-elle, que nous ne voyons plus votre ami, M. d'Altembergh.

— Pardonnez-moi, lui dit George. mais M. d'Altembergh n'est pas mon ami. J'ai pu, la première fois que je vous ai rencontrée, me servir de ce mot, qui en français dit tout ou ne dit rien, selon les circonstances. Ce monsieur, qui appartient, dit-on, à une des plus illustres familles du nord de l'Allemagne, est venu un beau jour se fixer à Tours. Il fut accueilli d'abord je ne sais trop comment dans quelques salons ; comme il est homme du monde, instruit, beau cavalier, il ne tarda pas à être reçu partout. J'avais eu l'occasion de le rencontrer deux ou trois fois, nous avions été présentés l'un à l'autre, quand il m'annonça avoir l'intention d'aller chasser dans la forêt d'Amboise, et me proposa de l'accompagner. J'étais libre de mon temps, je lui offris de le conduire. C'est ce jour-là que j'ai eu le bonheur d'arriver juste à temps pour vous débarrasser de cet horrible chien. Depuis ce temps je ne l'ai guère vu que quand nous venions ensemble à la Ménadière. Au commencement de nos relations, il était très aimable, puis progressivement il est devenu froid et cérémonieux : je crois qu'il me boude. Après tout, s'il juge à propos de me priver de son amitié, je le regretterai très peu. Ce monsieur Blondasse me plaît médiocrement. D'abord il est excessivement fier, ce qui, pour moi, est une petitesse : j'ai la faiblesse de penser que la fierté est l'apanage des sots. Si nous croyons valoir mieux que ceux qui nous entourent, prouvons-le en faisant plus et mieux qu'eux ; forçons-les à nous reconnaître pour leurs supérieurs, mais traitons-les comme des égaux. Pour revenir à ce M. d'Altembergh, ou plutôt von Altembergh, car il a francisé son nom, je me demande ce qu'il fait ici. Il recherche la société des officiers, parle avec eux art militaire, et, ma foi, en homme qui s'y connaît. Mais il nous agace tous avec son Allemagne; tout est parfait dans son pays, et nous ne sommes qu'un peuple dégénéré. La science allemande, l'art allemand, l'organisation et l'administration allemandes sont, à l'entendre, arrivés à des hauteurs que nous ne pourrons jamais atteindre.

— C'est qu'il aime son pays.

— Eh! que n'y reste-t-il? Moi aussi, j'aime mon pays, et je n'irai pas me fixer en Allemagne. Enfin, s'il me bat froid, je le lui rends bien, et je serais enchanté d'être complètement débarrassé de ce personnage qui ne m'est nullement sympathique.

Quand la saison de chasse fut terminée, George de Nuriac avait si bien pris l'habitude de venir à la Ménadière qu'il continua ses visites, sans autre but alors que de voir sa cousine et de causer avec le comte. Il y trouvait d'ailleurs un si bon accueil; Jeanne le recevait comme s'il eût été son frère, et le comte Gaëtan le traitait comme son propre fils.

Comme les faiseurs et les faiseuses de racontars ne sont pas plus rares en Touraine que dans le reste du monde, le bruit de son mariage avec sa cousine courut bientôt tous les salons de la ville, et même de l'arrondissement. On trouvait cela tout naturel; Jeanne ne pouvait faire mieux pour celui qui lui avait sauvé la vie, ils feraient du reste un couple charmant, et ceci, et cela. La douairière de *** annonçait même que le jour des noces était fixé.

Et cependant George ne parlait de rien, faisait son service avec une régularité parfaite, et deux ou trois fois par semaine montait à cheval, et au petit galop de chasse prenait la direction de la Ménadière.

Ses camarades du 4ᵉ cuirassiers lui parlèrent plusieurs

fois de sa charmante cousine, mais lui se bornait à
sourire, et quand il était trop directement questionné, il
répondait :

— Je ne pense pas à me marier. J'ai rencontré en
Touraine des membres de ma famille que je ne connaissais pas; ils m'ont fait le plus gracieux accueil, et je me
trouve si bien chez eux que j'y vais le plus souvent que
je puis; mais, encore une fois, je n'ai pas l'intention
d'épouser ma cousine. Je veux continuer ma carrière,
et un militaire ne doit pas se marier.

Un jour, ses amis résolurent de le pousser dans ses
derniers retranchements. Parmi eux se trouvait un jeune
homme de naissance distinguée, possédant une grande
fortune, et placé enfin dans toutes les conditions voulues
pour aspirer à la main d'une riche héritière.

Se rencontrant seul avec George :

— Mon cher, lui dit-il, voulez-vous me permettre de
vous poser franchement une question ?

— Interrogez, je vous répondrai.

— Vous avez nié avoir l'intention d'épouser votre
cousine, n'est-il pas vrai ?

— C'est parfaitement exact.

— Vous ne seriez donc pas contrarié de voir un de vos
camarades solliciter l'honneur d'obtenir sa main ?

— Mes camarades sont parfaitement libres de demander en mariage toutes les jeunes filles qui leur plaisent,
et je serais enchanté de devenir le cousin d'un de mes
amis.

— Même si j'étais cet ami ?

— Ce que j'ai dit pour tous, je le dis à plus forte raison
pour vous.

— Dans ce cas, mon cher, j'espère que vous serez
assez bon pour me présenter.

— Mais n'avez-vous pas été reçu déjà à la Ménadière ?... Vous n'avez donc plus besoin de présentation.

— J'ai fait des visites à M. et à Mlle de La Rochegauthier, cela m'autorise à leur en faire d'autres à
l'avenir; mais pour leur faire connaître le désir que je
vous exprimais tout à l'heure il me faudrait un inter-
médiaire...

George parut embarrassé.

— Si je vous comprends bien, vous me chargez de
demander ma cousine pour vous?

— Puisque vous n'avez pas de prétentions person-
nelles, vous venez de me le dire, je ne vois pas ce qui
pourrait vous empêcher de me rendre ce service.

— Ce qui pourrait m'empêcher! mais tout, mon cher.
Les femmes, les prêtres, les pères de famille, quand
ils n'ont pas eux-mêmes de fils à marier, peuvent se
charger de ces sortes de négociations; il y en a même,
dit-on, qui le font avec grand plaisir. Adressez-vous à
eux; mais moi, un jeune homme, ah! jamais. Autant
vaudrait aller lui dire : Ma chère cousine je vous trouve
charmante, très aimable, très spirituelle, ornée de toutes
sortes de vertus et de bonnes qualités, et capable de
faire une excellente petite femme... pour un de mes
camarades. Quant à moi, bien que nous soyons en rapport d'âge, de position et de fortune, vous comprenez
que j'ai d'autres prétentions... Allons donc! si ce n'était
pas impossible, ce serait de la dernière impertinence.

— Vous vous êtes trahi, George. Vous aimez votre
cousine.

— Et quoi, mon cher? Pouvais-je vous répondre autrement que je ne l'ai fait? Si quelque chose doit vous
étonner, ce n'est pas mon refus, c'est votre demande.

— C'est très vrai, mais votre ton m'a dit ce que je
voulais savoir. Vous deviez me refuser, c'est évident;
mais vous l'avez fait avec trop de chaleur.

George s'aperçut qu'il s'était laissé prendre au piège;
il reprit alors son sang-froid et répondit en souriant :

4

— Vous croyez, mon cher ? Eh bien ! vous êtes dans
l'erreur. La preuve en est que si vous voulez demander
ma cousine, ou faire faire cette démarche par tout autre
que par moi, nous resterons les meilleurs amis du
monde.

On en parla un peu au 4e cuirassiers, il y eut diverses
interprétations ; mais, en fin de compte, le problème du
mariage de M. de Nuriac resta sans solution.

Quand la douairière de*** apprit le résultat négatif de
cette dernière tentative, elle sourit.

— Ces messieurs n'ont pas su s'y prendre ; si je le te-
nais un quart d'heure en tête à tête, je saurais la vérité ;
mais je n'ai pas besoin de ses confidences ; ce mariage-
là est écrit, il se fera.

Le lecteur se rappelle sans doute que Valérie de Nérula avait une sœur. Grâce au désintéressement et à la
générosité de M. de La Rochegauthier, elle épousa bientôt M. de Précontal, capitaine au 3e chasseurs à pied.
Après quelques années de vie de garnison, celui-ci
donna sa démission, et se retira dans une terre qu'il possédait à Chériset, dans les environs d'Alençon. Le seul
enfant issu de leur mariage mourut à l'âge de sept ans,
et deux ans après son père le suivait dans la tombe. Depuis qu'elle se trouvait ainsi isolée, Mme de Précontal
venait chaque année passer une partie de l'été avec sa
nièce et son beau-frère.

Dans les derniers jours de juin 1870, elle arrivait à la
Ménadière. C'était une grande joie pour Jeanne qui retrouvait dans sa tante toutes les vertus et toutes l'affection de sa mère.

Mme de Précontal n'eut pas besoin d'une grande dose
de perspicacité pour voir bientôt que les deux jeunes
gens qui se convenaient sous tous les rapports, étaient
loin d'être indifférents l'un pour l'autre ; et cependant il
n'était pas question de mariage.

Quelle pouvait être la cause d'un tel état de choses? Le vieux comte, jaloux de garder sa fille près de lui, aurait-il refusé de consentir à leur union? Elle se promit de savoir la vérité.

Le jour même, se trouvant seule avec sa nièce :

— Jeanne, lui dit-elle, vous savez toute l'affection que j'ai pour vous; vous m'avez quelquefois témoigné la confiance que vous auriez eue pour votre mère si elle vivait encore... Je puis donc vous demander l'explication d'une chose qui me paraît anormale ; pourquoi n'épousez-vous pas votre cousin de Nuriac ?

— Ma tante, on n'épouse pas les jeunes gens malgré eux.

— George ne vous a donc jamais laissé entendre qu'il avait pour vous une affection plus que fraternelle ?

— Il est très bon pour moi, très poli, très prévenant ; mais jamais il ne m'a dit un mot qui pût me faire croire qu'il pensât à moi.

— Et vous, Jeanne, dites-le moi, vous est-il complètement indifférent ?

— C'est mon cousin, et je l'aime comme un bon parent.

— Pas autrement ?

— Ma tante, je n'ai l'intention de me jeter à la tête de qui que ce soit. Si George me demandait en mariage, je réfléchirais sur le parti que j'aurais à prendre. Je demanderais conseil à mon père et à vous; mais jusque-là je n'ai absolument rien à dire ni à faire.

Mme de Précontal laissa la conversation prendre un autre cours, mais se promit de ne pas en rester là.

Quelques jours plus tard, George devait dîner à la Ménadière. Quand il arriva, Jeanne qui était allée faire une promenade à cheval avec son père, n'était pas encore rentrée : l'occasion était favorable.

— Monsieur de Nuriac, dit-elle à George, je désire faire un tour de parc, voulez-vous bien m'accompagner?

— Je serais trop heureux, madame, de pouvoir vous être agréable.

— Donnez-moi votre bras.

Quand ils furent suffisamment éloignés du château pour être certains de n'être pas entendus, la tante de Jeanne alla droit à son but.

— Monsieur, dit-elle, je profite d'un moment où nous sommes seuls ici pour vous parler d'une question qui intéresse sérieusement une personne pour laquelle j'ai la plus grande affection. Depuis huit jours que je vous connais, je crois vous avoir suffisamment apprécié pour pouvoir affirmer que vous êtes un homme d'honneur.

— Je pense, madame, que rien dans ma conduite n'a donné jusqu'aujourd'hui le droit d'élever un doute à cet égard.

— Calmez-vous, personne n'en élève, mais laissez-moi continuer. Vous aimez ma nièce et vous ne lui êtes pas indifférent.

— Jeanne vous aurait-elle dit?...

— Elle ne m'a rien dit; elle a même refusé de répondre aux questions que je lui ai faites sur ce point.

George, qui avait paru un moment en proie à une vive émotion, reprit aussitôt son calme accoutumé.

— Vous voyez donc bien, madame...

— Je vois que vous êtes incompréhensible. Vous connaissez une jeune personne qui a toutes les qualités que vous pourriez rêver pour la femme à qui vous voudriez confier votre bonheur, vous la voyez presque tous les jours, vous l'aimez...

— Madame!...

— Oui, vous l'aimez, et vous n'auriez qu'à parler pour être heureux; vous n'auriez qu'à lui tendre la main, et elle y placerait la sienne avec confiance et avec joie; mais non, vous ne ferez pas cette démarche...

— Vous me permettrez, madame, de vous faire obser-

ver que vous vous hâtez un peu d'affirmer les pensées et
les sentiments que vous voulez bien me prêter.

— Enfin avez-vous une raison, un prétexte pour ne
pas épouser votre cousine?...

— Madame, je n'ai pas l'intention de me marier.

— Auriez-vous la prétention de jouer de finesse avec
moi? Faites bien attention qu'à ce jeu les hommes sont
toujours battus par les femmes.

— Je n'ai pas plus cette intention que les autres qu'il
vous plaît de me supposer, et je reconnais trop ma faiblesse, madame, pour oser lutter avec vous. Je réponds
aux questions que vous me posez, rien de plus.

— Vous me répondez franchement?

— Franchement.

— Permettez-moi de développer votre pensée.

— Tout vous est permis, madame, et je suis même
très curieux de voir les charmes nouveaux que mes pauvres idées pourront prendre quand vous les aurez revê-
tues des formes gracieuses dont vous savez si bien orner
les vôtres.

— Vous essayez de détourner la conversation, mais
vous ne réussirez pas. Vous venez de me dire, franchement, que vous ne vouliez pas vous marier. Cela signifie pour moi : Il n'y a sur la terre qu'une seule femme que
j'aime. Un obstacle, nous le chercherons dans un instant,
un obstacle s'oppose à l'ardent désir que j'éprouve d'u-
nir ma vie à la sienne, et comme toutes les autres femmes n'existent pas pour moi, je renonce au mariage. Ce
n'est pas nouveau, vous formez la cent millionnième
édition du roman qui a commencé à la seconde généra-
tion de l'espèce humaine.

— Madame, je vous prie...

— Ne me répondez pas ; vous êtes incapable de mentir, et en cherchant à tourner la vérité vous vous per-
driez infailliblement.

4.

— Je garde le silence.

— C'est ce que vous avez de mieux à faire. Mais ce n'est pas tout, il faut aussi cesser vos visites à la Ménadière.

George tressaillit.

— Cesser mes visites.... ne plus venir ici... ne plus...

— Eh ! mon Dieu ! puisque vous n'aimez pas Jeanne...

— Je n'ai pas dit cela, madame.

— C'est vrai, vous ne l'avez pas dit, et le mouvement que vous venez de faire a exprimé la pensée diamétralement opposée. Eh bien ! monsieur de Nuriac, puisque vous aimez ma nièce, raison de plus pour cesser de la voir.

— Mais je ne vous comprends pas, madame.

— Vous n'avez pas, je suppose, l'intention de la compromettre.

— Moi, compromettre Jeanne ! Ah ! une telle pensée...

— Ne vous était jamais venue. Voyez, monsieur ! les situations fausses sont des impasses dont on ne peut sortir qu'en retournant sur ses pas. Quand on n'a pas l'intention d'épouser une jeune personne, on ne vient pas chez elle plusieurs fois par semaine.

— Mais, madame, Jeanne est ma cousine, son père veut bien me recevoir, et je ne vois pas...

— Vous ne voyez pas que tout le pays parle de votre prochain mariage, que tant que vous viendrez ici personne n'osera s'y présenter; et quand vous vous éloignerez, au prochain changement de garnison, par exemple, on s'étonnera que le mariage n'ait pas eu lieu, on jasera, on clabaudera... qui sait, on calomniera peut-être.

— C'est assez, madame, je pars à l'instant pour demander une permission à mon colonel et demain je serai à Paris pour solliciter un changement de régiment immédiat. Je vous remercie, madame, de m'avoir ouvert les yeux... Je m'oubliais, dans mon bonheur d'avoir re-

trouvé une partie de ma famille ; des cœurs bons, droits
et généreux... Oh ! mon Dieu ! j'ai passé ici de biens
douces journées... Mais, c'est vrai, j'avais oublié la mé-
chanceté de ce monde ; il m'avait semblé qu'il suffisait
d'avoir la conscience pure, de n'avoir pas même une
pensée à se reprocher... Mais non, il ne faut pas prêter à la calomnie qui est là, vigilante, prête à mordre, à
déchirer, à salir... Encore une fois merci, madame, et
adieu !

— Un instant encore, monsieur. Vous ne croyez pas
que je vais vous laisser partir ainsi.

— Il me semble, madame, que vous-même venez de
me tracer mon devoir ; je n'ai donc plus qu'à le suivre.

— Je connais deux grands enfants : l'un s'appelle
Jeanne, et l'autre me donne le bras en ce moment. Ils
s'aiment, ils sont fous l'un de l'autre, et comme par
suite de je ne sais quel entêtement, celui qui devrait
dire le premier mot ne veut pas consentir à desserrer
les lèvres, il va s'en aller

> Sous d'autres cieux
> Cacher sa peine amère.

C'est ainsi, je pense, que cela se dit dans les opéras ;
et l'autre dévorera ses larmes en silence, et finira par
mourir vieille fille, partageant son cœur et ses biscuits
entre un chien, un chat et un perroquet.

— Oh ! madame, vous êtes...

— D'un prosaïsme, n'est-ce-pas ?

— Ce n'est pas cela que je veux dire.

— Mais c'est ce que vous pensez. Que voulez-vous ?
Je n'y puis rien, je dis la vérité.

— Je trouve, madame, que vous êtes cruelle.

— Parce que je vous dis qu'on vous aime ? Ah ! c'est
trop fort !

— Si je pouvais vous croire! Si j'avais la preuve que vous n'êtes pas le jouet d'une illusion!

— J'en suis certaine, vous dis-je, très certaine...... Combien de fois faudra-t-il vous le répéter! Tenez, M. de Nuriac, un bon mouvement, dites-moi le motif qui vous a empêché jusqu'ici de demander Jeanne, et peut-être votre départ cesserait-il d'être nécessaire. Je suis femme et les femmes se plaisent à se charger des négociations difficiles et délicates, et on leur fait l'honneur de reconnaître que le succès répond assez souvent à leurs efforts.

— Soit, madame. Vos franches paroles et l'intérêt bienveillant qui vous a porté à me parler comme vous venez de le faire, me décident à vous découvrir le fond de ma pensée. J'aime Jeanne, j'ai pour elle un amour profond, respectueux, cet amour enfin que l'on éprouve pour celle dont on veut faire la compagne de sa vie, la mère de ses enfants. Si je l'avais rencontrée dans un salon, dans un bal, dans des circonstances ordinaires, en un mot, il y a longtemps que je l'eusse suppliée d'unir sa vie à la mienne. Mais les choses ne se sont point passées ainsi. Je ne savais même pas qu'elle existât, quand un jour, en entrant dans la forêt pour chasser, j'entends un cri d'angoisse qui résonne jusqu'au fond de mon âme ; je lève les yeux, j'aperçois dans la plaine une femme ; elle fuit tenant un enfant dans ses bras, elle est poursuivie par une hideuse bête, un chien enragé. Je suis assez heureux pour tuer le chien et la sauver d'une horrible mort. Puis, voilà que cette femme est ma parente, que je puis la voir souvent, apprécier les innombrables qualités de son esprit et de son cœur, respirer le parfum de ses douces vertus, m'enivrer du charme qu'à son insu elle répand autour d'elle... Elle est belle comme la lumière du jour, bonne comme les anges du ciel... Je l'aime... Ah! si elle ne me devait pas la vie!... Mais non, ce qui devrait faire mon bonheur est cause de mon malheur. Je ne puis demander ce qu'on n'a pour ainsi dire pas le droit de me refuser.

— Ah! ça! savez-vous que je ne vous comprends plus du tout, mais du tout.

— Comment vous ne comprenez pas que si je viens demander à Jeanne de me consacrer cette existence qu'elle me doit, elle n'a pas le droit de me repousser, et que je ne puis accepter un consentement forcé, un consentement qui pourrait n'être pas volontaire?

— C'est-à-dire que vous ne voulez pas être accepté par reconnaissance?

— Non, jamais. J'ai du mariage une trop haute idée. Pour moi, ce doit être l'union de deux âmes se fondant dans une même existence; mais notre pauvre nature est sujette à tant de faiblesses, de misères, de ridicules, de défaillances, qu'il faut une force immense pour surmonter toutes ces causes de désunion, et cette force ne peut se rencontrer que dans un amour fort, sincère et entier. Une union qui se baserait sur la reconnaissance vaudrait certainement mieux que celles qui reposent sur la fortune ou sur d'autres conventions sociales, mais ce ne serait encore qu'une union de convenance, et viennent les mauvais jours, vienne la souffrance, vienne l'épreuve, cet édifice construit sur le sable sera emporté et s'écroulera.

— Enfin, vous voulez être aimé pour vous-même ?

— Je veux être aimé comme j'aime. Je ne veux pas d'une affection qui serait le prix d'un service, si grand qu'il ait pu être.

— Mon pauvre chevalier, vous êtes venu au monde trois ou quatre cents ans trop tard.

— C'est possible.

— Combien d'autres, à votre place, seraient trop heureux d'avoir un pareil titre à mettre en avant!

— Ces gens-là et moi, madame, nous ne suivons pas

la même route, nous ne parlons pas la même langue.

Mme de Précontal resta un moment silencieuse.

— Monsieur de Nuriac, dit-elle enfin, voulez-vous faire un arrangement entre nous ?

— Je ne doute pas, madame, que, proposé par vous, je ne puisse l'accepter.

— C'est bien. D'abord vous partirez, non pas pour Paris, mais tout simplement pour Tours, où vous ferez votre service bien gentiment et sans vous occuper d'autre chose, puis vous nous reviendrez dans trois jours. D'ici là je m'engage à savoir si on vous aime, mais rien que pour vous-même et sans que la reconnaissance ait rien à y voir.

— Oh ! si cela pouvait être...

— Si cela était, vous feriez votre demande, ou plutôt vous me chargeriez de la faire.

— Je ne sais, madame, comment vous exprimer ma reconnaissance.

— En vous laissant faire, beau chevalier. J'entends la voix de Jeanne qui nous cherche ; retournons vers le château, et dans trois jours, vous saurez si vous devez changer de régiment. Je crois cependant que, si vous devez aller prochainement à Paris, ce sera plutôt pour acheter la bague de fiançailles.

Jeanne approchait.

— Bonjour, ma tante, fit-elle en sautant au cou de Mme de Précontal.

— Bonjour, mignonne. As-tu fait une bonne promenade ?

— Ravissante.

George alla à elle ; ils se touchèrent timidement la main.

— Ma tante lui a parlé, se dit la jeune fille, sa main tremblait en touchant la mienne.

Puis à haute voix :

— Je viens vous annoncer qu'on sert.

— Très bien, ma chérie, donne-moi ton bras; pendant que M. de Nuriac ira saluer ton père, nous rentrerons doucement à nous deux.

Jeanne s'attendait à d'importantes communications, mais sa tante, qui sans doute avait ses raisons pour ne rien précipiter, ne lui parla que de choses indifférentes. Cependant, à la porte du salon :

— Demain matin, si tu veux m'accompagner, nous ferons une promenade dans la forêt.

— Très volontiers, ma tante; à quelle heure voulez-vous que je fasse atteler ?

— Nous irons à pied, chérie... on cause mieux.

Le lendemain, Mme de Précontal et Jeanne sortaient de la Ménadière par la petite porte du parc et se trouvaient immédiatement sous bois. Le temps était splendide : on était alors aux premiers jours de juillet, la forêt était revêtue de sa plus riche parure, et sous les arbres aux branches touffues vigoureusement dessinées par l'éclatante lumière du soleil d'été, le tapis de mousse et d'herbes fines scintillait, émaillé d'une multitude de fleurs, perles et rubis semés partout par la main généreuse du Créateur.

La chaleur était tempérée par la brise matinale, et sous l'ombre des grands chênes nos promeneuses trouvaient une douce et agréable fraîcheur.

Jeanne attendait avec impatience qu'il plût à sa tante de parler ; évidemment c'était par suite d'un plan prémédité qu'elle l'avait emmenée à cette promenade, puis sa pensée se reportait à ce jour où, au sortir de la forêt, elle avait couru un si grand danger. George l'avait sauvée, et depuis ce jour il avait tenu une si grande place dans sa vie, elle le voyait souvent, il était devenu son ami, presque son frère. Elle avait pensé un moment que cette affection fraternelle prendrait un autre nom, mais

les choses n'étaient-elles pas bien comme elles étaient ?
Si cependant il devait s'éloigner... Oh ! alors, il y aurait
un grand vide dans sa vie ; ne plus le voir, ne plus entendre le son de sa voix...

Elle fut interrompue par sa tante qui lui demandait :

— Jeanne, que penses-tu des gens qui se font payer
les services qu'ils rendent ?

— Je ne sais trop ; il me semble qu'ils manquent de
générosité, de grandeur, de noblesse, de cœur enfin.

— Tu as raison. Mais que penserais-tu de ceux qui,
ayant reçu le service, refuseraient de payer leur dette
de reconnaissance ?

— Ces gens-là ont leur nom dans toutes les langues ;
en français, ils s'appellent des ingrats, c'est-à-dire des
misérables.

— Écoute, je vais te raconter une histoire : il y avait
autrefois une jeune fille, tu vois, cela commence comme
tous les contes de fées, cette jeune fille était belle, riche,
instruite, pieuse, bonne, enfin donne-lui toutes les qualités dont tu voudrais parer ta sœur si le ciel t'en avait
donné une. Un jour, oh ! je te parle de longtemps, c'était,
voyons... c'était au moyen âge. Un jour donc elle était
poursuivie par un chevalier félon qui voulait la tuer pour
se venger de son père. Voilà qu'apparaît tout à coup un
noble chevalier, vêtu d'une armure brillante ; son heaume
est ombragé par une magnifique plume blanche, une
écharpe bleu de ciel flotte sur sa poitrine. En voyant la
jeune fille s'enfuir et pousser des cris d'alarme, il met
sa lance en arrêt, fond sur le félon, le renverse, le foule
aux pieds de son cheval, et lui passe son épée à travers
le corps ; puis il ramène la pauvre innocente au château
de son père. Naturellement, celui-ci le reçoit à bras
ouverts, il en fait son écuyer, lui donne le commandement
de tous ses hommes d'armes, et le chevalier à la plume

blanche devient ainsi habitant du château. Tous les jours il rencontre la jeune fille, et comme nous sommes convenues qu'elle a toutes les qualités possibles, il ne peut la voir longtemps sans se sentir pris pour elle d'un amour profond et irrésistible. Cependant il se tait; la jeune châtelaine, de son côté, a trop le sentiment de sa dignité pour dire une parole qui pourrait déceler l'amour qu'elle éprouve tout au fond de son cœur pour le gentil chevalier auquel elle doit la vie.

— Enfin, ma tante, un jour le beau chevalier demanda la jeune fille à son père, il l'épousa et ils eurent beaucoup d'enfants. C'est ainsi que finissent toutes les histoires.

— Non pas, la mienne, qui commence comme toutes les autres, finit autrement. Un beau jour, où plutôt un triste jour, le chevalier à l'écharpe bleue prétexte je ne sais quel vœu, et part pour la croisade; il part la mort dans le cœur, car il quitte celle qu'il aimait plus que la vie, et il laisse la pauvre enfant qui se désole et monte tous les jours, mais en vain, au sommet de sa tour, pour voir si son beau chevalier ne revient pas.

— Que pouvait-elle y faire? Je suppose que du temps de votre histoire, ma tante, les jeunes filles n'avaient pas plus qu'aujourd'hui l'habitude de demander les messieurs, pardon, les chevaliers... en mariage.

— C'est vrai; mais tu ne sais pas pourquoi mon chevalier n'a jamais pu se décider à demander sa belle? Peut-être mon histoire te le dirait-elle.

— Voyons donc la fin de votre histoire?

— Et bien! il ne voulait pas manquer de générosité, de noblesse, de cœur enfin en réclamant le paiement du service rendu.

— Il vous aurait dit?...

— Oh! pas à moi, je ne suis pas si vieille que cela. Songe donc que mon chevalier vivait au moyen âge.

5

— Seulement, votre chevalier s'appelle George de Nuriac. Tenez, ma tante, parlez-moi franchement. George vous a-t-il chargée de me dire quelque chose ?

— Il ne m'a pas chargée, mais il ne m'a pas défendu, ce qui revient à peu près au même. Dès mon arrivée ici, j'ai été frappée de la situation fausse que vous avez l'un vis-à-vis de l'autre, et je me suis promis d'en avoir l'explication. Hier j'ai attaqué ton cousin. Oh ! il s'est vaillamment défendu ; enfin, poussé dans ses derniers retranchements, il a fini par m'avouer le motif qui l'empêchait de te demander, et j'ai obtenu qu'il me donne sa procuration.

— Mais comment n'a-t-il pas compris que la reconnaissance est le plus doux des devoirs, et que j'aurais été heureuse de lui consacrer une existence qu'il m'a conservée ?

— Mais, petite, c'est précisément ce qu'il ne veut pas. Voici ce qu'il m'a déclaré : jamais il ne consentira à épouser une femme qui l'accepterait par reconnaissance.

— Que veut-il donc ?

— Ah ! il est difficile. Il veut être aimé pour lui-même.

— Mais n'est-ce pas ainsi que je l'aime ? Mon père m'avait si bien mise en garde contre les coureurs de dots, les jeunes gens qui se marient pour faire une fin, je ne comprends pas bien ce mot, mais je suppose que mon père désigne par là ceux qui ont eu une jeunesse désordonnée, les dissipateurs, les vicieux, les jaloux, les imbéciles, etc., etc., que j'osais à peine regarder les quelques jeunes gens que je rencontrais dans ma vie. Ensuite j'étais moi-même difficile ; je voulais que mon mari fût beau, noble, généreux, qu'il eût des principes religieux, et le courage de les mettre en pratique. Jusqu'au jour où George est entré à la Ménadière, je n'avais rencontré personne qui me parût digne de fixer mon choix; mais depuis que je l'ai vu, que je l'ai entendu, que j'ai pu l'apprécier, je me suis dit : Il n'est pas comme les autres, et s'il me demandait en mariage, il me semble que je serais heureuse d'unir ma vie à la sienne pour toujours.

— Nous y voilà donc enfin; tu viens de me dire le mot qu'il me fallait : c'est parce qu'il n'est pas comme les autres que tu l'aimes, ce n'est pas par reconnaissance.

— J'ai aussi pour lui une profonde gratitude, et jamais je n'oublierai...

— Personne n'en doute, mignonne; mais enfin, s'il ne t'avait rendu aucun service, si même un autre t'avait sauvé la vie ?...

— Je ne saurais que faire pour prouver à ce dernier que je ne suis pas une ingrate, mais il me semble que mes sentiments pour George ne changeraient en rien.

— Je n'en veux pas savoir plus. Retournons au château, j'ai hâte de rentrer et de causer avec ton père. Allons, embrasse-moi, ma chérie; ou je me trompe grandement, ou, avant trois mois, tu seras Mme de Nuriac.

— J'espère bien, ma tante, que vous ne direz rien à George de ce que je viens de vous avouer.

— Ne crains rien, ton cousin ne saura que ce qu'il a besoin de savoir, et le reste tu le lui diras toi-même... plus tard.

A peine arrivée à la Ménadière, Mme de Précontal entra chez son beau-frère. Nous ne répéterons pas la conversation qui eut lieu entre eux, elle se devine facilement.

Au moment de sortir, la tante de Jeanne demanda au comte de La Rochegauthier s'il ne pourrait pas envoyer un homme à cheval porter à Tours une lettre très pressée.

Pendant que le domestique se disposait à partir, elle écrivait le billet suivant :

« M. George de Nuriac est prié de se mettre immédiatement en route, non pour Paris, mais pour la Ménadière. On l'attend pour dîner ce soir. En cas d'empêchement causé par une nécessité de service, on n'en admet pas d'autre, il dirait au porteur à quelle heure on peut l'attendre.

« Amélie DE PRÉCONTAL. »

Un quart d'heure après, en se mettant à table :

— Il me semble, dit-elle, que je vais déjeuner de bon appétit ; j'ai fait ce matin, une charmante promenade et une excellente besogne, et cela m'a mise en parfaites dispositions. Et toi, petite ?

— Moi aussi, ma tante.

Mais, contrairement à son dire, Jeanne toucha à peine aux plats qui lui furent présentés. Il est dit dans l'Écriture que l'homme ne vit pas seulement de pain.

La tante, au contraire, comme elle l'avait annoncé, fit honneur au cordon bleu de la Ménadière ; vers la fin du repas et s'adressant à sa nièce :

— A propos, Jeannette, je t'annonce un convive pour ce soir.

— Qui donc, ma tante ?

— Fi donc ! vilaine petite sournoise. Le chevalier à l'écharpe bleue.

— Quoi ! si vite ! fit la jeune fille en rougissant.

— Au plus vite au mieux. On croirait que tu en es bien fâchée... Gaëtan, voulez-vous me permettre pour aujourd'hui de remplacer ma nièce dans ses fonctions de maîtresse de maison.

— Vous êtes ici chez vous, belle-sœur.

— Merci : c'est que, voyez-vous, je tiens à ce que les choses soient bien faites. Puisque je ramène l'enfant prodigue, je vous préviens que je vais faire tuer le veau gras. A propos, Gaëtan, George trouve votre chambertin excellent.

— Il aura du chambertin, le beau ténébreux... C'est égal, de mon temps nous menions les affaires plus rondement que cela. Quand j'ai rencontré votre sœur, Amélie, personne n'est venu me prendre par la main.

— Autre temps, autres mœurs, beau-frère ; et puis vous vous êtes marié si tard, vous aviez cent raisons de vous presser.

— Allez, allez, votre Amadis est un nigaud. S'il avait voulu, il y aurait déjà six mois qu'il serait le mari d'une jolie petite femme ; et moi, je pourrais espérer que dans quelques mois... Mais n'anticipons pas sur l'avenir.

Au moment où ces événements si graves pour les intéressés, si insignifiants pour le genre humain, s'accomplissaient à la Ménadière, d'étranges rumeurs agitaient la France et toute l'Europe. Déjà à deux reprises, l'affaire de la couronne d'Espagne et celle du Luxembourg avaient failli mettre le feu aux poudres ; mais voilà que la question espagnole revenait sur l'eau. Les uns disaient que la rupture était inévitable et imminente ; d'autres, et c'était le plus grand nombre, espéraient que la paix ne serait pas rompue.

Une guerre entre la France et l'Allemagne amènerait, disait-on, une conflagration européenne, et les grandes puissances interviendraient à temps pour empêcher un aussi grand malheur.

VI

LES BUREAUX DE L'ÉTAT-MAJOR PRUSSIEN

Si l'on s'occupait en France des bruits de guerre, l'opinion publique était encore bien plus agitée en Allemagne.

Dans toutes les brasseries de la patrie germaine, et Dieu sait si elles sont nombreuses, on chantait chaque soir de ces poésies enseignées dans les écoles prussiennes où les Français sont appelés tour à tour des loups, des vautours, ou des poltrons qui, pour se sauver, luttent de vitesse avec les lièvres.

Ces braves Teutons, aux habitudes placides, étaient devenus des foudres de guerre ; leurs bonnes faces carrées devenaient rubicondes à la pensée des victoires qu'ils devaient remporter sur les maudits Français ; leurs chevelures rutilantes, dont la gamme renferme toutes les nuances du jaune, depuis le blanc sale jusqu'au rouge orangé, toutes ces chevelures se hérissaient d'enthousiasme à la pensée des pendules, des pianos et autres menus objets que l'on rapporterait de ce pays exécré ; tous, jusqu'aux Gretchen les plus vaporeuses et les plus ébouriffées, étaient pris d'une haine furibonde du nom français.

Ce qui est remarquable, c'est la diversité des motifs de cet acharnement d'animosité. Pour les radicaux, nous étions les séides d'un abominable tyran qui n'attendait que l'occasion favorable pour marcher sur les traces de son oncle, imposer son joug à toute l'Europe, fouler aux pieds tous les peuples vaincus, et les forcer à courber le front sous son sceptre de fer. Pour les protestants,

or nous étions les suppôts de Rome dont nous allions éta-
blir l'omnipotence sur tous les États du monde. Aux ca-
tholiques, au contraire, on avait persuadé que nous étions
un peuple d'impies, ne croyant plus à aucune espèce de
religion, ayant même perdu la notion de Dieu. Enfin, les
bons bourgeois de Dusseldorf, de Nuremberg et autres
lieux, ne voyaient en nous que des jacobins furieux, prêts
à révolutionner la terre et à promener la guillotine aux
quatre coins du globe.

Il était pourtant difficile que nous pussions mériter
tous ces reproches en même temps. Mais toutes ces ac-
cusations, et une foule d'autres, habilement propagées
par les officines de Berlin, semées de tous côtés aux frais
de la caisse des reptiles, servaient à exciter les passions
populaires, et à cacher la véritable cause de la haine
dont on nous honorait.

Cette cause, il faut la chercher dans les innombrables
défaites que la France avait fait subir à l'Allemagne, et
surtout à la Prusse, depuis plus de deux siècles.

Et tandis que la France se reposait sur ses gloires anciennes pour s'endormir dans une fausse sécurité, tandis
qu'elle se croyait certaine de vaincre le jour où il lui
plairait d'accepter le défi d'un ennemi téméraire, à Berlin on se préparait longuement, sourdement, depuis bien
des années.

Le 9 juillet 1870, une animation extraordinaire se faisait remarquer dans les environs d'un grand bâtiment
massif et complètement dépourvu d'élégance, où étaient
situés les bureaux de l'état-major général de l'armée
prussienne.

Par la grande porte d'entrée passaient continuellement
des flots d'hommes, les uns en uniforme, les autres en
simples bourgeois. Ils traversaient une cour carrée, s'en-
gageaient dans une vaste salle sur la porte de laquelle
étaient écrits ces mots : *Service des renseignements*.

Cette salle pouvait avoir dix mètres de largeur sur douze de longueur, elle était remplie de bancs rangés symétriquement. Au milieu et sur une estrade, un bureau derrière lequel était assis un officier; chaque arrivant lui remettait une carte portant un nom et un numéro, et allait prendre place sur un des bancs.

Les murs, blanchis à la chaux et complètement nus, étaient percés de huits portes marquées par une lettre de l'alphabet, et devant chacune d'elles un factionnaire attendait immobile comme une statue de pierre. A chaque instant, une de ces portes s'ouvrait, un nom était appelé, répété à haute voix par le soldat; aussitôt un homme disparaissait par la porte, qui se refermait sur son passage.

En dehors des appels faits par les factionnaires, le silence le plus complet régnait dans cette salle.

Qu'allaient faire tous ces hommes dans ces différents bureaux, le lecteur, l'a déjà deviné; ils allaient rendre compte de leur espionnage. C'étaient ces musiciens et ces marchands ambulants qui, un moment, avaient inondé la France; c'étaient ces employés de commerce et de chemins de fer, ces domestiques qui, depuis plusieurs années, s'étaient introduits partout pour tout voir, tout compter et fixer les rançons que les villes et les particuliers pouvaient payer. Leur mission était finie, et ils venaient apporter leur rapport et recevoir le prix de leur infâme métier.

Tous les quarts d'heure un planton, qui attendait au pied de l'estrade, allait porter au bureau des classements les noms et les numéros des derniers arrivés.

Celui qui faisait le service venait de rentrer depuis quelques minutes, quand un officier d'état-major parut dans la salle et appela : « Monsieur le comte von Altembergh. » Un jeune homme portant l'uniforme de lieutenant de cavalerie, et orné d'une magnifique barbe blonde, se leva et se dirigea vers celui qui venait de l'appeler.

— Monsieur, lui dit alors ce dernier, le colonel me charge de vous prévenir que le général de Moltke veut vous recevoir lui-même ; ayez donc la bonté de me suivre.

Les deux officiers marchèrent quelque temps à travers un dédale de corridors et d'escaliers, puis l'officier d'état-major fit entrer von Altembergh dans une vaste antichambre, où plusieurs autres personnes attendaient leur tour ; il remit une carte au planton, en disant :

— Portez ceci au général.

Puis il se retira.

Un quart d'heure après, une porte s'ouvrit et un huissier appela :

— Herr Graft von Altembergh.

Le général de Moltke était assis devant un bureau encombré de cartes et de plans, et prenait des notes. Sans cesser d'écrire :

— Je vous ai fait appeler, monsieur, pour vous dire que je suis content de votre travail. J'ai vu vos rapports qui sont très satisfaisants. Vous avez fait d'importantes corrections à la carte de l'état-major français qui est du reste très défectueuse. Les Français ont fait ce travail, comme ils font tout, avec une incroyable légèreté. Je suis heureux de vous annoncer que, sur ma proposition, le ministre vient de vous accorder le grade de capitaine ; j'espère, monsieur, que vous continuerez à mériter les éloges de vos supérieurs.

— Je ferai tous mes efforts pour cela, mon général, et je vous remercie de la nouvelle preuve de bonté que vous venez de me donner.

— Ce n'est pas une preuve de bonté, c'est une preuve de satisfaction. Je n'accorde jamais d'avancement qui ne soit mérité.

5.

— Je ne sais, dans ce cas, si j'oserai vous demander une grâce à laquelle j'attache cependant le plus grand prix.

— Hum ! je n'aime pas beaucoup les requêtes, je vous en préviens.

— Permettez-moi, mon général, avant de vous faire connaître ce que je désire, de vous présenter un travail qui ne vous a pas encore été soumis, et qui pourrait, je pense, avoir son utilité dans le cas d'une prochaine campagne.

En disant ces mots, il déployait et étendait sur la table une grande feuille de papier.

— Qu'est-ce que cela ? fit le général de Moltke. « Forêts d'Amboise ; » nous avons déjà cette carte. Que signifient ces divisions ?

— Elles indiquent les tailles, mon général. J'avais été frappé du danger d'entrer dans les forêts quand le taillis a acquis un certain développement ; les feuilles les garnissent entièrement et empêchent de voir à trois pas devant soi. Au contraire, après un nombre d'années plus ou moins grand, le bois s'élève ; les feuilles qui cherchent la lumière et ne peuvent vivre sans elle, n'existent plus qu'aux sommets, et les minces rameaux qui les portent n'empêchent pas la vue de pénétrer à une assez grande distance, et, avec quelque précaution, on peut traverser ces parties de bois sans trop de danger. Enfin, la première année qui suit la coupe, et même la seconde dans les terrains très maigres, le sol est complètement découvert, et on peut y engager de la cavalerie et même de l'artillerie. Les cartes ordinaires ne peuvent indiquer ces différents âges des taillis, qui changent chaque année.

Le général écoutait cette explication, suivant attentivement le plan qu'il avait sous les yeux.

— Votre idée est très bonne, dit-il enfin, et très pratique, et je vous en félicite. Voyons, les parties blanches représentent?...

— Les taillis de cette année, mon général, et quelques parties de l'année dernière.

— Et celles légèrement ombrées ?

— Les plus anciennes jusqu'à la teinte presque noire où l'on ne peut pénétrer sans grand danger.

— Très bien ! très bien !

— Ainsi, mon général, si nous avons la guerre avec la France cette année...

— Et nous l'aurons, nous l'aurons avant quinze jours.

— Si les armées allemandes doivent pénétrer jusqu'à Amboise...

— Elles dépasseront cette ville, nous occuperons Tours.

— L'état-major aura là des indications qui pourront lui être utiles, surtout s'il y avait des mouvements à faire dans la direction de Bléré ou de Montrichard.

— Ces renseignements me paraissent tellement utiles que je vais faire faire plusieurs copies de votre travail pour servir au besoin. Ah! ah! les petits Français ne se doutent pas de la partie qu'ils vont jouer. Dans leur sotte présomption, ils se croient invincibles. S'ils pouvaient soupçonner les armes que nous avons contre eux... Mais ils ne savent rien, ils ne connaissent même pas leur pays ; nous le connaissons cent fois mieux qu'eux. Nous avons des cadres magnifiques, des armements formidables, une artillerie admirablement disciplinée, tous nos approvisionnements prêts. Les Français ont donc oublié que leur meilleure artillerie est restée au Mexique, et qu'elle n'a pas été remplacée? Mais non, ils ne l'ont pas oublié ; ils ne l'ont jamais su. Ils se croient forts, et ils ignorent que leurs magasins sont vides comme leurs arsenaux. Et ils osent nous menacer ! Eh bien! nous les attendons, et huit jours après le premier coup de fusil, nous marcherons sur Paris. Aussitôt Paris cerné, nous occuperons la Lorraine, l'Alsace, la Champagne, la Picardie, l'Ile-de-France, la Normandie et une partie de la Bourgogne. Alors, nous serons maîtres de toute la France, qui, divisée en trois ou quatre tronçons ne pourra plus faire aucun effort sérieux. Nous serons maîtres de cette arrogante nation, et nous lui imposerons nos lois. Voilà dix ans, monsieur, que je prépare la campagne qui va s'ouvrir; tout est prêt, tout est prévu, tout est calculé; chacun est à son poste, chacun connaît à fond ce qu'il aura à faire, nous marcherons à coup sûr. Mais je m'oublie; dites-moi donc comment vous avez pu exécuter le travail que j'ai sous les yeux sans attirer l'attention et éveiller les soupçons?

— Cela m'a été assez facile, mon général; je me suis mis en relations avec plusieurs propriétaires de cette forêt, et j'ai pu y chasser avec eux. Eux-mêmes m'ont conduit partout et m'ont donné toutes les indications dont j'avais besoin; je n'avais qu'à prendre notes de ce qu'ils me disaient.

— En vérité, ils sont charmants ces Français; ils fournissent les verges pour se faire fouetter.

— Vous avez bien voulu me dire, mon général, que vous étiez content de mon travail.

— Très content.

— Puis-je me permettre de vous faire connaître la demande que je désire vous adresser?

— Dites, je vous écoute.

— J'ai eu l'occasion de rencontrer en France le comte de La Rochegauthier et sa fille; ce sont deux personnes que j'aime et que j'estime beaucoup, ils habitent le château de la Ménadière, près d'Amboise. Je voudrais que, lorsque les armées allemandes pénètreront dans cette partie du territoire français, des ordres soient donnés pour qu'il ne leur soit fait aucune insulte ni aucune vexation.

— M. de La Rochegauthier est un des propriétaires qui vous a invité à chasser ?

— Oui, mon général.

— Votre demande est accordée. Parbleu ! c'est trop juste, ce brave homme nous a rendu assez de services pour que nous le ménagions un peu. Et sa fille est jeune ?

— De vingt à vingt-deux ans, mon général.

— Jolie ?

— Ravissante.

— Diable ! monsieur von Altembergh, auriez-vous l'intention de fournir une nouvelle sujette à Sa Majesté le roi Guillaume ?

— J'avoue, mon général, que je serais le plus heureux des hommes si je pouvais arriver à ce résultat.

— Et pendant que vous chassiez sur les terres du père, vous n'avez pas pu...

— Impossible, mon général, il y avait un cousin, un fiancé qui gardait la place.

— Eh bien ! il faudra le combattre et le vaincre, comme nous vaincrons tous les autres Français. — Et qu'est-ce que ce cousin ?

— Il est officier de cavalerie.

— Oh ! la guerre a de grands hasards. Qui sait si elle ne vous en débarrassera pas, sans que vous ayez à vous en mêler ?...

— Si j'avais le bonheur de le rencontrer sur un champ de bataille, je vous jure que je tâcherais d'aider le hasard.

— Je vous ai accordé la faveur que vous m'avez demandée, monsieur ; eh bien ! je vais faire plus. Oui, j'aime assez les mariages avec des étrangères, cela renouvelle le vieux sang allemand et le rajeunit ; puis, ces petites Françaises sont très gaies, très spirituelles ; je les trouve très amusantes. De quel régiment faites-vous partie ?

— Du 2ᵉ lanciers poméraniens, mon général.

— Très bien. Mes corps de uhlans sont au complet pour le moment, mais à mesure que nous avancerons dans l'intérieur de la France il faudra les augmenter, en proportion du développement considérable que devront prendre nos lignes.

Au commencement de la campagne, vous entrerez donc au 3ᵉ corps où est votre régiment; mais, dès que nous serons arrivés à Orléans, vous prendrez le commandement de la compagnie de uhlans qui sera chargée d'éclairer notre marche jusqu'à Amboise. Là je vous ferai remplacer, et vous resterez dans cette ville pour surveiller les environs; de cette manière vous ferez pour vos amis tout ce que vous voudrez, et vous serez certain que les ordres que vous me demandiez tout à l'heure seront parfaitement exécutés.

— Mon général je ne sais comment vous exprimer ma reconnaissance.

— En travaillant toujours avec dévouement et énergie pour le service et la gloire de la patrie allemande. Je ne vous retiens plus, monsieur von Altembergh.

Le capitaine de lanciers poméraniens saluait pour se retirer. Le général ajouta :

— Si je vous oubliais, je vous autorise à m'écrire pour me rappeler la promesse que je vous fais aujourd'hui.

Pendant qu'en Allemagne on se préparait ainsi à la guerre, en France on n'y pensait déjà plus.

George de Nuriac, aussitôt qu'il eut reçu le billet de Mme de Précontal, fit seller son cheval et prit bientôt la direction de la Ménadière. Puisqu'on le rappelait, c'est que Jeanne l'aimait. Cette pensée l'absorbait tout entier; il entendait une voix intérieure qui lui parlait de bonheur; l'univers entier lui apparaissait sous les plus riantes couleurs; plus d'ombre, plus de nuit, partout des flots de lumière, et les mille bruits de la nature murmuraient le doux nom de Jeanne.

Il fut tout à coup arraché à sa rêverie, il était devant la grille du château, et au moment où il mettait pied à terre, Mme de Précontal parut sur le perron.

— Venez, lui dit-elle, il faut que nous causions un instant.

Elle l'emmena dans une allée du jardin. En quelques mots elle l'instruisit de ce qu'il devait savoir. Les choses avaient été si bien menées qu'il n'avait plus aucune raison d'hésiter.

Un quart d'heure après ils entraient au salon où M. de La Rochegauthier les attendait.

— Mon cher beau-frère, dit Mme de Précontal, M. de Nuriac n'ayant plus ni son père ni sa mère, me charge de vous dire que vous combleriez le plus grand de tous ses désirs si vous vouliez bien lui accorder la main de votre fille.

— Ah ! que ne l'a-t-il demandée plus tôt, répliqua le comte en se levant ; enfin mieux vaut tard que jamais. Mon cher cousin, depuis que je vous connais, je pense que vous êtes le mari qui convient à Jeanne, et pour ma part je vous accepte de tout cœur. Quant à elle je ne lui ai pas parlé, et je vous préviens que je la laisse complètement libre ; mais ma belle-sœur prétend que sa conquête ne sera plus pour vous chose difficile.

— Mon cousin, je vous remercie infiniment, je...

— Attendez-moi là tous deux, interrompit la tante ; je vais chercher Jeanne, il faut en finir de suite.

George était pâle et visiblement ému.

— Allons donc, lui dit le vieux comte, je crois que vous tremblez, sarpejeu ! Jeanne n'est pourtant pas aussi redoutable qu'une batterie ennemie.

— Je crois que la présence d'une batterie me causerait beaucoup moins d'impression que cette entrevue qui va décider de mon existence.

Un regard tourné avec anxiété vers la porte disait combien il désirait et en même temps combien il redoutait la présence de sa cousine.

Enfin la porte s'ouvrit et Jeanne parut appuyée sur le bras de sa tante. Georges fit appel à tout son courage et s'avança vers elle.

— Jeanne, j'ai cru ce que m'a dit Mme de Précontal; j'ai demandé à votre père de devenir son fils, il a bien voulu y consentir : je vous demande maintenant de me permettre de me dévouer entièrement à vous.

La jeune fille releva la tête, attacha sur lui un regard où se lisaient tout à la fois la franchise, la douceur et la fermeté.

— George, j'ai confiance en vous, vous pouvez compter sur moi.

— Merci, Jeanne !

Il tendit alors la main à sa cousine, et elle y posa la sienne, et ils n'ajoutèrent aucune parole; c'était inutile, ils s'étaient compris.

Le jeune officier de cuirassiers était encore dans tout l'enivrement de ce premier rêve de bonheur, quand éclata comme un coup de foudre cette nouvelle : la guerre est déclarée ! ! !

Sa première pensée fut de hâter l'exécution de toutes les formalités, afin de pouvoir se marier avant de partir, si son régiment était désigné pour entrer en campagne. En quelques jours toutes les pièces nécessaires étaient réunies en dossier et expédiées au ministre de la guerre d'où devait venir l'autorisation indispensable.

Huit jours après il était mandé chez son colonel.

— Monsieur de Nuriac, lui disait celui-ci, je suis désolé de vous annoncer une nouvelle qui vous sera très désagréable ; le ministère de la guerre me renvoie votre demande de mariage ; la permission vous est refusée provisoirement, parce qu'on n'accorde plus aucune espèce de congé. Le 4ᵉ cuirassiers est désigné pour faire partie du 2ᵉ corps. Nous partons après-demain pour Strasbourg; je viens d'en recevoir l'ordre il y a une heure. Vous êtes le premier officier du régiment à qui j'en donne connaissance.

George avait senti un instant frémir tout son être, mais il reprit bientôt son énergie.

— Je vous remercie, mon colonel, de m'avoir prévenu de suite. Il ne me reste qu'à vous demander une dernière faveur; veuillez me permettre de m'absenter aujourd'hui; je désire faire mes adieux à Mlle de La Rochegauthier; demain je reprendrai mon service et je m'efforcerai de réparer le temps perdu.

— Allez, mon cher, dites à votre fiancée que je regrette vivement ce contre-temps; mais qu'elle ne craigne rien, la campagne sera très courte; une promenade militaire jusqu'à Berlin, et pas de grands dangers à courir. Malheureusement pour nous, nous n'avons pas beaucoup de lauriers à espérer. Avec les armes à tir rapide et à longue portée, l'infanterie et l'artillerie feront toute la besogne. La cavalerie légère aura encore le service d'éclaireurs; mais nous, la grosse cavalerie, notre temps est fini, nous sommes la cinquième roue du chariot. Allez, dites à votre cousine que dans deux mois vous reviendrez lui demander de tenir sa promesse.

— Dieu vous entende, mon colonel!

Quand il arriva à la Ménadière, Jeanne, avec la clairvoyance de la femme et de la femme qui aime, s'aperçut au premier coup d'œil qu'il était porteur de mauvaises nouvelles.

— George lui dit-elle, votre régiment a reçu l'ordre de partir.

— On nous a prévenus de nous tenir prêts.

— N'essayez pas de me tromper, vous partez.

— Jeanne, j'aurais voulu vous le laisser ignorer; je

sais que vous êtes une chrétienne forte et énergique, il vaut mieux que vous connaissiez toute la vérité.

— Oh! mon Dieu! nous étions trop heureux.

— Le régiment part pour Strasbourg après-demain.

— Et notre mariage?

— Il est impossible jusqu'après la guerre.

A ce moment, le comte entrait, Jeanne courut se jeter dans ses bras.

— George part, dit-elle, en fondant en larmes.

— Que veux-tu, ma pauvre enfant? Il est soldat, il faut qu'il fasse son devoir.

— Jeanne, votre père a prononcé le mot qui doit déterminer toutes nos actions, et auquel nous devons tous nous soumettre sans murmurer : le devoir. Soyez forte, chère amie, et rappelez-vous qu'en dehors du devoir accompli, il n'y a ni joie, ni bonheur véritable. Mon cœur croyez-le bien, ne saigne pas moins que le vôtre, mais nous devons avoir confiance en Dieu, qui seul est le maître de nos destinées.

— Oui, continua le vieux comte, aie confiance. Ton père a couru mille fois plus de dangers que George n'en pourra courir dans une campagne, et cependant il vit encore. Du reste, on dit que la guerre sera très courte ; dans quelques semaines, dans quelques mois au plus, il te reviendra avec une croix sur la poitrine et l'épaulette de capitaine, et qui sait? peut-être celle de chef d'escadron.

— S'il revient! soupira la jeune fille.

— J'en ai l'espoir, Jeanne ; mais si cela ne devait pas être, nous devrions peut-être bénir la Providence, qui n'a pas permis que notre mariage pût être contracté.

— George, vous doutez donc de moi?

— Dieu m'en préserve, mais Lui seul connaît l'avenir.

— C'est vrai, l'avenir nous est inconnu ; mais si vous deviez succomber dans cette horrible guerre, si vous ne deviez pas revenir me chercher pour me conduire à l'autel, sachez qu'une La Rochegauthier ne donne pas deux fois son âme. Si vous ne revenez pas, George, je resterai fidèle à votre souvenir.

Quelques heures après, il repartait pour Tours. En s'éloignant de la Ménadière, de sombres pensées remplissaient son esprit; il lui semblait qu'il ne devait plus revoir ces lieux bénis où il avait trouvé tant de bonheur.

« Ils s'accordent tous à dire, pensait-il, que la campagne sera courte et peu meurtrière. Je ne sais pourquoi, mais je ne puis partager leur illusion. Je viens de quitter Jeanne et je vais... où? A l'inconnu, à la mort. Cette guerre me sera funeste, j'en ai le pressentiment. Elle l'a dit : Nous étions trop heureux... Le bonheur parfait n'est pas fait pour cette terre... et la vie avec elle c'eût été le bonheur parfait... »

VII

REISCHOFFEN

Un mois s'est écoulé; notre armée a franchi la frontière et remporté le dérisoire succès de Sarrebruck. Hélas! nous n'avions pas compris que le roi Guillaume, pour faire marcher ses alliés, avait besoin de cette défaite. Il fallait qu'une armée étrangère eût foulé le sol allemand pour que les confédérés entrassent en ligne.

Deux jours après, la défaite de Forbach venait nous apporter une première humiliation; cependant tous les cœurs français conservaient l'espoir; ce n'était qu'une affaire d'avant-garde; la fatalité, des dépêches mal transmises, une erreur de mots avaient été cause de tout.

Enfin, le maréchal de Mac-Mahon marche en avant, il rencontre les Prussiens à Wœrth.

Pendant une journée entière il lutte avec ses quarante

mille hommes contre cent mille Allemands ; écrasés par
le nombre, il demande du secours, et le secours ne vient
pas ; et les ennemis se renouvellent sans cesse. Les troupes allemandes, fatiguées ou désorganisées, sont aussitôt remplacées par des troupes fraîches. Nos régiments
vingt fois décimés, ne peuvent plus que mourir avec
gloire ; ce n'est plus pour la victoire qu'ils combattent,
c'est pour leur vie et leur liberté : les Prussiens vont les
entourer.

Contraint par une horrible nécessité, le maréchal se
décide enfin à demander à deux divisions de grosse
cavalerie de se sacrifier pour sauver le reste de l'armée.

La promenade militaire allait devenir une épouvantable boucherie.

C'est alors que les cuirassiers exécutèrent cette charge
qui les a rendus légendaires.

Au signal donné par le maréchal, ces martyrs du devoir s'élancent au devant d'une mort certaine. La terre
tremble sous leur pas, tout ce qui se trouve sur leur passage est broyé, écrasé, aucune force ne peut résister à
cette avalanche d'acier. Tout à coup ils se heurtent à
une formidable batterie qui vomit la mort dans leur rangs
pendant que d'autres pièces les prennent en écharpe, et
que de nombreuses troupes de ligne, abritées dans le
bois, les criblent de projectiles ; et cependant ils passent
à travers tout, ils avancent comme un tourbillon, fran-
chissant les obstacles, sautant par-dessus les amoncel-
lements de morts et de blessés.

Ils tombent les uns après les autres, mais ceux qui
sont encore debout enfoncent plus avant leurs éperons
dans les flancs de leurs chevaux, et les Allemands les
voient toujours s'avancer, semant l'effroi et la mort sur
leur passage.

Ils sont presque tous blessés et couverts de leur pro-

pre sang, mais leurs sabres rouges du sang des ennemis se lèvent sans cesse pour retomber, et un râle d'a-
gonie répond à chacun de leurs coups. Ils ont passé, et
les calculs des Prussiens, qui n'avaient pu prévoir une
telle audace, furent un moment dérangés. L'armée qui
devait périr tout entière a pu battre en retraite.

Ils ont passé, mais combien en reste-t-il ? quelques-
uns seulement, et les autres sont étendus à terre, pêle-
mêle avec leurs chevaux et les Allemands qui sont tombés sous leurs coups.

George de Nuriac faisait partie de l'aile gauche qui,
d'abord moins maltraitée, se trouva bientôt sous le feu
d'une épouvantable mitraille ; il voit tomber tous ses camarades les uns après les autres, puis il se trouve le
seul officier vivant ; il rassemble les derniers débris de
son escadron et continue à charger ; sa voix, qui domi-
nait le bruit de la bataille, ne cessait de faire retentir le
cri de : « En avant, cuirassiers ! en avant ! pour la patrie ! » Mais ces héroïques cavaliers tombaient les uns
après les autres ; ils ne sont plus qu'une trentaine. Il
aperçoit alors un vallonnement que le feu de l'artillerie
ne peut atteindre. Peut-être pourra-t-il sauver ses derniers braves. Il les y entraîne.

Il a à peine franchi deux cents mètres qu'il se trouve
en présence d'un régiment d'infanterie de réserve. Hésiter, c'était la mort pour tous. Sans leur laisser le temps
de se reconnaître, il fond sur eux, les renverse et leur
passe sur le corps. Puis là, au fond de la vallée est un
petit village ; il s'y précipite, poursuivi par les balles des
fantassins.

Les voici enfin dans le village, ils sont sauvés, mais
de l'escadron il ne reste plus que quinze hommes.

George cherche à s'orienter pour ramener ces glorieux
débris vers l'armée française, quand tout à coup, de
toutes directions, débusquent des cavaliers allemands.
En quelques secondes les Français sont cernés.

— Rendez-vous ! leur crie un officier prussien.

— Jamais !

— Vous n'êtes que quinze et nous sommes deux cents.

Pour toute réponse, George a saisi son revolver où il a eu le temps de glisser quelques cartouches, et il met en joue... mais son bras retombe ; il a reconnu son ancien ami Ulrich d'Altembergh.

Le Prussien a vu ce mouvement, un infernal sourire lui crispe les lèvres, il met l'officier français en joue à son tour.

— Sur le champ de bataille, il n'y a pas d'amis...

Le coup part, George chancelle, lâche la bride de son cheval et tombe.

Ses compagnons, privés de leur dernier officier et dans l'impossibilité absolue de faire une résistance utile, consentent alors à mettre bas les armes, et tous s'éloignent, les Français désarmés, entourés et gardés à vue, les Allemands le sabre au poing et la carabine chargée à l'arçon de la selle.

Le soir était venu, les derniers cuirassiers de Reischoffen étaient tombés au champ d'honneur ou pris par l'ennemi. De ces immortelles phalanges il ne restait plus qu'un glorieux souvenir et une grande leçon ; mais leur mort n'avait pas été stérile, ce sacrifice avait porté ses fruits. Leurs cadavres avaient formé le rempart devant lequel l'ennemi avait dû s'arrêter ; et le maréchal de Mac-Mahon avait pu, grâce à eux, sauver dix-huit mille hommes de son armée avec lesquels il s'éloignait rapidement.

Nos malheureux blessés ne pouvaient donc espérer aucun secours des leurs ; les Allemands étaient seuls pour faire cet horrible travail de relever les morts et les blessés sur le champ de bataille.

Les brancardiers et les hommes de corvée pour enterrer les morts s'étaient portés d'abord vers les endroits où la bataille avait été la plus meurtrière. Dans le village où George était tombé, on s'était peu battu, et, de ce côté, les secours ne devaient venir que bien tard... s'ils venaient.

George n'était pas mort. Le coup de revolver du capitaine Von Altemberg l'avait atteint à la ceinture et lui avait traversé les intestins ; un nuage avait passé sur ses yeux, il avait senti la vie l'abandonner et il était tombé baigné dans son sang et privé de connaissance.

Cependant il avait fini par revenir à lui ; il faisait nuit noire, de toutes parts des cadavres d'hommes et de chevaux jonchaient la terre, un froid glacial le faisait trembler, une soif ardente le dévorait. Il essaie de se lever pour chercher un abri et quelques gouttes d'eau pour éteindre le feu qui le brûle ; mais au premier effort qu'il fait, il se sent suffoqué. — Ah ! je ne pourrai point, dit-il ; — puis, après un instant : — Il le faut cependant .. un peu de courage !

Il se soulève ; mais une douleur atroce lui arrache un cri, et il retombe. Il se rappelle que la balle l'a atteint au ventre, et cependant c'est dans la cuisse qu'il éprouve une horrible souffrance. Il y porte la main... Il a la cuisse fracassée. Cette seconde blessure est-elle la conséquence de sa chute, ou un cheval lui a-t-il broyé les os en marchant sur lui ?... Il n'en sait rien... Autour de lui il entend des voix, il appelle, il demande du secours : mais personne ne vient : ce sont des compagnons d'agonie qui, eux aussi, implorent la pitié.

Sa pensée se reporte sur Jeanne.

— Je vais mourir... Je ne la verrai plus. Mes pressentiments devaient donc être une réalité... Mourir à trente ans, sur la terre nue, sans une parole de consolation, sans un verre d'eau... Où suis-je ? Au milieu d'un grand chemin et tout autour de moi, pas un abri, pas un être

vivant... Là, à trois pas, c'est le talus de la route... Si je
pouvais me traîner jusque-là, je ne risquerais pas d'être
écrasé par les patrouilles, qui ne manqueront pas de
passer... Là, je pourrais appuyer ma tête et mourir tran-
quillement.

Il essaie de se retourner, il éprouve d'atroces douleurs,
il rassemble toute son énergie, et après dix minutes d'efforts, il arrive à s'appuyer sur ses deux mains, et ainsi
il va pouvoir ramper. Chaque mouvement lui arrache une
plainte, une sueur froide l'inonde et le glace; il a parcouru la moitié de la distance qui le sépare de son but,
mais il est épuisé, haletant, les forces l'abandonnent, il
retombe.

— Mon Dieu, ayez pitié de moi! Si je dois mourir ici,
envoyez-moi cette suprême consolation d'entendre la
voix d'un prêtre bénir mes derniers instants, ou du moins
accordez-moi le pardon de mes fautes... Ma vie s'en va,
je sens que je vais paraître devant vous... Ayez pitié
aussi de celle qui m'attend; mon agonie sera courte,
après tout, mais la sienne sera bien longue... Pauvre
Jeanne!...

Mais voilà qu'un sourd bruissement, comme celui d'un
tonnerre lointain, vient rompre le silence de cette nuit
lugubre: le bruit augmente de minute en minute, et
devient un roulement formidable.

— C'est de l'artillerie, se dit George; si elle vient par
cette route, je serai broyé sous les roues... Oh! non, je
ne veux pas, cette mort est trop horrible!...

Il fait alors un suprême effort pour gagner le talus,
chaque mouvement ne l'en approche que de quelques
pouces, et chaque mouvement lui cause une indicible
torture, et cependant il continue; enfin il est sur le bord
d'un petit fossé; il s'y laisse rouler, mais sa jambe cassée
traîne derrière lui, en travers de la route; il se retourne
de ses mains crispées la soulève par un effort convulsif

et la laisse retomber dans le fossé, et lui aussi retombe
épuisé.

Au même moment, tout un régiment d'artillerie arrivait
et passait au plein galop à la place qu'il venait de quitter.
Il entend les cris des malheureux qui n'ont pu, comme
lui, fuir ce dernier martyre. Ils sont écrasés sous les
pieds des chevaux, broyés sous les roues ; on entend le
craquement de leurs os et le bruit sourd des chairs qui
éclatent, et cela confondu avec les cris des conducteurs,
les gémissements, les imprécations, les piétinements des
chevaux, les bruits de roues, les cris de grâce et les hur-
lements de douleur.

Son cœur se serre, il maudit la guerre, qui produit de
telles horreurs ; puis ses propres souffrances lui rappel-
lent qu'il n'est guère moins à plaindre que ses malheureux compagnons. Ils sont morts, leurs maux sont finis ;
mais lui, combien de temps doit-il rester dans ce fossé,
par cette nuit glaciale, sans soins et sans espérance ?

Il élève encore une fois son âme vers le Dieu des misé-
ricordes, puis sa pensée le reporte à la Ménadière. Il
voit Jeanne, elle est triste, elle tremble à chaque instant
de recevoir de mauvaises nouvelles, des larmes coulent
silencieuses le long de ses joues. Cependant la dernière
lettre lui annonçait que tout était bien. Pourquoi lui
ôter cette illusion ?

— Non, Jeanne, je ne suis pas blessé, je ne vais pas
mourir ; voyez, je reviens vers vous ; la guerre est terminée, je porte la croix de la Légion d'honneur, voyez,
je suis à vous. Voilà l'église qui s'ouvre, les cloches sonnent à toutes volées ; regardez, Jeanne, partout des fleurs,
partout des guirlandes ; les arcs de triomphe se dressent
sur notre passage ; ces paysans en habits de fête, ces
jeunes filles en robes blanches viennent vous offrir leurs
vœux... Mais qu'est-ce que cette croix que j'ai au cou ?
je suis donc commandeur de la Légion d'honneur, je ne

6

me le rappelais pas... On m'appelle général ?... Oui, c'est vrai, Jeanne, je n'avais pas voulu vous l'écrire, pour vous en faire une agréable surprise ; j'ai été nommé général pour ma belle conduite du 16 août, et c'est pour vous que j'en suis fier. Oh ! j'ai tous les bonheurs ! La guerre est finie, nous sommes vainqueurs, Berlin est à nous... Et vous, Jeanne vous allez être à moi ! non, c'est moi qui serai à vous. Je veux être votre ami, votre confident, j'aurai pour vous la tendresse d'une mère... non, une mère n'a pas pour son enfant plus de soins, plus de dévouement, plus d'amour que je n'en aurai pour vous. Regardez, Jeanne, voilà le prêtre en cheveux blancs qui vient sous le porche pour nous recevoir et nous bénir ; autour de lui les enfants de chœur en robe rouges portent les flambeaux et l'encensoir, et au fond, dans l'ombre du sanctuaire, c'est l'autel, l'autel sacré, où brille l'ostensoir d'or au milieu de mille lumières. C'est là, au pied du tabernacle, que nous allons nous agenouiller et nous unir devant Dieu pour la vie... Oui, pour la vie... c'est si beau la vie, quand on est heureux ! .. Et plus tard, quand nous serons vieux, bien vieux, nous nous en irons ensemble dans le sein de Dieu... après une belle vie, une longue vie de bonheur. . . . .

. . . .

Dans la nuit noire, on entendait un roulement ; bientôt une voiture d'ambulance s'approche ; elle est envoyée pour relever ceux qui ont besoin de secours urgents ; elle s'avance péniblement à travers les cadavres. Ceux qui l'accompagnent passent près de George sans faire attention à lui : ils le croient mort. Peut-être cependant pourrait-il encore être rappelé à la vie, mais non, les ambulanciers s'éloignent, et lui, il n'en a aucun regret, il rêve toujours qu'il épouse Jeanne, il rêve qu'un groupe de jeunes filles vient lui offrir de magnifiques bouquets de roses blanches ; mais sur ces roses, il y a des taches de sang. Qu'est-ce à dire ? tous ceux qui l'entourent sont en habits de deuil ; le cortège traverse le cimetière, une fosse y est béante, les cloches sonnent un glas funèbre... Une terreur indicible s'empare de tout son être, un froid glacial fait frissonner ses membres, il sent la vie l'abandonner, les affres de la mort l'étreignent. C'est pour lui que la fosse est creusée, c'est pour lui que les cloches ébranlées remplissent les airs de leurs plaintes]lugubres. Jeanne est agenouillée près de la tombe, ses yeux desséchés n'ont plus de larmes, elle s'affaisse en cachant de ses mains son visage décoloré par la douleur.

C'était donc ainsi que devait se terminer pour lui cette journée commencée dans la joie, une heure de fête, puis la tombe... La mort, la mort inexorable a réclamé sa proie. Oh ! la vie est-elle donc si courte ? Le bonheur n'est-il donc qu'un rêve d'un jour, une illusion d'un instant ?

Pendant que George de Nuriac agonisait ainsi dans un fossé, un homme enveloppé dans un grand manteau, et coiffé d'un casque prussien, marchait dans la nuit, suivant la même direction que la voiture d'ambulance ; le collet relevé de son manteau lui cachait le visage, il s'avançait avec des précautions infinies, cherchant à s'orienter et se dissimulant autant qu'il le pouvait sous l'ombre intense des arbres et des haies.

La lune éclairait à demi de ses rayons blafards cette horreur qu'on appelle un champ de bataille après le combat. De toutes parts, des cadavres étendus dans les attitudes les plus diverses et les plus effrayantes ; les uns tombés en avant, la figure enfoncée dans le sol ; les autres regardant le ciel, et semblant prononcer encore le mot que la mort avait interrompu ; les autres l'œil menaçant comme s'ils s'apprêtaient à s'élancer à l'ennemi. Ceux-ci décapités, ceux-là le ventre ouvert d'où s'épandaient les entrailles verdissantes ; puis des chevaux étendus pêle-mêle avec leurs cavaliers, les uns morts et couchés dans le sillon rougi de leur sang, les autres luttant encore contre l'agonie, se relevant hennissant de douleur pour retomber, et se tordre dans la dernière convulsion.

Partout un affreux désordre de voitures, de roues, d'armes brisées et tordues, de membres séparés du tronc, de chairs pantelantes, de sang coagulé, de boue rouge, de choses sans nom ; et planant sur cet ensemble hideux, l'horrible concert des plaintes des mourants, des cris des agonisants et des croassements des corbeaux s'appelant à la curée. Au loin enfin, des lueurs d'incendies rougissent le ciel, comme le sang a rougi la terre ; ce sont des meubles et des chaumières qui achèvent de se consumer.

Cependant l'homme au manteau s'avance sans paraître s'occuper de l'horrible tableau qui se déroule sous ses yeux, il glisse dans les mares de sang, il enjambe les cadavres, il se détourne pour éviter les atteintes des chevaux qui se débattent dans l'agonie ; et il avance toujours. Il arrive dans la vallée où George s'est jeté avec ses derniers soldats, espérant y trouver le salut.

— C'est ici, dit-il à demi-voix : je dois le retrouver à l'entrée de ce hameau.

Il fait encore quelques pas, il se trouve à l'endroit où s'est passé le dernier épisode de la bataille. C'est là que George est tombé.

Il se baisse, interroge quelques cadavres broyés sous les roues des canons Krupp.

— Ce n'est pas lui, dit-il, quand il a retourné le dernier, je suis cependant certain que c'est bien ici que je l'ai frappé ; il ne peut être loin.

Son regard fouille les environs ; alors il voit un point briller à quelques pas de lui, c'est une cuirasse qui reflète un pâle rayon de lune ; il s'approche, un corps étendu, couché dans le fossé, est là, la tête appuyée sur le talus. Le visage est découvert, les yeux fermés.

Le rôdeur nocturne pousse un soupir de satisfaction : il a reconnu le fiancé de Mlle de La Rochegauthier. Il lui prend la main, elle est glacée et retombe inerte.

— Mort, dit-il, il est mort. Il n'épousera pas sa belle et dédaigneuse cousine.

Alors il se croise les bras, et contemple avec un plaisir de fauve cet homme gisant à ses pieds ; il se délecte dans la vue de ces traits décomposés par la souffrance, de ce sang qui s'est répandu sur ses vêtements, sur ses armes et tout autour de lui.

« Les hasards de la guerre ont été pour moi, se dit-il ; le seul obstacle qui pût se dresser entre Jeanne et moi a cessé d'exister. Bientôt je serai près de ta fiancée. George de Nuriac, avant deux mois je serai à la Ménadière ; j'y commanderai en maître, et Jeanne, la belle Jeanne sera comtesse von Altembergh. Tu ne seras plus là pour la défendre, George, et la fille des vaincus sera bien obligée de subir la loi des vainqueurs. Adieu, George de Nuriac ; je lui dirai que tu es mort au champ d'honneur, je lui dirai que j'ai vu ton cadavre étendu sans vie à mes pieds....... »

Mais voilà que le cadavre fait un mouvement, la poitrine se soulève, et de ses lèvres entr'ouvertes s'échappe un soupir.

Le Prussien lance au ciel une imprécation.

— Il vivait donc encore ! dit-il.

Puis froidement, lentement, il tire un revolver de sa ceinture, l'arme, l'approche de la figure de l'officier français, et presse la détente. Le coup part, George fait un bond, pousse un cri suprême, et retombe inanimé.

Ulrich von Altembergh recule, et, comme effrayé de son action, va se cacher derrière un cadavre

mais rien n'a bougé; l'écho seul a répondu à l'explosion
de l'arme à feu. Alors il se relève, et jetant un dernier
regard à sa victime : « Adieu, George de Nuriac, cette
fois c'est bien fini, et Mlle de La Rochegauthier est libre.
C'est ma bonne étoile qui m'a conduit à m'assurer de sa
mort. Décidément le sort abandonne les Français, et se
prononce en notre faveur. »

Et en disant ces derniers mots il reprenait le chemin
du camp.

La glorieuse et lugubre épopée de Reischoffen fut
bientôt connue de toute la] France. Le comte Gaëtan
voulut laisser ignorer à sa fille cette poignante nouvelle;
sous prétexte que la lecture des journaux lui était funeste,
il prit ses mesures pour ne lui en laisser lire aucun;
mais ces précautions ne firent qu'augmenter les terreurs
de Jeanne; elle devina bientôt qu'on voulait lui cacher
un désastre, et, bien que toutes les personnes qui l'entouraient s'entendissent pour lui dissimuler la vérité,
elle n'eut bientôt plus aucun doute sur le sort de son
fiancé.

Du reste ses lettres, fréquentes jusque-là, avaient
brusquement cessé de lui arriver. Puis une phrase saisie
d'un côté, une réticence de l'autre, ne tardèrent pas à
lui prouver que ses craintes n'étaient que trop fondées,
et on finit par être obligé de lui avouer que George avait
trouvé la mort sur le champ de bataille de Reischoffen.

Sa douleur fut celle des natures fortes, profonde et
concentrée : on lui vit à peine répandre quelques larmes.
Pendant les premiers jours elle resta enfermée de
longues heures dans sa chambre, priant pour George
'e pleurant devant son crucifix. Dieu seul fut le témoin
regrets, à lui seul elle montra la profonde blessure
'ur, à lui seul elle demanda le courage, la
'la force de vivre pour se consacrer à son

père. Son parti était pris; elle se considérait comme veuve, elle resterait auprès de son vieux père, aussi longtemps qu'il plairait à Dieu de le lui laisser; puis elle se dévouerait entièrement à Celui dont l'amour ne craint ni la mort, ni l'oubli; elle consacrerait sa vie à Dieu, dans un ordre religieux.

Jeanne avait toujours été pieuse, mais depuis le départ de George, c'est-à-dire depuis la première épreuve qu'elle eût subie, elle s'était encore rapprochée de Dieu, et maintenant que sa vie était brisée, que son bonheur sur la terre était devenu impossible, elle se jeta entièrement entre les bras de Celui-là seul qui peut consoler toute douleur.

Son père, les pauvres et Dieu, devaient désormais se partager sa vie.

VIII

CATASTROPHE

Bien tristes pour la France furent les jours qui suivirent nos premières défaites, auxquelles succéda bientôt le désastre de Sedan, et ensuite le siège de Paris, la prise de toutes nos places fortes de l'Est, et enfin la capitulation de Metz.

Ce dernier triomphe des armées prussiennes devait nécessairement amener une recrudescence d'activité dans la lutte qui se poursuivait en France. Les Allemands, maîtres de Metz, pouvaient disposer de deux cent mille hommes qui avaient été immobilisés pendant trois mois par l'investissement de cette ville. Une partie de ces forces vint s'ajouter à celles qui faisaient le siège de Paris, et l'autre se dirigea vers l'intérieur, menaçant d'envahir la France entière.

Alors eurent lieu les batailles de Coulmiers, de Patay, d'Orléans, où, après un premier succès, nous fûmes obligés de battre en retraite devant la supériorité du nombre, de l'armement, et, avouons-le, de l'organisation et de la discipline.

Quelques jours après, les Allemands s'emparaient d'Amboise, comme ils devaient bientôt s'emparer du Mans et de Tours.

Pendant les premiers temps de l'occupation du pays par les troupes ennemies, les habitants de la Ménadière furent laissés dans la plus complète tranquillité.

Le comte et sa fille commençaient à se persuader que la position du château, placé au fond d'une petite vallée, contre et presque dans la forêt et complètement isolé de toute autre habitation, l'avait fait oublier des Prussiens.

Cependant, par prudence, M. de La Rochegauthier ne sortait pas de chez lui, Jeanne ne fut pas longtemps à s'apercevoir que son père souffrait déjà de cette vie si fort en contradiction avec ses habitudes ; elle chercha à le convaincre qu'elle n'avait rien à craindre.

— Certainement, lui disait-elle, les Prussiens ignorent l'existence de la Ménadière, ou n'osent s'en approcher à cause du voisinage de la forêt qu'ils savent occupée par plusieurs corps de francs-tireurs. Vous devriez, mon père, reprendre vos habitudes ; vous ne pouvez rester ainsi reclus, vous avez besoin de l'air de la forêt ; le mouvement et l'activité vous sont nécessaires. Prenez votre fusil, et sortez du moins quelques heures. Du reste, il le faut, nos provisions sont presque épuisées, et je n'ose envoyer en ville de peur de donner l'éveil aux Prussiens. Il faut donc que vous vous chargiez de nous fournir de gibier.

Le comte ne se laissa pas prendre à ces motifs, qu'il sentait bien n'être que des prétextes, et il résista longtemps aux instances de sa fille ; mais le troisième jour, vaincu enfin par ses supplications, et emporté malgré lui par ses habitudes de vieux chasseur, il se décida à quitter la Ménadière pour quelques heures.

Il n'était pas éloigné de cinq cents pas que Thégonnec se précipitait dans le salon en criant :

— Mademoiselle, les uhlans !

— Où sont-ils ?

— Dans la cour.

— Demandez-leur ce qu'ils veulent.

— Ils n'ont pas attendu qu'on le leur demandât, ils ont déclaré qu'il leur fallait de l'avoine et du foin, et, sans attendre de réponse, ils se sont jetés dans les granges, où ils sont en train de prendre tout ce qui leur convient.

— Laissez-les faire, Thégonnec, il nous est impossible de leur résister, et le tenter serait nous exposer à de grands périls. Je remercie Dieu que mon père soit sorti, il n'aurait peut-être pas été suffisamment maître de lui.

Quand les uhlans eurent tout bouleversé et pris ce qui leur plaisait, ils revinrent dans la cour du château où ils avaient attaché leurs chevaux, et peu après Jeanne les entendit se disputer avec Thégonnec.

Craignant que ce vieux serviteur, en raison même de son dévouement, ne commît quelque maladresse, elle sortit, et demanda aux Allemands ce qu'il voulaient.

— Nous voulons qu'on nous donne à dîner.

— C'est bien. Thégonnec, faites-les entrer à la cuisine, et voyez à ce qu'on leur serve tout ce qu'il y a dans la maison.

Les uhlans parurent se contenter de cette réponse et suivirent le pauvre Breton, qui les conduisait bien à contre-cœur.

Jeanne se hâta d'envoyer fermer les portes de commu-

nication, afin qu'ils ne pussent pénétrer dans l'intérieur
des appartements. Quand les soldats se furent suffisamment gorgés, ils sortirent de nouveau ; quelques minutes
après, Jeanne entendit frapper violemment à la porte
principale du château. Son premier mouvement fut d'envoyer savoir ce qu'ils voulaient encore ; puis, elle réfléchit
qu'elle leur imposerait le respect mieux que ses domestiques, et elle alla ouvrir elle-même. Elle se trouva en
présence d'un sous-officier ; il paraissait ivre.

— Que voulez-vous encore ? lui dit-elle.

— Je veux parler au maître de la maison.

— Il est absent.

— Cela m'est égal, je veux entrer, je veux visiter le
château.

Jeanne était blême d'effroi. Les portes de communications étaient restées fermées, et elle se trouvait seule,
avec une jeune femme de chambre à demi-morte de
terreur.

— Je vous ai fait donner tout ce dont vous aviez besoin,
répondit-elle : vous n'avez aucune raison d'entrer ici.

— Je veux entrer ; nous sommes les maîtres en
France, et nous faisons tout ce que nous voulons.

Le comte de La Rochegautier avait essayé de se mettre
en chasse, mais il lui avait été impossible de distraire sa
pensée de sa fille ; il lui semblait qu'elle allait courir
quelque danger ; un sombre pressentiment finit par s'emparer de son esprit, et il prit le parti de revenir sur ses
pas. Il n'était plus qu'à une faible distance du château
quand il apprit l'arrivée des uhlans.

Malgré son âge, il court, trouve la grille ouverte et les
chevaux attachés dans la cour ; il aperçoit le sergent que
Jeanne essayait encore d'arrêter. Au moment où il arrive
au perron, le Prussien, furieux de ne pouvoir faire céder
la jeune fille, l'avait saisie par les épaules pour la forcer
à lui livrer passage.

Le comte, indigné, le prend par le collet et l'envoie rouler à cinq pas dans la cour. Le Prussien se relève furieux, tire son sabre et se précipite sur lui. Le vieillard recule, mais ne peut éviter d'être touché ; alors il n'est plus maître de lui, il met en joue, le coup part, et le Prussien tombe raide mort.

Ses camarades accourent, et, voyant le comte encore armé et les attendant de pied ferme, ils sautent sur leurs chevaux et s'enfuient bride abattue.

Thégonnec, arrivant derrière eux, aperçut le cadavre tendu dans la cour ; il regarde son maître immobile et stupéfait.

— Bien tiré, monsieur le comte, mais mauvais gibier.

Jeanne, en entendant le coup de fusil, avait été tellement effrayée, qu'elle avait détourné la tête pour ne pas voir. Bientôt cependant le corps du sergent étendu à terre ne lui apprit que trop ce qui lui était arrivé.

— Mon père, s'écria-t-elle, qu'avez-vous fait ?

Le comte ne répondait pas d'abord, puis enfin :

— Quand j'ai vu ce misérable porter la main sur toi, mon vieux sang a bouilli dans mes veines, et quand il m'a frappé, je n'ai plus été maître de moi... Qu'allons-nous devenir maintenant ?

— Mon père, il faut fuir à l'instant même. Thégonnec, conduites relever ce cadavre, et qu'on le transporte dans une remise. Vous, mon père, venez vite.

Le vieillard se laissa conduire comme un enfant. Quand il fut arrivé dans le salon :

— J'ai eu tort, ma pauvre Jeanne, j'aurais dû réfléchir aux périls auxquels j'allais t'exposer.

Et il laissa retomber sa tête sur sa poitrine, comme un homme consterné, anéanti.

— Il ne s'agit pas de moi, mon père, c'est vous qu'il faut sauver. Les Prussiens vont revenir en nombre, et, s'ils vous trouvent, ils vous fusilleront sans pitié.

— Qu'ils me fusillent! Ah! si tu n'étais pas là, je me donnerais le plaisir d'en envoyer quelques-uns dans l'autre monde pour me préparer la place. Mais non, je ne veux pas t'exposer à de plus grands dangers ; je ne ferai pas de résistance et je subirai la conséquence de ma faute.

— Mais je ne veux pas que vous mourriez ; songez donc, mon père, que votre fille n'a plus que vous sur la terre !

— Ma pauvre enfant, que veux-tu que je fasse ?

— Il faut fuir.

— Fuir ! où ?

— Je ne sais... Ah ! dans la forêt. N'avez-vous pas fait construire l'an dernier une hutte pour chasser les canards ; elle est dans un coin perdu du bois, cachée dans le taillis et les hautes herbes, sur le bord du petit étang de Jeumeau. Il faut partir aussitôt, je vous ferai passer des vivres et tout ce qui pourra vous être utile, jusqu'à ce que j'aie pu trouver le moyen de vous faire arriver en toute sécurité hors du pays occupé par nos ennemis.

— Mais toi, ma Jeanne ?

— Moi, je reste.

— Alors, je ne pars pas.

— Mon père, je vous en supplie. Votre hutte est trop petite pour nous abriter tous deux, et si nous voulions essayer de fuir dans une autre direction, nous tomberions infailliblement entre les mains des Allemands. En restant ici, je pourrai vous être utile, détourner les soupçons, vous faire passer les objets qui vous seront nécessaires, et enfin vous faire prévenir si vous couriez un danger.

— Tu parles de dangers et tu veux que je t'abandonne, que je te laisse seule, entourée de mille périls ! Non, jamais je ne consentirai à m'éloigner tant que tu ne seras pas toi-même en sécurité.

— C'est encore ici, mon père, que je serai le moins

exposée ; mais venez, hâtez-vous, songez que les minutes sont des siècles. Hâtez-vous, je tremble. D'un moment à l'autre, les Prussiens vont revenir et vous seriez perdu sans ressources.

Le vieux comte essaya encore quelque temps de résister ; mais vaincu par les instances de sa fille, il s'enfonça dans la forêt suivi d'un domestique qui lui portait les objets les plus indispensables.

Jeanne, pour persuader à son père de s'éloigner, avait montré un calme, une assurance, qu'elle était cependant bien loin de posséder. A peine eut-il disparu, que son apparente tranquillité fit place à un sombre effroi ; il lui semblait que son seul protecteur n'étant plus près d'elle, elle était livrée sans défense à tous les caprices d'un ennemi fier de sa force et de ses succès.

Il est vrai que Thégonnec était resté à la Ménadière, son père n'avait pas voulu consentir à l'emmener. Mais que pourrait-il pour elle en cas de danger ? A tout hasard, elle monte à la chambre de son père, décroche d'une panoplie un revolver qu'elle a soin de charger, puis elle redescend au salon, s'en remettant à la Providence pour la guider, et lui inspirer la conduite qu'elle aurait à tenir.

Une heure ne s'était pas écoulée que Thégonnec entrait lui disant :

— Mademoiselle, voilà les Prussiens qui reviennent.

— Sont-ils nombreux ?

— Vingt ou vingt-cinq.

— Il faut les laisser entrer, nous ne pouvons pas leur résister. Ils cherchent mon père ; heureusement, ils ne le trouveront pas.

Au même moment un fort détachement de uhlans, commandés par un officier, entrait au galop dans la cour. L'officier mit pied à terre, et s'avança vers la porte du château. Il s'y rencontra avec Thégonnec qui, sur l'ordre de sa maîtresse, allait ouvrir.

7

Après avoir franchi la porte, il se retourna et fit un signe. Aussitôt cinq hommes se précipitèrent sur le vieux domestique, et, avant qu'il ait eu le temps de se mettre en défense, il était solidement garrotté et emmené au milieu du groupe de soldats allemands.

Jeanne, en voyant le traitement que l'on faisait subir à son fidèle Thégonnec, fut prise d'une indicible frayeur. Quel allait donc être son sort?

Elle n'eut pas le temps de réfléchir longuement, la porte du salon s'ouvrait, et l'officier prussien la saluait, non pas en soldat, mais en parfait homme du monde.

— Je suis désolé, mademoiselle, d'être chargé près de vous d'une bien pénible mission; mais veuillez croire que j'apporterai dans l'accomplissement de mes devoirs tous les ménagements qui ne sont pas incompatibles avec l'honneur.

— Si tels sont vos sentiments, monsieur, je ne comprends pas que vous ayez commencé par garrotter et faire prisonnier un pauvre domestique, un vieillard, auquel vous n'avez rien à reprocher.

— Pardonnez-moi, mademoiselle, cet homme vous est profondément dévoué, il est d'une nature très entêtée et très irascible, et son dévouement, servi par son mauvais caractère, aurait pu vous créer de nouveaux embarras. C'est pourquoi je l'ai mis dans l'impossibilité de vous nuire.

— Il paraît que vous connaissez bien des choses, monsieur, puisque vous savez même le caractère de nos gens.

— Oui, mademoiselle, je connais beaucoup de choses.

Jeanne n'avait pas encore osé regarder son interlocuteur, mais le timbre de sa voix venait de lui rappeler un souvenir; elle leva les yeux sur lui, et ne put retenir une exclamation de surprise, presque de bonheur.

— Monsieur d'Altembergh?

— Oui, mademoiselle.

— Oh! monsieur, vous qui avez connu mon père autrefois, vous savez combien il est bon, loyal, généreux. Vous le sauverez!

— Mademoiselle, ce serait mon plus grand désir; mais, pour le moment, je ne suis que le capitaine von Altembergh, et je dois d'abord remplir les fonctions dont j'ai été chargé. Où est le cadavre du sous-officier qui a été tué ici?

— J'ai donné l'ordre de le transporter dans un des bâtiments des communs.

— C'est bien. Quel est le coupable?

— Je l'ignore.

— Je ne puis admettre votre réponse, puisque vous étiez présente au moment où le meurtre a été commis. Vous connaissez le coupable, voulez-vous le nommer?

— Je m'étonne que vous, monsieur, me posiez cette question, et je me refuse d'y répondre.

— Vous ne pouviez me parler autrement; une fille ne peut pas dénoncer son père.

— Pourquoi, monsieur, jouer avec votre victime? Vous savez bien que s'il ne m'est pas permis de dénoncer mon père, je suis dans l'impossibilité de nier un fait qui, malheureusement a été public. Je reconnais que mon père a été trop violent; mais veuillez considérer, monsieur la position où il s'est trouvé : il rentrait armé de son fusil de chasse; il voit un de vos hommes, un ennemi pour lui, qui, malgré mes efforts, voulait pénétrer ici, et qui déjà avait porté la main sur moi. Mon père s'élance, le saisit et le renverse; cet homme alors furieux, le frappe de son sabre. Je vous ai déjà dit et vous savez combien mon père est bon, dévoué, magnanime: mais malgré son grand âge, il a encore un caractère entier et bouillant; il ne fut pas maître de lui, il mit en joue et tira. Ah! s'il avait eu le bonheur de le manquer, combien j'aurais remercié Dieu.

— Malheureusement il ne l'a pas manqué, et les lois de guerre sont inexorables, vie pour vie.

— Monsieur, de grâce !...

— Mademoiselle, j'ai l'ordre de ramener le coupable au quartier général. Où est-il?

— Un officier français ne m'aurait pas fait cette question, car il aurait compris que si mon père était près d'ici, loin de le trahir, je me mettrais devant lui pour le protéger et le défendre, fût-ce au péril de ma vie.

— Je m'incline, mademoiselle, devant la grandeur de vos sentiments, qui ne m'étonnent pas, du reste, je les connais ; mais mon devoir de soldat me commande d'agir, quoiqu'il puisse m'en coûter, et si vous ne voulez pas me livrer le coupable, je le chercherai.

— Cherchez, monsieur, je ne puis vous en empêcher, vous avez la force pour vous.

— Votre calme me dit que je ne le trouverai pas, il a eu le temps de fuir, et il en a profité. Mais n'espérez pas qu'il nous échappe, nous sommes maîtres du pays à vingt lieues à la ronde, et les ordres les plus sévères sont donnés dans toutes les directions pour qu'il soit arrêté.

Jeanne, effrayée et hors d'elle-même, ne savait plus que dire, elle laissa tomber son front dans ses mains. Le Prussien la contempla un instant, puis il reprit :

— Il est impossible au comte de La Rochegauthier de nous échapper... Mais il y aurait peut-être encore pour lui un moyen de salut...

— Un moyen de salut! exclama Jeanne en se relevant subitement. Oh! monsieur, de grâce, faites-le moi connaître ; quoiqu'il puisse m'en coûter, je n'hésiterai pas. Faut-il que j'aille me jeter aux pieds de votre général?

— Ce serait inutile et même dangereux.

— Mon Dieu! qu'est-ce donc? Oh? dites-le moi... Est-ce qu'une forte indemnité pécuniaire?...

— Aucune somme d'argent ne saurait payer la vie d'un

de nos hommes. Ce qui pourrait sauver la vie de votre père, c'est le respect que m'inspirent votre vertu, votre dévouement filial, c'est la profonde admiration que j'ai pour vos brillantes qualités, c'est le souvenir de l'accueil bienveillant que j'ai reçu jadis dans cette maison; c'est plus encore, c'est ce sentiment... d'affection... de sympathie que vous savez inspirer à tous ceux qui ont le bonheur de vous approcher.

— Assez, monsieur, fit Jeanne en rougissant; vous aurez, j'espère, le bon goût de comprendre que, dans ce moment, et dans la situation où nous nous trouvons vis-à-vis l'un de l'autre, tout ce qui pourrait ressembler à de la sentimentalité serait plus que déplacé. Je ne veux cependant pas prendre vos paroles en mauvaise part, je veux y voir seulement l'intérêt que vous voulez bien porter à mon père. Laissez-moi espérer, monsieur, que votre reconnaissance, votre générosité vous décideront à vous interposer pour écarter les dangers qui le menacent.

— Vous venez de le dire vous-même, mademoiselle, nous n'avons, ni l'un ni l'autre, le droit de faire de la sentimentalité. Je suis soldat, mon devoir avant tout. Ne trouvez donc pas mauvais que je l'exécute, et que d'abord je fasse visiter cette maison. Je pense que vous n'y ferez pas d'opposition, et si je suis assez heureux pour ne pas trouver celui que je cherche, je verrai alors ce que je pourrai faire dans son intérêt.

Le capitaine von Altembergh se leva, ouvrit la porte du salon, et donna un ordre à un soldat qui sortit aussitôt. Bientôt cinq hommes se détachèrent du peloton de uhlans, et s'avancèrent vers le château.

Jeanne qui, de la place qu'elle occupait, avait pu suivre leurs mouvements voulut éviter de se rencontrer avec eux.

— Je pense monsieur, que vous ne m'imposerez pas l'humiliation et la souffrance d'être présente aux perquisitions qu'il vous plaît de nous faire subir?

— Vous pourrez vous retirer dans votre appartement quand il aura été visité, mademoiselle.

— Je croyais que vous étiez gentilhomme, monsieur, reprit Jeanne avec hauteur, et je supposais que l'appartement d'une femme aurait été à vos yeux un asile inviolable; mais je me suis trompée... et puisque vous tenez à être impitoyable, faites ce que vous voulez, je ne bougerai pas d'ici.

Von Altembergh se mordit les lèvres, puis paraissant hésiter :

— Si j'avais un moyen quelconque de m'assurer que ce n'est pas précisément dans votre chambre que se cache le coupable...

— Il me semble qu'il en est un bien simple.

— Lequel, s'il vous plaît?

— Ma parole.

L'officier prussien, qui avait détourné la tête un instant, regarda la jeune fille, mais celle-ci soutint son regard sans faiblir.

— Il paraît, dit-il, que si les Français sont dégénérés, en revanche les femmes françaises ont conservé les belles qualités de leurs aïeux.

— Vous pouvez insulter les vaincus tant qu'il vous plaira, monsieur, puisqu'il n'y a personne ici qui puisse relever vos paroles; mais tout vaincus et si malheureux que nous soyons, il est deux qualités que vous ne parviendrez jamais à nous enlever : la générosité et un profond sentiment de l'honneur.

— Vous ne feriez pas une affirmation inexacte pour sauver la vie de votre père?

— Si mon père était dans mon appartement, j'en défendrais la porte aussi longtemps que j'aurais un souffle de vie, mais vous donner ma parole pour affirmer une chose fausse! Ah ! monsieur, vous qui avez habité la France, vous ne nous connaissez pas encore.

— Indomptable fierté! murmura le Prussien. Puis, paraissant prendre une grande détermination :

— Soit. Je consens à faire respecter votre appartement, si vous me donnez votre parole d'honneur que votre père n'y est pas.

— Je vous la donne.

— C'est bien, vous voyez que pour un ennemi je suis très accommodant. Vous me rendrez, j'espère, ce témoignage que je ne puis faire plus.

Jeanne se leva, et se dirigea vers la porte du salon. Elle marchait avec autant de calme que si rien d'extraordinaire ne se fût passé; dans le vestibule, elle aperçut les cinq Allemands qui, immobiles comme des statues, et raides comme des barres d'acier, attendaient les ordres de leur chef. Elle se retourna vers l'officier :

— Il est inutile de faire briser les serrures; voici mes clefs, je les confie au comte von Altembergh. J'espère qu'autant que cela lui est permis par les lois de la guerre, il respectera ce qui m'appartient.

— On ne touchera à rien de ce qui est à vous, mademoiselle, dit le capitaine en prenant les clefs; à mon tour, je vous en donne ma parole d'honneur.

Jeanne continua sa route, et se mit à gravir lentement l'escalier pour aller s'enfermer dans sa chambre.

Von Altembergh la regardait s'éloigner.

— Qu'elle est belle! pensait-il, qu'elle est belle! Mais quelle énergie!... quelle force de volonté! Et cependant, Jeanne, tu plieras. Tu deviendras aussi soumise, que tu es fière aujourd'hui. Tu ne te doutes pas encore du sort qui t'attend... Dieu! qu'elle est belle!... On croirait une reine... Quelle dignité! quelle énergie! mais elle aime son père avec passion, et pour le sauver elle consentira à tout. Oh! je la tiens, maintenant, elle ne peut plus m'échapper, elle sera comtesse von Altembergh. Et alors...

Puis, se retournant vers ses soldats :

— Suivez-moi !

Il remit à un sous-officier les clefs que Jeanne lui avait confiées, et fit visiter tous les appartements, ouvrir toutes les armoires, sonder les murs et les planchers.

Toutes ces recherches furent exécutées méthodique-ment, de sorte que, pour ses inférieurs, il paraissait remplir consciencieusement un devoir ; mais en réalité tout cela n'était pour lui qu'une formalité, que l'exécution d'un plan combiné à l'avance. Il savait parfaitement que le comte de La Rochegauthier n'était plus à la Ménadière.

Quand les perquisitions furent terminées, il sortit, fit prendre par deux de ses hommes le corps du sergent tué, et après avoir donné l'ordre de rendre la liberté à Thégonnec, il lui remit les clefs qui lui avaient été confiées, remonta à cheval, et s'éloigna avec tous ses hommes.

IX

LA LUTTE

Le capitaine des uhlans avait à peine tourné la grille, que Thégonnec rentrait au château et faisait dire à Mlle de La Rochegauthier qu'il avait besoin de lui parler ; il avait d'importantes communications à lui faire.

— Mademoiselle, lui dit-il quand elle fut descendue au salon, vous avez sans doute reconnu l'officier qui com-mande ces brigands ?

— Oui, Thégonnec, c'est cet homme qui accompagnait M. de Nuriac le jour où il m'a sauvé la vie.

— Et qui est revenu vingt fois ici. Ah ! si je pouvais le tenir ! mais défiez-vous, mademoiselle.

— Pourquoi donc ? Il a été aussi convenable que peut l'être un ennemi chargé d'une pénible mission.

— Raison de plus, mademoiselle ; les bêtes féroces ne sont jamais plus à craindre que lorsqu'elles rentrent leurs griffes. Dans les voyages que j'ai faits à la suite de M. votre père, j'ai appris un peu l'allemand ; c'est une langue que je parle difficilement, mais que je comprends très bien.

— Eh bien ?

— Eh bien ! pendant que ces sauvages à barbes rousses me tenaient prisonniers, ils causaient entre eux, et comme je me suis bien gardé de leur laisser voir que je comprenais leur jargon, ils ne se gênaient pas pour exprimer franchement leurs pensées. Ils disaient que leur capitaine connaissait le pays mieux que les Français, qu'il savait certainement déjà où M. le comte était caché et qu'il ne leur échapperait pas ; et ils ajoutaient qu'une fois le comte pris, vous et nous tous serions fusillés avec lui..... Si vous voulez me croire, mademoiselle, vous partirez dès ce soir avec les femmes qui sont au château. Vous irez rejoindre M. le comte, et nous autres nous resterons ici pour amuser les Prussiens jusqu'à ce que vous ayez pu vous mettre en sûreté.

Thégonnec parla encore quelque temps dans ce sens, développant un plan de fuite dont il garantissait le succès.

Jeanne hésitait et ne savait quel parti prendre. Quoi qu'on pût lui dire, elle espérait encore que von Altembergh n'avait fait qu'exécuter une consigne militaire, mais qu'il serait heureux de pouvoir être utile à une famille qu'il avait connue et qui n'avait eu pour lui que de bons procédés.

— D'après la manière dont les soldats parlaient de lui, reprit Thégonnec, c'est un homme dangereux et froidement méchant. Il connaît le pays à fond et a des espions

7.

partout. Soyez certaine qu'il sait à quel endroit se cache
M. le comte.

— Si cela était, il ne serait pas venu ici.

— Il a son plan, il cherche à vous endormir.

— Quoi que vous disiez, Thégonnec, je ne partirai pas.
Nous pourrions être suivis ; ces espions dont vous parlez ne manqueraient pas de le faire, et je serais la cause
de la mort de mon père. Je ne sais même plus comment
je lui ferai passer des vivres.

La malheureuse jeune fille était en proie à une horrible perplexité ; l'inconnu se dressait devant elle avec
toutes ses terreurs, tous ses dangers. Tout ce qu'elle
ferait dans l'intérêt de son père pouvait ne servir qu'à
le perdre. Elle était à chercher le mot de cette énigme
indéchiffrable, quand on vint lui annoncer qu'une pauvre
paysanne demandait à lui parler. Elle donna ordre de
l'introduire.

C'était une femme d'une trentaine d'années, grossière-
ment vêtue, et toute confuse de se trouver dans un salon ;
elle roulait le coin de son tablier pour se donner une
contenance.

— Que désirez-vous, ma bonne ? lui demanda Jeanne.

— Faites excuse, mademoiselle, mais vous ne me
reconnaissez peut-être pas ?

— Je me rappelle vous avoir vue, mais je ne me souviens plus de votre nom.

— Mathurine Céret, mademoiselle, pour vous servir.

— Si je puis vous être utile, dites-moi ce que vous désirez.

— Bien grand merci, ma bonne demoiselle, ce n'est
pas pour moi que je viens. Vous n'avez pas oublié que
l'année dernière vous avez sauvé une enfant, une petite
fille, qui allait être mordue par un chien enragé.

— Oui, eh bien ! est-elle malade ?

— Non pas, mademoiselle, merci Dieu, elle se porte

fort bien ; mais c'est moi qui suis sa mère, et je viens
d'apprendre les misères qui vous arrivent, rapport à ces
brigands de Prussiens. Quand j'ai su cela, je me suis dit
que, puisque vous aviez tant fait pour moi, je pourrais
bien faire quelque chose pour vous.

— Mon Dieu! il y a donc encore de la reconnaissance
sur la terre! soupira Jeanne.

— Dame, mademoiselle, nous ne savons pas bien parler, mais nous savons aimer ceux qui nous ont fait du
bien. Faut vous dire d'abord que je travaillais, pas
bien loin d'ici, quand les derniers Prussiens sont repas-
sés emportant le corps d'un soldat mort. Ils marchaient
tous ensemble; mais à dix minutes d'ici, au tournant de
la Croix-Haute, celui qui les commandait les a arrêtés ;
il leur a dit qnelque chose, alors sept ou huit hommes ont
mis pied à terre, et, pendant que les autres reprenaient
la route d'Amboise, ils sont retournés de ce côté, les
uns en suivant la lisière du bois, les autres en prenant
sur la plaine, puis tous se sont rabattus sur le château,
si bien qu'en ce moment vous êtes entourée de Prussiens,
et rien ne peut sortir de chez vous sans qu'ils le sa-
chent.

— Vous voyez bien, mademoiselle, fit Thégonnec.

— Je reconnais que vous ne vous étiez pas trompé.
Mais il est évident aussi que nous ne pouvons plus penser à aller rejoindre mon père.

—Mademoiselle, si c'était un effet de votre bonté de
me laisser parler, reprit la paysanne. J'avais pensé à tout
cela; alors je me suis glissée le long des haies et des
fossés, et je suis entrée ici par le jardin ; je crois qu'ils
n'ont pas pu me voir. Si vous avez quelque chose à porter à M. le comte, je viens vous offrir de m'en charger.
Il fait déjà presque nuit, ils ne connaissent pas toutes les
personnes du château, et je passerai pour une ouvrière
qui a terminé sa journée. Je m'en retournerai donc d'a-

bord chez moi, puis, vers dix heures, plus tard s'il le faut, quand je serai bien certaine qu'il n'y a plus de danger d'être espionnée, j'irai porter à M. le comte ce que vous m'aurez confié pour lui.

— Merci, Mathurine, merci mille fois, j'accepte votre offre avec une profonde reconnaissance.

— C'est pas la peine, mademoiselle.

— Savez-vous où est mon père?

— Pas bien au juste, mais je sais pourtant bien qu'il est dans la forêt.

— Et vous oserez entrer dans ce grand bois et le parcourir au milieu de la nuit?

— Dame, mademoiselle, vous avez bien osé sauver ma petite fille au risque de vous faire mordre par un chien enragé ; ce qui serait arrivé pour sûr, si ce monsieur n'était pas survenu juste à temps pour le tuer.

— Mathurine, vous êtes une brave et digne femme, et si nous sortons un jour de la terrible situation où nous nous trouvons, comptez que vous aurez ici des protecteurs, mieux que cela, des amis dévoués.

— Excusez-moi, mademoiselle, ce que je fais ce n'est pas pour en être récompensée : vous m'avez rendu un si grand service, je priais tous les jours le bon Dieu et la sainte Vierge pour vous, et je leur demandais de me procurer les moyens de vous montrer ma reconnaissance. Que voulez-vous, mademoiselle, les pauvres gens comme nous ne peuvent donner que leur dévouement, et ils n'ont pas souvent le bonheur qu'on ait besoin d'eux.

Jeanne essuya une larme qui perlait à sa paupière ; la simplicité et la grandeur d'âme de cette femme du peuple lui paraissaient sublimes comme la charité elle-même : mais le temps pressait ; après l'avoir remerciée une seconde fois encore, elle chargea Thégonnec de préparer un paquet des choses dont son père pouvait avoir le plus besoin.

— Oh! ne craignez pas d'y mettre tout ce qu'il faut pour ce bon monsieur, observa la paysanne ; je suis forte et je puis porter une bonne charge.

— Nous devons au contraire, nous borner au strict nécessaire, car il faut éviter avant tout que vous soyez remarquée et soupçonnée.

— C'est vrai, mademoiselle ; vous comprenez tout mieux que moi ; enfin, faites tout pour le mieux, je prendrai ce que vous me donnerez.

Jeanne ouvrit un petit bureau et écrivit quelques mots à son père, elle l'engageait à supporter sa solitude avec patience, et lui faisait espérer qu'elle ne serait pas de bien longue durée.

Quand la nuit fut complètement venue, Mathurine quitta la Ménadière. Jeanne se retira dans sa chambre pour réfléchir à la terrible situation dans laquelle elle se trouvait, elle tâcha de découvrir une voie pour en sortir.

Elle commença par se jeter à genoux devant son oratoire : « Vierge miséricordieuse, dit-elle, ne m'abandonnez pas ; vous seule pouvez me guider dans les ténèbres qui m'entourent, vous seule pouvez me secourir au milieu des périls qui m'environnent. Je sens d'épouvantables catastrophes planer sur ma tête, Vierge bénie, venez à mon secours ! De toutes parts j'entends comme de sombres menaces. Oh ! si je pouvais connaître les véritables pensées de ce capitaine von Altembergh ! Veut-il nous sauver ? veut-il nous trahir ? Cette incertitude est horrible. Que faire ? Attendre, c'est perdre un temps précieux que nos ennemis sauront mettre à profit : agir, entourée d'espions comme je le suis, est-ce possible ?... En voulant sauver mon père, je pourrais être la cause de sa mort. Mais vous, qu'on n'a jamais invoquée en vain, guidez-moi, éclairez-moi, inspirez-moi ! »

Pendant qu'elle épanchait ainsi ses douleurs dans le sein de la consolatrice des affligés, Thégonnec était aussi en proie aux plus vives inquiétudes ; lui aussi sentait qu'une imprudence pouvait tout perdre. Il avait entendu Mathurine dire que le château était gardé à vue par les Prussiens, il voulut s'assurer de la nature de cette surveillance.

Il se dirigea vers la grille ; un soldat allemand était là debout, immobile. Ne voulant pas l'interroger il essaie de passer ; le factionnaire ne paraît même pas l'apercevoir. A l'extrémité de l'avenue, autre factionnaire aussi immobile et aussi silencieux que le premier. Il revient alors, traverse le jardin, ouvre une barrière qui donne sur la forêt. Là encore se trouve un uhlan, mais, pas plus que les premiers, il ne cherche à l'arrêter ; il fait quelque pas dans le bois, mais le uhlan ne bouge pas plus qu'un terme.

Que signifie cette conduite ?... Il revient rendre compte à Jeanne de ses démarches, et tous deux s'épuisent à chercher le mot de cette énigme, sans pouvoir le découvrir. Il leur paraît cependant probable que les factionnaires sont placés seulement pour signaler les personnes qui sortiraient de la Ménadière, tandis que des espions sont chargés de les suivre dans le cas où elles s'éloigneraient.

Thégonnec proposa bien de sortir et de se faire suivre dans une direction opposée à la cachette du comte ; mais Jeanne lui fit observer que cette démarche ne pourrait être d'aucune utilité ; qu'elle ne pourrait servir qu'à irriter leurs ennemis, puisque le château ne cesserait pas un instant d'être gardé par les autres Prussiens.

Toute la nuit se passa ainsi en de terribles perplexités. Enfin, le jour parut. Jeanne, brisée par la fatigue, avait consenti à se jeter un moment sur son lit ; elle avait à peine dormi quelques heures d'un sommeil fiévreux et agité par les rêves les plus pénibles, quand on vint la prévenir que l'officier prussien était revenu et la demandait. Comme elle ne se pressait pas de descendre, le ca-

pitaine de uhlans lui fit dire qu'il avait des communications importantes à lui faire, au sujet de son père.

Jeanne se décida enfin; elle trouva au salon von Altembergh qui lui parut sombre et triste.

— Mademoiselle, lui dit-il, pardonnez-moi d'être toujours pour vous un messager de malheur. J'ai plaidé
votre cause et celle de votre père auprès de notre général, j'ai fait tout ce qui était humainement possible, et
je suis désolé d'être obligé de vous dire que je l'ai trouvé
inflexible.

Jeanne ne répondait pas; sa tête appuyée sur sa main
droite, son regard fixement attaché au parquet, son attitude tout entière indiquaient une âme brisée par la douleur et surtout par l'inquiétude.

— Oui, mademoiselle, continua le Prussien, comme je
ne le craignais que trop, le général ne veut entendre parler à aucun prix de faire grâce à l'auteur du meurtre
commis sur un de nos hommes.

Jeanne pâlit d'abord, mais tout à coup relevant la
tête :

— Il me semble, monsieur, que pour punir un coupable, il faut, avant tout, s'être assuré de sa personne, et,
Dieu merci, vous ne tenez pas encore mon père.

— Je le tiendrai quand je voudrai, répondit froidement
le Prussien.

— C'est une menace qui me paraît beaucoup plus facile
à formuler qu'à exécuter.

— J'ai l'honneur de vous répéter, mademoiselle, que
j'arrêterai M. votre père quand cela me fera plaisir.

— Il faudrait savoir où il est.

— Je le sais.

— Vous?

— Moi... et je le savais hier, quand j'ai eu l'honneur
de me présenter chez vous.

— Vous le saviez, et vous n'avez rien dit! Mon Dieu, monsieur, mes idées se perdent. Êtes-vous pour nous un ami ou un ennemi?

Le capitaine de uhlans, au lieu de répondre s'était assis en face de Jeanne, et paraissait jouir de son inquiétude et de ses angoisses.

— Si vous étiez un ennemi pour nous, vous n'auriez pas laissé à mon père depuis hier le temps de fuir, et il me semble qu'un ami aurait agi plus franchement. Enfin, rien ne me prouve que ce que vous venez de me dire ne soit pas un piège. Dois-je vous croire quand vous me dites que vous savez où il est?

— Vous me croirez peut-être, mademoiselle, quand je vous aurai dit que M. le comte de La Rochegauthier est dans la forêt d'Amboise.

— La forêt est grande.

— C'est vrai, mademoiselle, et elle contient plusieurs étangs, n'est-ce pas?

Jeanne ne put répondre, elle étouffait.

— L'un d'eux s'appelle le petit étang de Jeumeau, il est situé à une lieue d'ici. Sur les bords s'élève une cabane cachée dans les roseaux, et abritée par le taillis. C'est une excellente cachette invisible, introuvable pour toute personne étrangère au pays. Vous voyez, mademoiselle, que je connais assez bien la forêt.

La jeune fille était horriblement pâle.

— C'est vrai, monsieur, dit-elle avec effort, et c'est grâce à mon père que vous la connaissez. C'est à titre d'ami que vous avez pu être conduit, par lui-même peut-être, à ce pauvre réduit qui est aujourd'hui son dernier asile.... Mais à ce titre, monsieur, cet asile est inviolable pour vous, il est sacré.

— Pour un soldat, mademoiselle, une seule chose est sacrée; l'exécution des ordres qu'il a reçus.

— Mais enfin, monsieur, si vous abusiez de ce que

vous avez pu apprendre et connaître ici avant la guerre, savez-vous que j'aurais le droit de vous dire que vous n'êtes venu ici, dans ce temps-là, que pour jouer le plus vil de tous les rôles, j'aurais le droit de vous reprocher de n'être venu ici qu'en espion.

— Mademoiselle, fit le Prussien sans s'émouvoir le moins du monde, dans mon pays, nous n'avons pas les mêmes idées que vous à cet égard. Vous autres...

— Les Français, monsieur, savent tous donner leur sang pour leur patrie; mais pour trouver des espions en France, il faudrait descendre dans les derniers rangs des hommes mis au ban de la société ; et encore l'honneur, la grandeur d'âme, la générosité, le courage, sont si profondément gravés dans nos cœurs que, même parmi ces misérables, il en est bien peu qui aient pu arriver à les en arracher assez complètement pour s'abaisser jusqu'à ce rôle infâme.

— Permettez-moi, mademoiselle, de vous faire observer deux choses : d'abord, j'ai déjà eu l'honneur de vous le dire, nous n'envisageons pas les choses au même point de vue, et nous pensons qu'il faut autant de courage pour aller chez nos ennemis surprendre leurs secrets et préparer le triomphe de nos armes, que pour lutter sur le champ de bataille. Nous pensons qu'il faut plus de dévouement, plus d'abnégation et surtout plus d'intelligence, pour remplir ces délicates missions, que pour braver la mort dans un combat. Ensuite, je vous ferai remarquer que vous oubliez nos positions respectives. Je suis chez vous, c'est vrai, mais j'ai le droit d'y commander; la vie de votre père est entre mes mains, et vous ne me parlez pas cependant de manière à m'intéresser à votre situation.

— C'est vrai, monsieur, j'oubliais que nous, les vaincus, nous n'avons plus même le droit de nous plaindre... Pardonnez-moi, les événements qui se sont accomplis depuis hier m'ont tellement bouleversée que, par moments, je me demande si je ne perds pas la raison...

Et se cachant la tête dans les mains, Mlle de La Rochegauthier se mit à fondre en larmes.

Le Prussien la considéra froidement, puis par moments un sourire sarcastique errait sur ses lèvres.

— Oh! mon pauvre père! reprit Jeanne. Monsieur, vous ne pouvez cependant pas être sans pitié! Que peut vous faire, à vous, au milieu de ces hécatombes d'hommes que cette horrible guerre fauche tous les jours, que mon malheureux père échappe à la vengeance de vos chefs? Vous avez dit tout à l'heure que son sort était entre vos mains. Je ne sais pourquoi, mais je suis certaine que vous pouvez le sauver si vous le voulez; et vous qui l'avez connu, vous dont il a serré la main, serez-vous donc son bourreau?

Von Altembergh, comme s'il n'eût attendu que cette parole, se leva, sa physionomie indiquait une grande résolution.

— Non, mademoiselle, je ne veux pas être le bourreau de votre père, je serais heureux, au contraire, d'être son sauveur. Mais son sort ne dépend pas de moi seul, il dépend encore d'une autre personne.

— De qui donc?

— De vous.

— De moi! s'écria Jeanne, de moi!... Et une profonde angoisse lui serrait le cœur... Hier déjà, vous m'avez fait entendre qu'il y avait un moyen de salut... mais je n'ai pas compris... que puis-je faire?

— Mademoiselle, veuillez m'écouter attentivement : de la réponse que vous allez me faire dépend la vie ou la mort de votre père. Je vous ai dit déjà que le général refusait péremptoirement de faire grâce au meurtrier d'un soldat Allemand; il exige, au contraire, que prompte et sévère justice soit faite, pour inspirer aux populations une terreur salutaire. Nulle puissance humaine ne pourrait sauver le comte de La Rochegauthier ; mais on cesserait toute poursuite contre le père de la comtesse von Altembergh.

Jeanne écoutait, ses grands yeux rougis par les larmes étaient fixés sur l'officier allemand et semblaient lire ses pensées à mesure qu'il les exprimait ; à ces derniers mots, elle poussa un cri, et se cacha la figure dans les mains.

Le capitaine attendit patiemment que le premier effet fût passé, puis il reprit d'une voix sombre :

— Mademoiselle, voulez-vous sauver la vie de votre père?

Un sanglot étouffé lui répondit seul. Il attendit quelques minutes encore.

— Le temps presse, dit-il enfin, je dois partir, il me faut votre réponse.

— Oh! monsieur, de grâce !... tout ce que vous voudrez, mais pas cela...

— J'ai déjà eu l'honneur de vous dire qu'il n'existait pas d'autre moyen.

— C'est impossible... je ne puis pas... Vous savez que je suis la fiancée de M. de Nuriac.

— M. de Nuriac ne viendra pas vous rappeler votre promesse ; il est mort.

— Il est vrai que nous n'avons plus de ses nouvelles : il a disparu au combat de Reischoffen, mais il est peut-être malade, prisonnier...

— Ne vous leurrez pas d'un vain espoir, mademoiselle, George de Nuriac est mort : j'ai vu son cadavre étendu sur le champ de bataille.

— George!... Plus d'espoir! Et vous venez en ce moment me parler de... Oh! monsieur, comment pouvez-vous avoir ce triste courage !

— J'avoue que le moment serait mal choisi, si j'avais

eu la possibilité de conduire les choses autrement ; mais je ne suis pour rien dans ce qui arrive ; les événements nous emportent. Il faut maintenant que vous connaissiez toute la vérité. Le jour où je vous ai aperçue pour la première fois, je vous ai aimée. Dès ce moment, si j'avais pu espérer voir partager le profond sentiment que vous m'aviez inspiré, je me serais jeté à vos pieds. Pour vous, j'aurais oublié mes devoirs, j'aurais renoncé à ma patrie pour rester près de vous. Oh ! vous souffrez aujourd'hui, mais moi, sachez que je souffre depuis un an. Je vous aimais, je vous aimais passionnément, et dès les premiers jours qui ont suivi notre rencontre, j'ai vu votre cousin prendre dans votre cœur une place que j'aurais payée au prix de mille vies. Je me suis éloigné, j'espérais que, ne vous voyant plus, je vous oublierais ; mais rien ne pouvait effacer cet amour qui s'était emparé de tout mon être. Alors j'ai pris en aversion l'univers entier, celui que j'avais appelé mon ami est devenu mon plus mortel ennemi, je lui ai voué une haine sans limite, à lui et à toute la nation à laquelle il appartenait. Dès ce jour-là, je me suis occupé avec acharnement de ce que vous appelez mon rôle d'espion. Oui, j'ai parcouru tout ce pays, j'en ai étudié tous les chemins et jusqu'aux plus petits sentiers. J'ai voulu en connaître les recoins les plus ignorés. Je savais que notre armée victorieuse s'avancerait jusqu'ici, et j'ai voulu que pas un arbre, pas un buisson ne fût inconnu dans ce pays où j'avais tant souffert, et que je voulais torturer à mon tour. Je ne désirais qu'une chose, vous faire tout le mal possible ; et voilà que la folle témérité de votre père vous livre en mon pouvoir. J'arrive, je vous revois, et toute ma colère tombe devant votre premier regard. J'oublie tout, ou plutôt je n'ai plus qu'une pensée, sauver votre père, et à ce prix conquérir votre amour. Et vous, Jeanne, je viens vous demander de tout oublier, pour vous souvenir seulement que je vous aime.

...que me repoussez pas, et toutes vos craintes, toutes vos
douleurs seront passées ; ayez pitié de moi ; autant j'aurais été implacable, autant je me montrerai soumis et
dévoué.

Et Jeanne était dans la plus horrible anxiété. Sauver les
jours de son père, c'était son unique désir ; mais la condition qu'on lui offrait lui causait une invincible horreur.
Elle voulut essayer de discuter avec le Prussien, pour
arriver à lui faire accepter son refus sans trop le blesser.

— Vous invoquez, monsieur, dit-elle enfin, des sentiments que vous ne pouvez vaincre, et vous qui ne pouvez commander à votre cœur, vous me demandez de
maîtriser le mien, et George de Nuriac, qu'il vive ou non,
est toujours là.

— Ne prononcez pas ce nom devant moi ! éclata le
Prussien.

— Vous le haïssez donc bien ?

— Oui, je le hais.

— Et moi, je l'aime toujours !

— Malédiction ! Fille dénaturée, vous voulez donc la
mort de votre père ?

— Oh ! mon père !

Puis elle inclina la tête... Tout à coup une pensée lui
traversa l'esprit et lui rendit l'espérance.

— Mon père, vous ne le tenez pas encore. Il est dans
la forêt, c'est vrai, mais la forêt est occupée par nos
francs-tireurs, et vous, les forts, les vainqueurs, les tout-
puissants, vous n'oseriez y pénétrer, vous avez peur.

— Malheureuse enfant, vous voulez donc me pousser
à bout ; mais non, je saurai rester maître de moi. Je comprends le combat qui se livre dans votre âme, vous vous
sentez vaincue et vous ne voulez pas vous rendre sans
avoir brûlé votre dernière cartouche. Allez, j'excuse tout,
même vos emportements, vous n'en êtes que plus belle.

Il est vrai que, pour épargner la vie de nos hommes, nous évitons d'entrer dans les bois occupés par des franc-tireurs ; mais, sachez-le bien, le général qui est mon parent, m'est tout dévoué ; sur ma demande, la forêt est complètement cernée, et si, pour prendre votre père, il faut mettre sur pied un corps d'armée, on le fera, j'en ai sa parole. N'essayez donc plus de lutter avec moi, c'est inutile, vous êtes en mon pouvoir... Mais non, je ne veux plus vous parler ainsi ; laissez-moi vous dire la profondeur de mon amour, laissez-vous toucher par les soins, le dévouement dont je voudrais vous entourer.

Vous ne savez pas combien je puis faire heureuse et belle la vie de celle qui acceptera d'être ma compagne. Là-bas, dans la Poméranie, j'ai des domaines presque aussi grands qu'un de vos départements. Vous ne pourriez pas exprimer un désir, un caprice, qu'il ne fût réalisé à l'instant même. Vous ne savez pas ce que c'est que d'être comtesse en Poméranie. Là, vous serez servie, honorée, obéie comme une reine. La noblesse chez nous a su conserver tous les privilèges que vous avez perdus. Vous verrez une population tout entière s'incliner au moindre de vos regards, trop heureuse si elle a le bonheur de plaire à celle qui a presque tout pouvoir sur elle.

— Si vous comptez cela pour un bonheur, monsieur, nous avons d'autres idées en France. La Révolution, c'est vrai, nous a enlevé tous nos privilèges, mais il est une puissance qu'elle n'a pu détruire : celle des bienfaits, et celle-là nous suffit.

« Les paysans qui nous entourent sont libres, ils sont nos égaux devant la loi comme devant Dieu ; mais ils nous sont encore attachés par un lien plus fort que toutes les lois et tous les règlements ; par la reconnaissance et l'affection ; ils nous sont attachés par les bienfaits qu'ils ont reçus de nous, et par ceux sur lesquels ils savent pourquoi compter dans l'avenir; et, dans l'épouvantable catastrophe qui nous accable, si une résistance était possible, je n'aurais qu'à les appeler, et ils viendraient encore tous exposer leur vie pour sauver celle de mon père.

— Je ne discuterai pas, mademoiselle, ce que pourraient faire vos paysans dans le cas où nous serions trop peu nombreux pour leur résister; ce cas n'existe pas; mais je vous rappelle encore une fois que la vie de votre père est entre vos mains. Voulez-vous, oui ou non, consentir à la seule condition qui puisse le sauver? Voulez-vous consentir à devenir comtesse von Altembergh?

— Non, jamais, c'est impossible...

L'officier allemand se leva, ses yeux étaient flamboyants, ses poings crispés par la fureur.

— C'est bien; adieu, mademoiselle, et ne vous en prenez qu'à vous si, avant ce soir, votre père est fusillé à, sous vos yeux, dans cette cour, à la place où est tombé le sergent.

— De grâce...

— Et quand il sera mort, vous ne serez pas pour cela à l'abri de mes poursuites.... Vous oubliez que nous sommes les maîtres, mais je vous en ferai souvenir. Adieu!......

Mademoiselle de La Rochegauthier était tombée à genoux:

— Grâce, monsieur, dit-elle d'une voix suppliante, pitié!...

— Vous implorez ma pitié, et vous êtes sans compassion pour un malheureux dont le cœur est torturé.

— Prenez ma vie, mais ne me demandez pas un sacrifice impossible. Puisqu'il vous faut une victime pour expier la mort de votre compatriote, me voici, faites-moi fusiller à la place de mon père, et je mourrai sans me plaindre.

— Relevez-vous, mademoiselle, dit le capitaine en lui tendant la main pour l'y aider.

Mais Jeanne fit un brusque mouvement pour éviter son contact et se laissa retomber dans un fauteuil.

Il la contempla un moment en silence.

— Je veux vous montrer que je suis moins impitoyable que vous ne le pensez, dit-il enfin, moins impitoyable que vous ne l'êtes pour moi; je vous laisse le temps de vous habituer à cette pensée que vous rejetez avec horreur; je me retire, je ne reviendrai que demain. Pendant ces vingt-quatre heures de délai que je vous accorde, vous réfléchirez, et vous finirez par comprendre, je l'espère, que le seul parti que vous ayez à prendre, c'est de vous soumettre au sort que les événements vous ont fait, et que vous ne pouvez éviter. A demain donc, mademoiselle; je vous préviens seulement qu'il serait inutile d'essayer de me tromper. Le château sera gardé militairement; nul ne pourra y entrer ni en sortir. Faites prévenir votre père qu'il ne quitte pas sa cachette, car, s'il était pris, je ne répondrais plus de rien.

— Comment le pourrais-je, observa Jeanne, puisque personne n'aura le droit de sortir d'ici?

— Je donnerai l'ordre de laisser passer la femme qui, hier soir, vous a servi de messagère.

— Vous savez donc?...

— J'ai déjà eu l'honneur de vous dire que je sais tout.

Puis, s'asseyant près de la table, il prit une feuille de papier, y écrivit quelques mots, et la présenta à la jeune fille en lui disant :

— Avec ceci, la paysanne dont je vous ai parlé pourra circuler librement

Et après l'avoir saluée, il s'éloigna.

X

VÆ VICTIS

Le capitaine von Altembergh était sorti depuis plus d'une heure, et Jeanne était toujours à la même place et dans la même attitude qu'au moment où il l'avait quittée. Ses idées se heurtaient, se croisaient, se confondaient, formaient une sorte de chaos inextricable où sa pensée se perdait. Les visions lugubres succédaient aux images les plus terrifiantes : George agonisant sur le champ de bataille, son père traîné par une troupe de soldats, frappé, insulté et enfin fusillé ; puis elle, entraînée à la suite des bourreaux de ceux qu'elle avait aimés, obligée d'épouser un homme qui lui faisait horreur, de le suivre loin de sa patrie.., Oh! non, plutôt la mort... Et personne pour la secourir, pour la soutenir, pour lui rendre un rayon d'espoir...

La présence de Mathurine vint l'arracher à cette atroce rêverie.

— Ah! c'est vous, lui dit-elle.

— Oui, mademoiselle, l'officier qui était venu ici hier soir, en s'en retournant ce matin est entré chez moi. Il m'a dit que vous m'attendiez pour m'envoyer de nouveau près de M. le comte ; je me suis demandé comment il avait pu savoir que j'y fusse allé la nuit dernière, puisque je ne suis entrée dans la forêt qu'après dix heures du soir, quand tous mes enfants dormaient, et que je n'avais rien dit à personne... Enfin, comme je pouvais vous être utile, je me suis hâtée de venir.

— Ils ont donc des espions à chaque angle des chemins! Oh! cet homme est bien infâme! Mais laissons cela. Comment avez-vous trouvé mon père.

8

— Monsieur le comte m'a dit qu'à part un peu d'ennui il était très bien dans la cabane. Mais il était bien inquiet pour vous, mademoiselle, à tel point qu'il voulait revenir au château.

— Pour Dieu qu'il ne fasse pas cela... Attendez, je vais lui écrire.

« Bien cher père, commença-t-elle aussitôt, la femme qui est allée vous voir cette nuit me dit que vous n'êtes pas trop malheureux dans votre ermitage, j'en suis bien heureuse, d'autant qu'il faudra vous résigner à y rester encore quelques jours. Pour moi, je ne cours aucun danger. »

Elle s'interrompit en disant :

— Mon Dieu, pardonnez-moi de déguiser la vérité ; si mon père la connaissait, il se perdrait infailliblement...

Puis elle continua :

« Dès que je le pourrai, j'irai vous retrouver, et nous nous éloignerons ensemble. Le lieutenant qui a été envoyé ici est ce M. d'Altembergh, ou von Altembergh que vous avez reçu avec George, l'an dernier. Il a été poli et convenable, et je suis certaine qu'il m'aidera à vous sauver. »

Après avoir causé encore quelques instants avec celui qu'elle aimait tant, elle signa, et remit la lettre à la paysanne ; puis ne se sentant plus la force de marcher, tant elle était épuisée par la fatigue et par les émotions, elle l'envoya à Thégonnec, qui se chargerait de lui préparer les provisions qu'elle devait emporter au petit étang de Jeumeau.

Mathurine était sortie depuis quelque temps ; Jeanne, qui voulait lui faire encore diverses recommandations avant qu'elle ne quittât la Ménadière, fit sonner un timbre qui était placé près d'elle. Une femme de chambre se présenta.

— Envoyez-moi Thégonnec, lui dit-elle.

— Thégonnec n'est plus ici, répondit celle-ci, tout en pleurs.

— Où est-il donc?

— Il est parti.

— Parti! où cela?... Mais le château est gardé.

La cámeriste ne répondait pas.

— Parlez, reprit Jeanne, dites-moi où est Thégonnec.

— Oh! mademoiselle, nous ne savons pas ce que nous allons devenir; nous n'avons pas voulu vous le dire encore; il a été emmené par les Prussiens.

— Lui aussi! pauvre homme, dont tout le crime est de nous être dévoué... Ah! mon Dieu! Que faire? Que devenir? A qui demander un conseil, un appui, un secours?

Et Jeanne, restée seule, retomba sous le poids de ses tristes pensées. Elle voyait son père adossé à la muraille; les soldats prussiens rangés devant lui chargeaient leurs armes, mettaient en joue, et, sur un signe de l'officier qui les commandait, une formidable détonation se faisait entendre, et le comte tombait baigné dans son sang; elle voulait se précipiter sur son corps inanimé, et les barbares la repoussaient. Ils chargeaient le vieillard sur leurs épaules et l'emportaient comme un sanglant trophée.

A cette horrible vision en succédaient d'autres : elle se voyait violemment traînée à l'autel par cet homme qu'elle abhorrait, emmenée comme une captive attachée au char du vainqueur, jusque dans les plaines tristes et nébuleuses de la Poméranie, puis enfermée dans un château aux murailles grises et sombres, et condamnée à vivre là ses derniers jours, seule avec son bourreau...

Succombant à la douleur et à la fatigue, son esprit tomba dans une sorte de somnolence; tout ce qui s'était passé et tous les dangers qui la menaçaient se confondirent dans un vague chaos; elle ne sentait plus, elle ne pensait plus. Au moral comme au physique, le paroxysme de la douleur amène l'insensibilité.

De longues heures s'écoulèrent ainsi, et le soir la surprit dans le même état de prostration. Alors, secouant sa torpeur, elle se redressa tout à coup.

— J'essaierai, dit-elle; si je dois succomber, que m'importe! J'aime mieux mourir que de rester au pouvoir de cet homme.

Elle sonna sa femme de chambre.

— Louise, lui dit-elle, je suis décidée à aller retrouver mon père.

Celle-ci étonnée, regarda sa maîtresse, Jeanne était pâle, ses yeux étaient creux, mais son regard avait un éclat extraordinaire; il était illuminé par le feu d'un résolution désespérée. Elle hasarda cependant une question.

— Comment mademoiselle pourra-elle sortir d'ici?

— Je sortirai... Venez, vous allez m'aider.

Et, sans dire un mot de plus, elle monte à sa chambre. Parmi ses robes, elle en choisit une dont l'étoffe est de couleur foncée, se met à tailler un vêtement composé d'un pantalon et d'une blouse, et commence avec Louise à coudre et à assembler les diverses parties de ce costume. Elle travaillait avec une ardeur fébrile.

— Avec cela, Louise, je pourrai ramper dans les herbes et sous les taillis, et je passerai devant les espions sans qu'ils m'aperçoivent.

— Oh! mademoiselle, si vous étiez prise!

— Ils ne me prendront pas.

Il y avait tant d'assurance dans l'affirmation de Jeanne, que la femme de chambre n'osa plus insister; elle commençait même à se laisser gagner à la confiance.

Il est plus de minuit : ceux qui rôdent autour du château doivent être endormis, ou du moins leur vigilance doit être beaucoup moins active. Jeanne, aidée par Louise, revêt son déguisement, une forte ceinture lui serre les reins, une résille lui enveloppe les cheveux; à tout événement, elle a glissé un revolver dans une de ses poches.

Depuis longtemps elle a eu soin de faire éteindre toutes les lumières, pour laisser croire que tout le monde repose dans le château; elle descend aux cuisines, pénètre dans un petit office, en ouvre la fenêtre avec mille précautions pour ne pas faire le plus léger bruit. Louise qui l'a suivie jusque-là, veut essayer de la retenir, mais son parti est pris.

— Si, au moins, mademoiselle me permettait de l'accompagner, essaie la pauvre fille.

— Non, Louise, ce serait vous exposer inutilement, et une personne passera inaperçue ou deux se trahiraient nécessairement.

Jeanne fait un signe de croix, se recommande à la Vierge Marie, et, sans hésiter enjambe la petite fenêtre et se laisse glisser dans le jardin. Elle écoute, rien; le silence de la nuit n'est troublé que par le bruit du vent qui siffle dans les arbres; alors elle se coule le long de la muraille jusqu'à un massif d'arbustes. Le froid est rude et son léger costume la défend bien mal contre ses attaques, mais elle n'y prend même pas garde.

En rampant sous les feuilles, elle arriva enfin au fond du jardin, du côté de la forêt. Essayer de franchir la porte de sortie serait une folie; la haie est épaisse et bien fermée, mais il existe cependant quelques lacunes, et Jeanne se rappelle avoir vu plusieurs fois Fox, son chien favori, la traverser, et la voilà se traînant sur les mains et sur les genoux, le long de cette haie.

Après bien des efforts, sa main découvre un espace libre entre deux pieds de charmille; elle avance en redoublant de précautions, son regard sonde la profondeur de la forêt, mais l'obscurité est complète et absolue, son oreille ne saisit d'autre bruit que celui des branches agi-

8.

tées par le vent... La haie est franchie, elle se relève et s'appuie contre un arbre pour respirer un instant.

— Oh ! maintenant je puis espérer, le plus difficile est fait. Je vais retrouver mon père, et nous fuirons ou nous mourrons ensemble... Mon Dieu ! donnez-moi la force d'aller jusqu'au bout.

Faisant appel à toute son énergie, elle s'enfonce résolûment dans le bois, en redoublant toutefois de de précautions pour amortir le bruit de ses pas. Tout à coup retentit près d'elle le bruit sec d'un fusil qu'on arme ; elle s'arrête : *Wer da ?* crie une voix menaçante.

Jeanne se blottit contre un arbre et ne répond pas. Le qui-vive allemand se répète et ébranle les échos de la forêt, puis une ombre passe près d'elle, heureusement sans la voir. Elle la laisse s'éloigner un peu et s'élance dans le fourré pour fuir au plus vite ; une détonation d'arme à feu retentit. Jeanne, affolée de terreur, pousse un cri ; une forme noire se dresse devant elle ; instinctivement elle se jette de côté et continue sa course, un nouveau coup de feu retentit. La malheureuse oublie toute prudence ; au lieu de s'arrêter derrière un arbre et de profiter de l'obscurité profonde qui règne dans la forêt pour échapper à ses persécuteurs, elle pousse un second cri. Aussitôt elle sent une main la saisir à l'épaule, ses forces l'abandonnent, elle va tomber ; mais la pensée de rester sans défense au pouvoir de ces grossiers soldats lui donne une énergie surhumaine, elle bondit et échappe à l'étreinte qui la retenait, mais c'est en vain qu'elle voudrait tenter de s'enfuir de nouveau, d'autres mains vont la saisir. Alors, renonçant à une lutte sans espoir :

— Je me rends, dit-elle ; mais ne me touchez pas, je suis Mlle de La Rochegauthier.

Comme si ce nom avait la puissance d'un talisman, les Allemands s'inclinent avec respect, et restent immobiles. On eût dit qu'ils attendaient ses ordres, et Jeanne est d'obligée de leur demander où ils doivent la conduire.

— Chez vous, mademoiselle, lui répond un des soudards.

Quelques minutes après elle rentrait au château. Les coups de feu avaient été entendus ; les domestiques étaient sur pied et en proie à la plus grande inquiétude.

Les Allemands s'arrêtèrent à la porte, et s'éloignèrent quand ils eurent vu Jeanne rentrer. Pour elle, elle fit encore quelques pas, et tomba évanouie entre les bras de ses femmes, qui la transportèrent dans sa chambre.

Quand elle ouvrit les yeux, le jour commençait à poindre. Elle voulut se lever ; Louise chercha à lui persuader de prendre un peu de repos.

— Non, répondit-elle, il va venir, et je veux qu'il me trouve debout.

Elle descendit au salon, et alla s'asseoir sur un canapé qui était placé entre les deux fenêtres, adossé au trumeau. De cette manière elle ne voyait pas ceux qui traversaient la cour ; et là, elle attendait... Quoi ? la mort peut-être, car elle était bien décidée à repousser la demande de von Altembergh, et elle le savait capable de tout.

L'attente fut longue, l'heure à laquelle le capitaine de uhlans s'était présenté la veille était passée depuis longtemps, et cependant il ne venait pas. Enfin la porte du salon s'ouvre ; le comte von Altembergh paraît ; son visage est rayonnant, c'est un homme certain de la victoire.

— Mademoiselle, dit-il à Jeanne, après l'avoir saluée, je vous ai accordé plus que les vingt-quatre heures que je vous avais promises. J'espère que vos réflexions vous ont amenée à cette certitude que le parti le plus sage, le seul que vous ayez à prendre, est de m'accorder ce que j'ai eu l'honneur de vous demander.

— Monsieur, vous êtes donc inexorable ? Vous êtes donc sans cœur ? Vous me voyez brisée de douleur, épuisée de fatigues, folle d'angoisse... et qu'espérez-vous de moi?... Vous savez que je ne vous aime pas... que jamais je ne vous aimerai...

— Non, je ne vous crois pas. Quand vous serez mariée, vos idées changeront. Vous serez si heureuse, si fêtée, si servilement obéie, que vous vous étonnerez vous-même de l'obstination que vous mettez à me repousser aujourd'hui. Du reste, en ce moment, vous devez envisager la question à un point de vue plus élevé : c'est un sacrifice que je vous demande, je veux bien l'admettre, mais ce sacrifice est nécessaire, si vous voulez préserver les jours de votre père.

— Mon père!... mais s'il était là, il me défendrait lui-même de consentir à cette odieuse condition.

— Malédiction! Pour la dernière fois choisissez : vous serez comtesse von Altembergh, ou votre père mourra. J'ai assez prié, je me suis assez humilié devant vous, moi qui puis commander. Je vous donne cinq minutes pour dernier délai, et si vous refusez mes conditions, ma vengeance sera implacable.

Jamais, soupira Jeanne, en se laissant tomber le front entre les mains.

— Jamais! oh! vous ne me connaissez pas encore! Ce consentement, je saurai bien vous l'arracher.

Jeanne se redressa sur cette menace.

— C'est vous, monsieur, qui ne me connaissez pas encore : depuis deux jours vous m'avez humiliée, torturée, broyée, mais vous ne m'avez pas vaincue. Vous pouvez me tuer, mais m'arracher une parole que mon cœur désavoue, un consentement qui me fait horreur, jamais!

— Que le sang de votre père retombe sur vous, Française orgueilleuse! s'écria le Prussien au paroxysme de sa colère.

Il alla à une fenêtre, l'ouvrit, et cria un ordre en allemand. Bientôt un détachement de cinquante uhlans entra dans la cour ; ses rangs s'ouvrirent, et au milieu d'eux apparaissait un homme âgé. Sa tête était nue, ses cheveux blancs étaient agités par le vent, ses mains étaient garrottées et retenues derrière le dos. Ceux qui le tenaient le conduisirent à la place même où était tombé le sergent prussien, puis ils se rangèrent à droite et à gauche. Le vieillard se tenait debout, impassible ; ses traits pleins d'une noble fierté n'exprimaient qu'un profond dédain pour ces féroces vainqueurs.

Von Altembergh referma la fenêtre, et revint près de Jeanne. Elle, placée comme nous l'avons dit, n'avait rien vu. En entendant le bruit des armes, elle pensa qu'on venait l'arrêter, et elle en était presque heureuse. Sa situation était devenue intolérable, et elle en était arrivée à bénir la mort, si la mort pouvait enfin l'arracher aux tortures qu'elle endurait.

Le capitaine lui montra la pendule.

— Les cinq minutes sont écoulées, mademoiselle, consentez-vous ?

— Je vous ai déjà répondu.

L'allemand la saisit alors par un bras, la força à se lever, et l'attira vers la fenêtre.

— Pour la dernière fois, oui ou non ?

Jeanne s'était laissé entraîner sans lever les yeux.

— Mais répondez donc ! hurla le Prussien, et avant de répondre, regardez !

— Mon père ! s'écria la malheureuse en voulant s'élancer ; mais retenue par la rude main de l'Allemand, elle ne put que tomber à genoux.

— Grâce ! grâce ! laissez-moi prendre sa place, et épargnez-le !

Pour toute réponse von Altembergh ouvrit de nouveau la fenêtre et jeta un ordre aux soldats ; vingt-cinq fusils s'abattirent, dirigés sur la poitrine du prisonnier.

— Ah ! mon père ! Grâce !... Que voulez-vous de moi ?

— Consentez-vous à m'épouser? Oui ou non? Encore un seul instant d'hésitation et je commande le feu...

— Oui... dit Jeanne d'une voix étranglée, et en tombant à la renverse.

Le Prussien la releva, la reporta sur le canapé, puis effrayé de l'état où il la voyait, et ne pouvant parvenir à la faire revenir à la connaissance, il appela. Louise et une autre femme vinrent lui donner leurs soins.

Von Altembergh, tout occupé de Jeanne, ne pensait plus au comte de La Rochegauthier. Celui-ci cependant trouvait qu'on lui faisait attendre la mort bien longtemps. Ces vingt-cinq canons de fusils braqués sur sa poitrine et prêts à le foudroyer restaient muets. Cela commençait à lui causer une impression de malaise indéfinissable.

— Eh! morbleu, si vous voulez me fusiller, tirez! Qu'attendez-vous?

Les soldats ne bougeaient pas.

— Pensez-vous donc me faire mourir de peur, épais lourdauds que vous êtes? Vous n'y réussirez pas; mais vous pourrez bien finir par me mettre en colère. Tirez; mais tirez donc!

— Nous n'avons pas d'ordre, lui dit un sous-officier.

— Eh! dans ce cas faites relever ces fusils qui commencent à m'agacer les nerfs.

— Nous avons l'ordre de vous tenir en joue.

— Allez-vous-en tous au diable! Vous n'êtes pas des soldats, vous n'êtes que de lâches valets de bourreau.

Malgré ses invectives, les soldats ne bougeaient pas plus que des termes. Il est vrai que la plupart ne comprenaient pas le français; mais l'eussent-ils compris, leur insensibilité n'en eût été diminuée en rien, ils n'avaient pas d'ordres.

Le comte Gaëtan, voyant qu'il n'obtenait rien, et comprenant d'autre part l'inutilité de toute tentative de fuite ou de résistance, prit le parti de se retourner vers le mur ; de cette manière il ne voyait plus cette incessante menace de mort qui finissait par constituer un supplice plus cruel que la mort même. Puis, tout à coup, il fit une brusque volte-face en s'écriant :

— Ah! caramba! les sauvages seraient capables de me fusiller par derrière! Ah! mais non, par exemple, un Français ne reçoit de balles que dans la poitrine.

Il se borna à fermer les yeux, et attendit qu'il plût à ses ennemis de le délivrer de cette odieuse torture. Ses pensées se reportèrent entièrement sur sa fille. Qu'allait-elle devenir après sa mort? Déjà maintenant quel était son sort? Ces terribles questions lui firent bientôt oublier sa propre situation ; il pria pour elle, et demanda à Dieu de veiller sur elle, de la soutenir et de la consoler ; il prit un peu d'espoir à la pensée que le bon et dévoué Thégonnec était toujours auprès d'elle, et peut-être même George de Nuriac n'était-il pas mort?

Cependant Jeanne commençait à sortir de l'évanouissement ; les soins dont on l'entourait la rappelaient peu à peu à la vie ; quand elle ouvrit les yeux, elle aperçut son ennemi debout devant elle ; ses souvenirs lui revinrent aussitôt, elle pensa à son père, mais elle n'avait pas la force de parler... et elle n'aurait osé prononcer son nom... Vivait-il encore?

— Mademoiselle, lui dit l'Allemand, me donnez-vous votre parole d'honneur de m'épouser aussitôt après la guerre?

— A ce prix, je sauverai mon père?

— Je vous jure de le mettre immédiatement en liberté.

— Vous avez ma parole, monsieur.

Von Altembergh la laissa et sortit aussitôt ; voyant les fusils toujours abaissés, il se hâta de les faire relever. Et pendant que, sur son ordre, un sergent déliait les mains du vieillard, il s'avança vers lui en disant :

— Monsieur le comte, je suis heureux de vous annoncer que vous êtes libre.

— Libre! est-ce vrai?... N'est-ce pas encore une nouvelle torture que vous voulez m'imposer?

— Nous n'infligeons jamais à nos ennemis de tortures inutiles, monsieur; j'ai l'honneur de vous répéter que vous êtes libre.

— En ce cas, il aurait mieux valu ne pas m'arrêter, et ne pas me conduire ici garrotté comme un malfaiteur.

— Vous avez été militaire, monsieur, et vous savez que les lois de la guerre sont quelquefois dures.

— C'est vrai, mais je n'ai jamais vu, dans aucun pays, les lois de la guerre ordonner de tenir un prisonnier en joue pendant plus d'une demi-heure. Diable! autrefois Damoclès avait inventé une épée suspendue, mais vingt-cinq! Vous êtes dans le progrès, messieurs les Allemands.

— Je reconnais que vous avez le droit de vous plaindre, monsieur le comte, et si la chose avait été faite avec intention, c'eût été une barbarie dont je vous prie de me croire incapable. C'est un oubli que je déplore, et dont la santé de Mlle Jeanne a seule été cause.

— Jeanne est souffrante! s'écria le comte qui, à la pensée de sa fille, oublia tout le reste; et, sans autrement prendre congé du Prussien, il s'élança vers le château.

Il la trouva étendue sur le canapé, Louise lui soutenait la tête, et lui faisait respirer un flacon d'odeur; il s'agenouilla près d'elle et couvrit ses mains de baisers. Jeanne ouvrit les yeux.

— Mon père, dit-elle, enfin... et sa tête retomba.

Von Altembergh, après avoir fait mettre ses hommes en rang, était rentré au salon, pour s'informer une dernière fois de la santé de Mlle de La Rochegauthier. Il comprit que sa place n'était plus là, et il se décida à se retirer. Le comte le suivit jusque dans le vestibule.

— Avant de vous laisser partir, monsieur, je tiens à savoir à qui je dois la vie ?

— A moi, monsieur.

— A vous !... Veuillez donc m'expliquer votre conduite. J'avoue que je ne la comprends pas. Je vous dois d'abord mon arrestation, puisque vous avez pris la peine de diriger vous-même vos soudards dans cette glorieuse expédition de cinquante hommes contre un vieillard.

— J'avais l'ordre formel de vous arrêter.

— Aviez-vous aussi l'ordre formel de me faire garrotter comme un malfaiteur ? Entre gentilshommes, monsieur, on a coutume d'en agir autrement ; il vous aurait suffi de me demander ma parole de vous suivre.

— C'est possible, monsieur, mais j'avais l'ordre d'agir comme je l'ai fait.

— Très bien, et vous avez sans doute aussi l'ordre, toujours formel, de me mettre en liberté, après m'avoir fait tenir en joue par vingt-cinq fusils pendant une demi-heure ?

— Pas précisément, monsieur, mais j'en avais le pouvoir.

— J'avoue que je ne comprends plus.

— Mon Dieu, monsieur, il est assez difficile de m'expliquer en ce moment.

— Je serais cependant bien curieux d'entendre votre justification.

— Tout ce que je puis vous dire, monsieur, c'est que je vous ai fait grâce de la vie, sur les instances de votre fille. Quand elle sera remise, elle vous donnera elle-même tous les éclaircissements que vous désirez.

Le vieillard fronça les sourcils.

— Ma fille !... oui, elle me dira la vérité, et... Mais d'après vos propres paroles, c'est à elle que je dois toute ma reconnaissance, et vous ne trouverez pas mauvais

9

que, jusqu'à plus ample informé, je ne me confonde pas
en remerciements devant un ennemi de ma patrie.

— Vous êtes libre, monsieur, de ne pas me témoigner
une reconnaissance que je n'ai du reste point sollicitée.

Et après avoir salué, il sortit.

XI

ORPHELINE

Quand le comte de La Rochegauthier rentra au salon,
Jeanne voulut se lever pour aller à lui ; mais elle n'en
eut pas la force ; il revint s'agenouiller près d'elle, elle
lui jeta les bras autour du cou, et d'une voix presque
mourante :

— Ah ! mon père ! mon bon père !...

Un torrent de larmes s'échappa de ses yeux.

Le vieillard, qui ne savait rien encore des événements
survenus pendant son absence, chercha à la consoler...

— Ne pleure plus, ma chère enfant, me voilà, tu n'as
plus rien à craindre. Vois, je suis près de toi, tout danger est passé, je suis là pour te protéger et te défendre.

Mais ses paroles, loin d'avoir l'effet qu'il en attendait,
ne faisaient qu'augmenter ses sanglots.

La réaction qui suit les émotions violentes se traduit
souvent par des larmes, surtout chez les jeunes filles ;
mais alors ces larmes sont douces, elles coulent sans
efforts, et bientôt elles amènent le calme et le repos.
Celles de Jeanne n'étaient point de cette nature, c'étaient
des pleurs amers, indices de douleurs profondes, de
souffrances sans espoir.

Une horrible pensée vint à l'esprit de son père.

— Jeanne, ce capitaine qui sort d'ici, aurait-il été assez infâme pour t'insulter ?

— Non, mon père, répondit la jeune fille d'une voix mourante.

— Dois-je te croire ? Lui-même m'a dit que tu aurais des confidences à me faire.

— Je ne sais... plus tard je vous dirai tout, mais pas aujourd'hui...

A ce moment, le regard du comte se croisa avec celui de Louise qui soutenait sa jeune maîtresse ; il y vit une prière de ne pas insister. Il fit un violent effort sur lui-même pour se contenir, et se borna à prodiguer à sa fille les témoignages de tendresse et d'affection ; mais un orage grondait dans son âme.

Dès qu'il crut pouvoir quitter le salon, il sortit et demanda Thégonnec ; on lui apprit que son vieux compagnon était prisonnier des Prussiens.

— Lui ! prisonnier ! Quel est donc son crime ? Que s'est-il donc passé pendant mon absence ?

Il interrogea la vieille cuisinière, mais celle-ci ne savait rien, ou plutôt, ne sachant pas assez, ne voulait pas parler.

— Allez, lui dit-il, remplacer Louise près de mademoiselle et envoyez-la moi. Celle-là, pensa-t-il, sait quelque chose, et elle parlera.

La femme de chambre parut, ses traits étaient bouleversés, ses yeux rougis annonçaient qu'elle aussi avait pleuré.

— Dites-moi, Louise, interrogea le père, pendant mon absence, ma fille a-t-elle eu à souffrir de quelqu'un ?

— Mademoiselle a été fort triste, répondit la jeune fille hésitante, à cause du départ de monsieur.

— C'est clair, mais me voici revenu, et sa douleur, loin de se calmer, paraît au contraire s'augmenter. Vous-même, tout à l'heure, m'avez]fait signe de ne pas l'interroger.

— Elle est si souffrante !

— Si elle ne peut répondre en ce moment, vous n'avez aucune raison de vous taire. Que s'est-il passé ici pendant mon absence ?

— Monsieur...

— Parlez, je veux tout savoir. Est-il venu d'autres Allemands que ce capitaine von Altembergh ?

— Non monsieur ; et c'était bien assez de lui.

— Morbleu ! le misérable aurait-il osé lui manquer de respect ?

— Pas précisément, mais...

— Mais quoi ? Voyons, vous me faites mourir.

— Oh ! monsieur, je ne sais... si je dois dire...

— Encore une fois, je veux tout savoir. Parlez, mais parlez donc.

— Puisque monsieur le veut... monsieur n'était pas parti d'une demi-heure que le capitaine était ici.

— Je sais cela. Après ?

— Le premier jour, il s'est borné à menacer et à faire visiter tout le château. Hier, il est revenu, il a annoncé à mademoiselle qu'il savait où vous étiez, puis il lui a dit qu'il l'aimait.

— L'infâme a osé !... Mais continuez.

— Il lui a offert de vous sauver, à la condition que mademoiselle l'épouserait.

— J'espère bien qu'elle a refusé.

— Oui, monsieur, mais il lui a donné vingt-quatre heures pour réfléchir. Ce matin, il est revenu, il a réitéré ses instances et ses menaces ; mademoiselle pleurait, suppliait ; elle aurait tout sacrifié pour vous sauver, mais d'un autre côté ce Prussien lui faisait horreur.

Le comte blêmissait.

— C'est alors que le capitaine, voyant qu'il ne pou-

vait la faire céder, vous a fait amener dans la cour et
ordonné de faire tous les apprêts, comme si on allait vous
fusiller; puis il a conduit mademoiselle devant la fenêtre, elle a poussé un cri et s'est évanouie... Quand elle
est revenue à elle, il lui a demandé sa parole d'honneur
de l'épouser après la guerre.

— Et elle l'a donnée!!!

— Pouvait-elle la refuser?

— Oh! ma fille! s'écria le vieillard, en se laissant tomber sur une chaise.

Puis s'appuyant à une table qui était près de lui, il
laissa retomber sa tête sur sa poitrine et de ses yeux,
qui avaient regardé en face les fusils allemands, il s'é-
chappa un torrent de larmes.

— C'est moi, pensait-il, qui suis la cause de son malheur! Maudit emportement! si je n'avais pas tué ce
soldat, rien de tout cela ne serait arrivé... et par suite
de ma faute, mon brave et fidèle serviteur est arrêté. Il
sera fusillé peut-être, lui, il n'a pas de fille pour le sauver... Et Jeanne... Oh! c'est horrible!

Et les larmes coulaient brûlantes le long de ses joues.

Bientôt il se leva, retourna au salon, et se jetant aux
pieds de sa fille:

— Jeanne, ma Jeanne bien-aimée, mon enfant chérie,
pourras-tu jamais me pardonner?

— Vous pardonner, mon père? Mais n'est-ce pas
moi qui devrais implorer votre pardon? Ah! j'ai pourtant bien résisté, j'ai lutté jusqu'au bout; mais vous
étiez là debout contre le mur, les soldats vous tenaient
en joue; si j'avais refusé, sur un signe de cet homme,
vous étiez percé de vingt balles...

— Oh! pourquoi ne les as-tu pas laissés faire! Qu'est-
ce que mon misérable reste d'existence en présence de
ta jeunesse, de toute ta vie, à jamais flétries?

— Mon père, je vous en supplie, ne me parlez pas

ainsi. Laissez-moi mon courage. Vous m'avez donné la
vie au prix d'un sacrifice, j'ai sauvé la vôtre... Tenez, il
me semble que Dieu me récompense déjà; j'éprouve
une joie immense à la pensée que j'ai pu vous rendre
une partie de ce que je vous devais... Depuis que j'ai
appris la mort de George, je m'étais promis de renoncer
aux joies du monde, je sentais qu'elles n'étaient plus
faites pour moi; je savais que je n'aurais pas pu aimer
deux fois. Aujourd'hui on ne me demande pas d'amour;
je ferai mon devoir, il sera cruel, mais Dieu m'en dédom-
magera plus tard.

Le vieux comte était silencieux; la douce voix de
Jeanne résonnait à son oreille comme une suave harmonie;
il lui semblait entendre les accords des anges descendus
de la voûte céleste; ses larmes coulaient doucement.

— Continue, ma Jeanne, parle-moi encore comme tu
viens de le faire; tes paroles tombent sur mon âme
comme une rosée bienfaisante. J'ai besoin d'entendre ta
voix chérie me verser la consolation, mon cœur est brisé,
ma tête est en feu.

— Père, soumettons-nous à ce que la Providence a
permis; c'est peut-être pour notre plus grand bien à
tous deux. J'étais trop heureuse, je ne pensais pas assez
à Dieu; maintenant que je n'ai plus de bonheur à espérer sur cette terre, toutes les puissances de mon âme se
tourneront vers lui. Il m'aidera à supporter mon épreuve,
et, plus tard, quand il m'aura assez purifiée par la souffrance, Lui qui est infiniment juste, qui ne laisse pas le
verre d'eau sans récompense, il me récompensera de ce
que j'aurai souffert en me donnant une plus grande
part des joies éternelles.

— Oui, Dieu te récompensera, mon enfant; mais moi,
je ne pourrai jamais me pardonner d'avoir été la cause
de ton malheur. Toi, ma Jeanne, toi, mon dernier et
seul amour, à cet infâme Prussien, à cet espion maudit!...

Toi, ma fille chérie, unie à cet homme dont j'ai serré la
main, que j'ai reçu sous mon toit, qui s'est assis à ma
table, et s'est servi de tout cela pour découvrir nos secrets, et venir plus sûrement nous piller et nous égorger !
Et ce misérable vient maintenant me ravir mon dernier
trésor ! Oh ! si j'avais pu prévoir une telle perfidie, si
j'avais pu deviner ses intentions ce matin, il ne m'aurait
pas eu vivant, et tu n'aurais pas été forcée de choisir
entre lui et la vie de ton père.

— Pourquoi maudire, mon père ? A quoi sert de se
plaindre ?

— C'est vrai, mes récriminations ne peuvent plus
servir de rien ; mais comment pourrais-je ne pas m'accuser de ton malheur ? C'est ma folle colère qui a été
cause de tout ; et moi qui devais te défendre, moi qui
aurais dû te faire un rempart de mon corps, je t'ai perdue... Ah ! tiens, je ne sais plus ce que je dis, mes idées
se troublent... Il me semble que je vois du sang partout...
Non, je ne veux pas que tu épouses ce misérable ; j'irai
le trouver, je le défierai, et, s'il refuse de se battre, je
lui plongerai un poignard dans le cœur... On me fusillera,
mais toi, ma Jeanne, tu seras sauvée.

— Père, je vous en supplie, ne parlez pas ainsi, le crime
n'a jamais rien réparé.

— N'importe, il faut que cet homme meure, puisque
c'est le seul moyen de l'empêcher de venir réclamer
l'exécution de ta promesse.

— Comment pouvez-vous avoir de telles pensées, mon
père, vous qui êtes si bon et si chrétien ?

— Laisse-moi, non, je ne suis plus bon ; l'infamie de
cet homme m'a rendu presque aussi méchant que lui ;
j'ai soif de son sang.

— Mon père, voulez-vous donc que mes douleurs,
mes angoisses, mon sacrifice soient perdus ? Votre vie
m'appartient, vous n'avez plus le droit d'en disposer !

je l'ai achetée au prix du plus douloureux déchirement
qui puisse torturer le cœur d'une femme.

— Ah! ne me dis pas cela, tu me rends fou; ma tête
est brûlante; il me semble qu'elle va se briser; ma vue
se trouble, je... je... ah!...

Son regard est devenu fixe, ses traits se contractent,
il chancelle, étend les bras et tombe lourdement sur le
parquet.

Jeanne se précipite pour le relever, mais ses forces
n'y peuvent suffire; elle appelle, on vient à son secours,
on porte le comte de La Rochegauthier sur un lit.

Un médecin est appelé en toute hâte et déclare que
le vieillard vient d'être frappé d'une congestion cérébrale.
Pendant qu'il lui pratique une abondante saignée, et
qu'il lui donne les soins que la science prescrit, le curé
de la paroisse arrive de son côté. Le malade a encore la
connaissance, le prêtre lui offre les secours de la religion.
Jeanne est entraînée hors de la chambre pour le laisser
seul avec le ministre de Dieu.

Le soir du même jour, Thégonnec rentrait à la Ménadière; von Altembergh, parvenu au but de ses efforts,
n'avait plus rien à craindre de lui, et l'avait fait mettre
en liberté.

Trois jours se sont passés, le comte Gaëtan vit encore;
les médecins n'ont aucun espoir de le sauver. Jeanne est
près de lui, veillant à satisfaire ses moindres désirs,
préparant et lui présentant les potions qu'il doit prendre.
Thégonnec entre et, marchant sur la pointe du pied,
vient dire quelques mots à l'oreille de la jeune fille. Elle
se redresse, une vive rougeur lui monte au front, et
désignant de la main son père étendu sur son lit
d'agonie :

— Dites-lui que mon devoir est de rester ici.

— Je le lui ai dit, mademoiselle, mais il a exigé que je
vinsse vous prévenir, il veut vous voir à tout prix.

— Je ne suis pas encore sa femme, Dieu merci, et je
n'ai pas d'ordres à recevoir de lui.

Le domestique sortit. Quelques minutes après, il
revenait et présentait une lettre à Jeanne; elle la lut et
se leva.

— Restez près de mon père, lui dit-elle, je des-
cends.

Le capitaine von Altembergh attendait au salon.
Mlle de La Rochegauthier alla droit à lui.

— Je m'étonne, monsieur, que vous vous soyez permis
de vous présenter ici dans ce moment. Je ne sais, en
vérité, de quels termes je pourrais me servir pour qua-
lifier la menace que vous venez de m'adresser de pénétrer
dans la chambre de mon père, que vous savez mourant.
Jusqu'à présent j'avais besoin de me rappeler tous mes
devoirs de chrétienne pour ne pas vous haïr; maintenant, c'est contre le mépris que je devrai me défendre.

Ces paroles furent dites avec le calme et la dignité
froide d'une grande âme blessée dans ses sentiments les
plus intimes. Le Prussien vaincu par cette mâle énergie,
courba la tête, puis il essaya de se justifier.

— Veuillez me pardonner, mademoiselle, mais je dois
quitter Amboise ce soir même; je viens de recevoir
l'ordre de me diriger sur Orléans. Après la promesse
que vous avez bien voulu me faire, je ne voulais pas
m'éloigner sans vous avoir revue; je voulais surtout
vous demander pardon des moyens que j'ai dû employer
pour...

— La guerre n'est pas terminée, je pense, monsieur,
et puisque je suis encore libre, j'avais espéré que vous
auriez assez de tact pour comprendre que, jusqu'au
moment où je serai tenue d'exécuter la promesse que
vous m'avez arrachée, toutes vos assurances d'affection
seraient pour moi de cruelles injures. Mon père est mou·

rant, monsieur, il n'a échappé à un danger que pour tomber dans un autre. Laissez-moi donc lui donner mes derniers soins, sans ajouter à mes douleurs celle de votre présence.

— Mademoiselle, vous oubliez que devant l'honneur et devant votre conscience vous êtes ma fiancée.

— Je ne m'en souviens que trop, monsieur; mais je me souviens aussi que votre pouvoir ne commencera qu'après la guerre, et que, jusque-là, je ne dépends de personne. Faut-il donc vous répéter qu'aujourd'hui votre présence dans cette maison est pour moi une torture et une insulte que je ne suis pas obligée de supporter!

Ce coup de fouet sanglant réveilla tous les instincts sauvages de l'Allemand, et, emporté par la colère, il s'écria :

— Vous oubliez donc, dans votre orgueil insensé, que je suis le maître ici?...

A cet éclat, Jeanne de La Rochegauthier se redressa; la rougeur lui monta au front : elle darda sur le capitaine de uhlans un regard de souverain mépris, et lui montrant la porte de la main :

— Sortez d'ici, monsieur.

Von Altembergh hésita; mais il y avait une telle puissance dans le regard et dans le geste de la femme indignée, qu'il ne se sentit pas la force d'y résister; il rougit, balbutia quelques vaines excuses, et sortit, la honte au visage et la rage dans le cœur.

Jeanne revint auprès de son père, et y reprit ses fonctions accoutumées avec autant de calme que si cette dernière scène n'avait pas eu lieu.

Plusieurs jours se passèrent encore sans amener un notable changement dans la position du comte; une légère amélioration semblait cependant se produire.

Jeanne l'avait fait remarquer au docteur; mais celui-ci ne se sentit pas le triste courage de la tromper, en lui inspirant un espoir qu'il ne partageait pas. Ce mieux était, au contraire pour lui, l'avant-coureur d'une crise qui devait être fatale.

Un matin, M. de La Rochegauthier venait de se réveiller après un long et pénible sommeil, il appela :

— Jeanne !

— Me voici, mon père, que désirez-vous ?

— J'ai beaucoup pensé à toi ces jours-ci, ma fille ; tes douces paroles et les sages exhortations de notre bon curé m'ont fait ouvrir les yeux ; j'ai demandé à Dieu la grâce de pouvoir pardonner à mes ennemis, et surtout aux tiens, à ceux qui t'ont fait tant de mal. Cette grâce, je l'ai obtenue. Je me soumets à tout ce que la divine Providence permettra.

Jeanne ne disait rien, mais son regard se tourna vers le ciel et sa pensée monta vers Dieu pour lui porter un acte de sainte reconnaissance.

— Puis, continua le vieillard, j'ai demandé à Celui qui peut tout s'il était encore un moyen de réparer ma faute.

— Père, le ministre de Dieu ne vous a-t-il pas absous ?

— Oui, mon enfant, mais moi, je ne me suis pas absous. Je sens toujours au fond de ma conscience un amer reproche. C'est mon emportement qui t'a mise dans la triste nécessité de consentir à cette union qui sera ton malheur. Jeanne, je me rappelle avoir entendu dire qu'une promesse arrachée par la violence ne peut pas obliger. Tu pourrais donc...

— Pardon, mon père, vous-même m'avez appris que l'honneur est un devoir sacré. M. d'Altembergh s'est engagé à vous sauver moyennant une condition que j'ai acceptée ; il a tenu sa promesse, et quoi qu'il puisse m'en coûter, je dois tenir la mienne.

— Ah ! Jeanne, je te bénis pour cette parole. Oui, mon enfant, tu as raison ; nous sommes bien déchus de nos ancêtres, mais il est [encore un]héritage qui nous est

resté intact : l'honneur. Conservons-le pur et immaculé.
Suivons toujours cette vieille maxime si chrétienne et si
française : Fais ce que dois, advienne que pourra!
Oui, fais ce que tu dois, et il n'adviendra que ce qui plaira
à Dieu. Et, écoute bien, ma fille chérie, je ne me fais plus
d'illusion, il ne me reste qu'un petit nombre d'heures à
vivre ; dans quelques jours, demain, ce soir peut-être,
je paraîtrai devant mon juge. Si, comme je l'espère, il
veut bien me recevoir dans sa miséricorde, je lui demanderai, à lui, le Juste par excellence, de ne pas permettre
que tu sois malheureuse toute ta vie, pour expier une
faute dont tu es innocente ; je lui exposerai que, victime
de la faute de ton père, tu t'es noblement dévouée au
plus horrible sacrifice ; et je ne sais, mais il me semble
que Dieu, qui est notre père à tous, ne pourra pas être
insensible à la prière d'un père le suppliant d'avoir pitié
de son enfant. Lui, qui tient tous les événements dans
sa main toute-puissante, et qui se joue des volontés hu-
maines, il suscitera, je l'espère, des circonstances qui te
délieront de ton serment, et te rendront la liberté.

— Ne me parlez pas de cela, mon père ; je préfère ne
pas envisager des espérances dont la réalisation est
trop douteuse. Laissez-moi mon courage et demandez à
Dieu qu'il me donne la force de faire ce que je dois. Cette
force, je sais qu'il ne me la refusera pas, et je puiserai
la consolation dans la pensée du devoir accompli, dans
l'espérance d'une suprême et éternelle récompense.

— Espérance, murmura le vieillard d'une voix affaiblie,
espérance ! oui, ma Jeanne, voilà mon testament. Tout
à l'heure, je te parlais de demain ; mais je sens qu'il n'y
a plus de lendemain pour moi. Je sens ma dernière heure
approcher, la mort arrive d'un pas rapide. Viens plus
près, que je te bénisse une dernière fois... Je remercie
Dieu qui t'a placée près de moi pour me donner une
mort sainte et douce. Je ne puis plus rien pour toi, je te

confie à Celui qui est tout-puissant... Je vais mourir, Jeanne, et il me semble que Dieu me laisse lire une page du grand livre de l'avenir; je vois que tu seras récompensée, pour ton dévouement; en tête de la page est écrit ce commandement : Tu honoreras ton père et ta mère. Et plus bas : l'Éternel a accordé longue et heureuse vie à l'enfant qui s'est sacrifié pour son père... Attends, je lis encore : Dieu ne demande jamais à ses serviteurs un sacrifice au-dessus leurs forces. Il a commandé à Abraham de lui immoler son fils, mais il a retenu le bras qui allait le frapper... Adieu, Jeanne, la vie m'échappe. Je te lègue pour dernier héritage cette fortifiante pensée : Espoir en Dieu.

Sa tête retomba sur l'oreiller.

Jeanne fit aussitôt appeler le prêtre, qui eut à peine le temps de donner au moribond une dernière bénédiction, et le comte de La Rochegauthier rendit le dernier soupir dans les bras de sa fille.

XII

DERNIÈRES LUTTES

La France agonisante a voulu lutter jusqu'à la dernière heure, non plus pour obtenir une victoire impossible, mais seulement pour pouvoir se rendre à elle-même ce témoignage qu'elle n'a cédé qu'à une nécessité absolue.

Pendant quatre longs mois, les Allemands ont vainement assiégé Paris; ils ont pu le couvrir de leurs bombes, mais ils n'ont pas su le vaincre. Et Paris, qui aurait pu résister de longs mois encore aux phalanges allemandes, a dû capituler avec la famine. Le pain noir et nauséabond qui, pendant plusieurs mois, a nourri deux millions d'hommes, fait défaut, une plus longue résistance est impossible, et Paris a dû signer un armistice, qui n'était que le prélude de la capitulation de la France entière.

Les hostilités ont cessé ; mais les armées prussiennes continuent à occuper les pays dont elles s'étaient emparées.

Enfin le traité de paix est signé, traité douloureux, par lequel cinq milliards et deux de nos plus belles provinces doivent payer la folie de cette guerre-insensée.

Les troupes ennemies allaient quitter la Touraine ; Jeanne se préparait à profiter de ce dernier moment de liberté pour se rendre chez sa tante, Mme de Précontal, quand elle reçut la visite du capitaine von Altembergh.

Au lieu de la tunique et du casque pointu qui ne pouvaient rappeler à Mlle de La Rochegauthier que d'horribles souvenirs, il avait eu le bon goût de revêtir une redingote noire boutonnée sur une cravate retenue par une magnifique épingle en diamant ; s'il se présentait encore en prétendant, du moins ne se présentait-il plus en maître.

Jeanne, dans le fond de sa pensée, ne put s'empêcher de lui savoir gré de cette preuve de déférence.

— Mademoiselle, lui dit-il en l'abordant, je viens prendre congé de vous avant de quitter la France ; je sais le dernier malheur qui vous a frappée et j'ai sincèrement compati à votre douleur.

Il s'arrêta un instant ; il espérait sans doute un remerciement pour sa compassion, mais Jeanne resta muette. Il continua :

— Je ne doute pas, mademoiselle, que vous ne soyez décidée à accomplir votre promesse ; mais je comprends aussi que votre deuil rende nécessaire, ou du moins de toute convenance, un certain délai, et je viens moi-même vous l'offrir.

— Cette offre est généreuse de votre part, et vous

prévenez la demande que je me proposais de vous faire. L'usage en France défend que l'on se marie quand on porte le deuil d'un père, et ce deuil est d'un an.

— Un an! Un temps aussi long est-il nécessaire ? J'aurais peut-être le droit de vous rappeler que vous vous étiez engagée à m'épouser aussitôt la guerre terminée.

— J'ignorais que je dusse perdre mon père.

— C'est vrai, mais il me semble qu'un retard de quelques mois...

— Permettez, monsieur ; dans cette question je n'ai à consulter que ma conscience. Dans un an, j'exécuterai ma promesse, pas un jour plus tôt ; et j'espère que d'ici à cette époque vous me laisserez pleurer mon père, et que vous respecterez assez ma douleur pour ne pas la troubler.

— Je pensais, mademoiselle, que les Français étaient esclaves de leur parole.

— S'ils ne l'étaient pas, monsieur, je vous prierais de me délivrer pour toujours de votre présence. Votre rôle de maître absolu est fini, ne l'oubliez pas, et ma promesse est en ce moment le seul lien qui me retienne.

— Il me semble, mademoiselle, que vous la tenez assez mal, et ce premier délai n'est, je le crains bien, que le commencement d'une série de retards qui se termineront par un refus catégorique de tenir vos engagements.

— Pardon, monsieur, il m'est impossible de continuer une conversation dans ces conditions ; permettez-moi de me retirer.

— Non, je vous en supplie ; écoutez-moi, mademoiselle ; si mes paroles vous ont paru offensantes...

— Elles sont insultantes pour moi, monsieur.

— Je vous en demande pardon, veuillez les oublier, elles m'ont été arrachées par le désespoir que j'éprouve de voir retarder la réalisation du plus cher de mes désirs. Veuillez vous souvenir que depuis le jour où je vous ai

rencontrée pour la première fois, j'ai été pris pour vous
d'un amour sans bornes. Les hasards de la guerre m'ont
fait entrevoir la possibilité d'une union ardemment
désirée, et que j'avais dû longtemps considérer comme
impossible.

— Vous parlez de vos sentiments, monsieur; mais
avez-vous consulté les miens quand vous m'avez contrainte à accepter cette union qui me fait horreur?

— Que pouvais-je faire? Une circonstance imprévue
avait mis entre mes mains le sort de votre père, vous-
même imploriez mon aide, vous vous disiez prête à tous
les sacrifices pour le sauver; je vous aimais, je savais
que la querelle existant entre nos deux nations était un
obstacle invincible à la réalisation de mes désirs; je
vous offris la vie de M. votre père en échange d'un
sacrifice, de votre main.

— En échange d'une vie qui m'était on ne peut plus
chère, j'ai dû faire le plus douloureux des sacrifices;
mais vous, monsieur, que m'avez-vous donné en compensation de l'horrible déchirement de mon cœur? Un
ordre de grâce qui ne vous coûtait rien. Vous vous étiez
servi des connaissances que vous n'aviez acquises que
comme ami de mon père, pour vous emparer de sa
personne, et le tenir là, dans cette cour, pendant une
demi-heure, face à face avec vingt-cinq soldats prêts à
le foudroyer. Ah! monsieur, un Français aurait sauvé
mon père sans m'imposer comme condition cette flétris-
sure d'épouser un ennemi de mon pays, et pour obtenir
la récompense du service qu'il nous aurait rendu, il n'aurait fait appel qu'à notre reconnaissance.

— Oh! les Français! toujours les Français! l'orgueil
de cette nation est donc indomptable! Et pourtant nous
la tenons courbée sous nos genoux, cette France arrogante; toutes ses armées, nous les avons anéanties; ses
plus vaillants défenseurs nous les avons couchés dans

les sillons de vingt champs de bataille. La France, nous
l'avons terrassée, et les talons de nos bottes lui broient
la poitrine.

— C'est peu généreux à vous, monsieur, de vous en
vanter devant moi ; mais les talons de vos bottes auront
beau peser sur la poitrine de ma patrie, ils ne sauront
jamais empêcher son cœur de battre. Vous l'avez terrassée, mais vous ne l'avez pas vaincue. Elle expie ses
fautes et ses folies aujourd'hui ; mais rappelez-vous que
Dieu brise la verge dont il s'est servi pour châtier ses
enfants. Un jour viendra où la France relevée vous
demandera compte du sang de ses soldats, des larmes
de leurs mères. Elle est grande, elle est généreuse, elle
est chevaleresque, la France ; mais dans sa colère elle
est terrible... Les obstacles, loin de l'arrêter, ne font
qu'exciter son enthousiasme, et le jour où elle se pré-
cipitera sur l'Allemagne, tremblez, les représailles seront
terribles.

— Soyez persuadée, mademoiselle, que ce jour est
encore bien éloigné. Mais permettez-moi de ramener la
conversation sur un sujet moins irritant, et de répondre
à la pensée que vous m'exprimiez tout à l'heure. Si j'avais
sauvé votre père sans condition, et que je vinsse maintenant demander à votre reconnaissance le prix du service
rendu, quelle serait votre réponse ?

— Je l'ignore, monsieur, mais, en toute certitude, je
ne pourrais vous refuser de vous accorder mon estime
et mon amitié, tandis que les procédés que vous avez
employés n'ont laissé dans mon âme que le mépris et le
dégoût.

— J'espère que vos idées changeront quand vous serez
comtesse von Altembergh.

— Alors comme maintenant, monsieur, je ferai mon
devoir, mais rien de plus. Quant à l'affection, à l'estime,
à la confiance, à tous ces nobles et beaux sentiments qui

font du mariage une des plus saintes choses de la terre, n'y comptez pas, monsieur, ils ne sauraient plus trouver de place dans mon cœur.

— Vous êtes donc impitoyable?

— Lequel de nous deux mérite ce reproche, je vous le demande?

— Jeanne, ayez pitié de moi! Né dans les sombres plaines de la Poméranie, sous ce climat de neige et de brouillards, la nature sauvage au milieu de laquelle j'ai vécu pendant mon enfance et ma jeunesse a dû laisser des traces dans mon âme. Nous autres, hommes du Nord, nous n'avons peut-être pas les délicatesses de pensées des races qui ont grandi sous un climat plus doux ; nous naissons avec des tempéraments froids et calmes, les passions ont peu de prise sur nous ; mais en revanche, quand elles nous touchent, elles nous saisissent tout entiers ; alors toutes nos facultés, toutes nos puissances, toutes nos forces tendent vers le but désiré ; nous y courons avec cet âpre et aveugle acharnement de l'animal aux prises avec la faim, qui poursuit sa proie. Nous n'y pouvons rien, nous sommes ainsi faits... Depuis que je vous ai vue, Jeanne, je n'ai plus pensé qu'à vous... Être près de vous, vous voir, entendre le son de votre voix, était pour moi un ineffable bonheur. La pensée d'unir ma vie à la vôtre m'apparaissait comme la vision d'une félicité surhumaine. Ne me faites pas un crime de ce qui n'a été que l'entraînement d'un amour vrai, profond, irrésistible. Je rêvais de vous donner une existence toute de bonheur, j'aurais voulu être roi, pour vous faire reine ; je me disais que j'arriverais à vous faire oublier les moyens violents que les circonstances me forçaient d'employer, en vous entourant plus tard de toutes les jouissances que peuvent procurer la naissance et la fortune. Pour vous voir heureuse, pour obtenir un de vos sourires, je ferais des prodiges ; pour satisfaire le moindre de vos désirs, je sacrifierais tout ce qui m'appartient; pour me voir aimé de vous, je renoncerais au monde entier...

— Si vous m'aimez autant que vous le dites, pourquoi me torturez-vous? Vous êtes disposé à tout sacrifier pour me rendre heureuse, dites-vous, et je ne vous demande rien que de me laisser pleurer en paix mes chers morts.

— Ne me demandez pas la seule chose qu'il me soit impossible de vous accorder.

— Voulez-vous que je m'engage, sous la foi du serment, à n'accorder à personne cet amour que je ne puis vous donner? Ce serment ne me coûterait guère; si j'étais libre, je l'eusse déjà fait. Croyez-moi, monsieur, si vous compreniez bien votre propre intérêt, vous renonceriez à exiger l'exécution de la promesse que vous m'avez arrachée. Vous êtes sous l'impression d'une exaltation qui vous fait voir les choses sous un point de vue faux. J'ai bien réfléchi depuis quelques temps, bien interrogé l'avenir, et voici ce qui arrivera certainement. Quand vous m'aurez emmenée dans votre sombre et triste Poméranie, que vous n'aurez auprès de vous pour compagne qu'une femme navrée par un chagrin dévorant, et demandant tous les jours à Dieu la fin de ses épreuves, alors vous vous rappellerez ces jeunes filles de votre pays qui, aujourd'hui, seraient heureuses et fières d'accepter votre nom et votre main; alors vous vous direz que, si vous n'aviez pas voulu vous obstiner à suivre une aveugle et fatale passion, vous auriez pu, comme vos amis, avoir une compagne qui vous aurait aimé, respecté, qui n'aurait demandé qu'à se dévouer pour vous. Vous vous serez enchaîné pour le reste de votre existence à une femme dont vous aurez fait le malheur, et de qui vous ne pourrez attendre aucun bonheur, aucune de ces joies que donne une union bénie de Dieu. Vous comprendrez alors votre erreur, mais il sera trop tard; votre vie comme la mienne, sera empoisonnée pour toujours. Soyez généreux, mon-

sieur, oubliez-moi, c'est votre propre bonheur que je
vous demande, et je vous bénirai toute ma vie.

— Non, ce que vous me demandez est la seule chose
que je ne puisse pas vous accorder. Renoncer à vous!
J'aimerais mieux renoncer à l'existence. Et vous vous
faites illusion pour l'avenir; je vous aimerai tant que
vous finirez par m'aimer aussi.

— Oh! jamais! Jamais une femme ne pardonne la
violence faite à ses sentiments les plus intimes.

— Jamais! Oh! je vous jure que... Non, je veux rester
calme. Vous m'avez demandé un délai d'une année.

— Pardonnez-moi, je ne demande pas, j'exige.

— Soit, et vous avez peut-être raison; une année ne
sera pas trop longue pour calmer votre irritation. Dans
un an donc, je viendrai vous chercher; mais n'espérez
pas un plus long délai : dans un an, en quelque lieu de
la terre que vous ayez pu vous retirer, je vous retrou-
verai.

— Vous n'aurez pas besoin, monsieur, de me chercher, ni de me faire surveiller par des espions, dans un
an je serai ici, ou chez ma tante de Précontal, au château
de Chériset.

Après avoir dit cette phrase, Jeanne se leva et sortit
du salon. L'Allemand la regarda s'éloigner, et ses yeux
restèrent encore longtemps attachés sur la porte par
laquelle elle avait disparu; enfin, il se décida à partir à
son tour.

Quant Thégonnec avait vu entrer dans la cour la
voiture qui l'avait amené, il avait été fort intrigué. Les
visites étaient devenues bien rares à la Ménadière pendant ce triste hiver de 1870-71, et il ne pensait pas à von
Altembergh, qui n'était jamais venu qu'à cheval. Son
incertitude ne fut pas longue, la porte s'ouvrit; un
homme sauta à terre et entra sans attendre personne
pour l'introduire.

— Encore ce maudit Prussien, grommela le vieux Bre-
nton. Je le croyais parti pour l'Allemagne, et j'espérais
que nous en étions débarrassés. Pourquoi une balle n'a-
t-elle pu l'atteindre ? que vient-il faire encore ?

Et il se promena de long en large sous les fenêtres du
salon pour voler au secours de sa maîtresse à la première apparence de danger.

N'entendant aucun bruit, il se rapprocha du cocher
pour le questionner. La voiture appartenait au propriétaire de l'hôtel du Lion-d'Or d'Amboise : pour lui, il
avait reçu ordre d'atteler, et un monsieur était monté
dans la cour même de l'hôtel, en lui disant de le conduire
à la Ménadière. C'était tout ce qu'il savait.

Thégonnec réfléchit un instant, et sans doute ses réflexions l'amenèrent à former un projet, car il se dirigea
vers l'écurie, et ordonna au petit domestique qui faisait
l'office de palefrenier de seller un cheval, et de le lui tenir prêt dans l'arrière-cour ; puis il vint reprendre son
poste d'observation. Bientôt le capitaine de uhlans sortait du château et remontait en voiture, en jetant cet ordre
au cocher : « A Amboise ! »

Thégonnec eut un sourire en le voyant s'éloigner ; il se
dirigea lentement vers la cour où le cheval l'attendait en
piaffant d'impatience, puis il sauta en selle, en disant au
petit domestique :

— Si on te demande où je suis, tu diras que je suis
allé promener *Sultane ;* il y a plusieurs jours qu'elle n'est
pas sortie, elle a besoin de faire une bonne course.

Il partit au pas, puis, petit à petit, il prit une allure
plus rapide, de manière à ne pas perdre la voiture de
vue. Celle-ci arriva enfin à Amboise et entra dans la cour
de l'hôtel.

Thégonnec, qui avait évidemment son but, entra
également et descendit de cheval. Il ne craignait pas
d'être reconnu, la nuit vient vite en cette saison, et

quand ils étaient arrivés en ville, l'obscurité était complète.

L'hôtel était envahi par les officiers allemands; des soldats et des ordonnances de toutes les armes et de tous les corps allaient et venaient partout; les uns apportaient des ordres, d'autres en venaient chercher, d'autres encore étaient chargés de malles ou de colis de toute nature. Ils encombraient les cours, les vestibules et les escaliers, et au milieu de cette foule rien n'était plus facile que de passer inaperçu. Notre Breton, après avoir questionné plusieurs garçons de l'hôtel finit par savoir que le capitaine von Altembergh avait retenu une chambre pour la nuit.

Ce renseignement lui suffisait sans doute, car un quart d'heure après il sortait de la ville et reprenait le chemin de la Ménadière.

Le lendemain, au moment où le jour commençait à paraître, von Altembergh était encore plongé dans un profond sommeil, quand un homme entra dans sa chambre et, après avoir refermé la porte avec soin, alla droit à lui.

— Qui est là! s'écria l'Allemand.

— Je suis Thégonnec Kergariou, l'écuyer de Mlle de La Rochegauthier. Vous devez me reconnaître, vous qui m'avez fait arrêter deux fois.

— Est-ce Mlle Jeanne qui vous envoie?

Le vieux serviteur se croisa les bras. Puis, d'un ton moqueur :

— Pensez-vous que ma noble et sainte maîtresse puisse avoir quelque chose à faire dire à un espion allemand?

L'officier prussien lança une imprécation; puis se ravisant, il allongea le bras vers un cordon de sonnette. Mais Thégonnec devina sa pensée et, plus prompt que l'éclair, il lui porta sur la main un vigoureux coup de poing, sauta sur une chaise et coupa le cordon; puis se croisa les bras de nouveau.

— Causons maintenant.

— Je n'ai pas l'habitude de causer avec des valets, répondit le Prussien blême de fureur.

— Pas plus que moi avec des espions, mais une fois n'est pas coutume; et je crois que notre conversation va être très intéressante.

— Sortez d'ici, misérable !

— Il est inutile de donner des ordres quand on est dans l'impossibilité de les faire exécuter; faites-moi donc le plaisir de rester tranquille, et d'écouter ce que j'ai à vous dire.

Et montrant la gueule d'un pistolet :

— Je vous préviens que, si vous faites un mouvement, ou si vous poussez un cri, vous êtes un homme mort.

— C'est bien, je vous écoute; mais votre audace vous coûtera cher.

— Vous comprenez bien que je sais parfaitement à quoi je m'expose en venant ici, et puisque j'y suis, c'est que je suis décidé à accepter toutes les conséquences de mes actes. Vous savez qui je suis, n'est-ce pas ? C'est moi qui, pendant quinze ans, ai accompagné par le monde, à travers mille périls, M. le comte de La Roche-gauthier, qui eut, du reste, la bonté de me traiter plutôt comme un compagnon et même comme un ami que comme un domestique. Aussi n'ai-je pas besoin de vous dire si je lui étais dévoué. Aujourd'hui, mon maître est mort, que Dieu ait son âme! et l'affection que je lui avais vouée est entièrement reportée sur sa fille.

Von Altembergh, contraint d'entendre ce que le Breton lui disait, affectait de ne pas l'écouter, et il s'était retourné vers le mur, comme pour se rendormir.

— Je vois, continua Thégonnec, que mes paroles n'ont pas le don de vous intéresser, aussi vais-je me hâter de finir. Vous avez contraint par d'infâmes manœuvres Mlle de La Rochegauthier à vous donner sa parole de vous épouser, et je suis venu vous dire que ce mariage ne peut avoir lieu.

Le Prussien fit un bond :

— De quoi vous mêlez-vous, misérable?

— De mes affaires. Je ne veux pas que ma maîtresse devienne la femme d'un espion, et pour cela je ne connais pas de meilleur moyen que de vous loger une balle dans la poitrine.

— Vous venez m'assassiner?

— Allons donc! c'est bon pour vous; mais en France nous ne nous servons pas de ces procédés. Vous avez des armes, et en tout cas j'en ai apporté; voici deux pistolets, choisissez, et nous verrons celui des deux qui enverra l'autre en terre sainte.

Von Altembergh commençait à trouver sa situation des plus embarrassantes; essayant de garder son sang-froid :

— Je ne me bats pas avec des gens de votre condition.

— Oh! soyez tranquille, je vous vaux bien, je suis un vieux soldat, je n'ai jamais été espion, et je suis un homme d'honneur.

— Votre proposition est absurde, le duel que vous me demandez est impossible, la partie n'est pas égale.

— C'est vrai; si vous me tuez, vous vous dites en légitime défense, vous faites jeter mon cadavre à la porte, et tout est dit pour vous... tandis que si je vous tue, comme je l'espère bien, on s'emparera de moi, et on me fusillera; mais cela m'est parfaitement égal, je serai même heureux de mourir, parce qu'en partant pour l'autre monde, j'emporterai cette suprême consolation de pouvoir me dire que j'ai sauvé la fille de mon vieux maître.

— Vous ne voyez donc pas que je ne puis me rendre
ridicule devant toute l'armée allemande en me battant
avec un vieillard.

— Ce vieillard a vu plus souvent que vous la mort en
face, et jamais il n'a reculé ; ce vieillard n'a jamais fait
de métier infâme, et j'ai là, devant moi, un prétendu
comte allemand qui n'a pas le droit d'en dire autant.

— Moi ?

— Oui, vous.

— Attends, misérable ! s'écrie von Altembergh en s'é-
lançant de son lit.

— Ah ! Dieu merci, voilà que vous vous fâchez, et nous
finirons par nous entendre, ricana Thégonnec en recu-
lant vers la porte, et allant s'y appuyer pour que le Prussien ne puisse s'échapper.

— Allons, monsieur le comte, prenez un pistolet, et
en garde : ils sont chargés, et bien chargés ; fiez-vous en
à un vieux soldat.

— Laissez-moi passer.

— Prenez un pistolet et en garde !

— Jamais, je ne veux pas me couvrir de ridicule.

— Vous refusez ?

— Je refuse.

— Je saurai bien vous y contraindre.

— Essayez.

— Mon Dieu, j'en serai désolé, mais si vous persis-
tez dans votre refus, je serai forcé de vous assassiner...
Ah ! vous avez pâli, comte von Altembergh, vous êtes
un lâche !

Cette fois le capitaine s'élança sur un pistolet.

— Enfin, soupira Thégonnec.

— Faisons nos conditions, dit l'Allemand.

— Faites-les vous-même ; pourvu que vous vous bat-
tiez, j'accepte tout.

— Eh bien ! mes conditions, les voilà...

10

Et levant son arme, il tira sur son adversaire. Celui-ci, légèrement touché, et furieux de ce manque de foi, leva son pistolet pour tirer à son tour ; mais une porte s'était ouverte, et le capitaine disparaissait avant que le coup ne fût parti.

Thégonnec était resté seul dans la chambre.

Quelques minutes après, cinq uhlans s'y précipitaient, et se jetaient sur le vieux serviteur, qui se laissa garrotter sans opposer la moindre résistance.

Une heure plus tard, un cavalier prussien arrivait à la Ménadière, porteur d'une dépêche pour Mlle de la Roche-gauthier. Jeanne ne savait d'abord si elle devait l'ouvrir, mais elle remarqua sur l'adresse ces mots : « Affaire importante relative à Thégonnec. » Elle brisa le cachet et lut :

« Mademoiselle,

« Votre domestique vient de s'introduire chez moi, il m'a gravement insulté et a tenté de m'assassiner. Il a été, du reste, la première victime de son odieux guet-apens. Il est arrêté et, avant ce soir, il sera passé par les armes.

« Si vous avez été pour quelque chose dans les projets de cet homme, vous regretterez sans doute qu'il n'ait pas réussi. C'était vraiment un moyen fort simple de dégager votre parole. Malheureusement, il s'est sottement laissé prendre, tandis que je suis encore parfaitement en vie et plus décidé que jamais à vous sommer de tenir votre promesse quand le moment en sera venu. Il y a des hommes que les difficultés excitent au lieu de les faire reculer, je suis de ce nombre.

« ULRICH, comte d'ALTEMBERGH,

« capitaine au 2ᵉ uhlan. »

Jeanne ne sut pas maîtriser une première émotion; sa poitrine oppressée par une violente douleur exhala un soupir étouffé, et deux larmes glissèrent le long de ses joues.

— Oh! mon Dieu! dit-elle, toujours insultée par cet homme... Pauvre Thégonnec! Il aura voulu se dévouer pour moi et le malheureux me place maintenant dans la dure nécessité de m'incliner encore devant cet Allemand qui m'a tant humiliée!... Oh! mon Dieu! si j'ai eu trop d'orgueil autrefois, j'en suis bien punie.

Se rappelant alors un des derniers mots de son père expirant: « Fais ce que dois, advienne que pourra. »

— Allons, dit-elle, je le dois.

Elle se dirigea vers son secrétaire, et écrivit:

« Monsieur,

« Avant d'insulter celle que vous prétendez aimer, et dont, vous vous plaisez à broyer le cœur, vous auriez pu vous assurer si l'accusation dont vous me chargez avait quelque fondement... Mais je suis une vaincue, je n'ai pas le droit de me plaindre. Je me bornerai donc à vous affirmer que j'ignorais de la façon la plus absolue l'attaque dont vous me parlez, et que, si j'en avais eu connaissance, j'aurais tout fait pour l'empêcher. Vous me permettrez d'implorer votre clémence pour le malheureux qu'un zèle irréfléchi a porté à commettre une action coupable.

« Vous voudrez bien vous souvenir que c'est la seule personne sur le dévouement de laquelle je puisse compter aujourd'hui, et j'espère que vous emploierez l'influence que vous avez sur votre général pour me faire renvoyer ce pauvre vieillard.

« Recevez d'avance l'expression de ma gratitude.

« JEANNE DE LA ROCHEGAUTHIER. »

Le soldat qui avait apporté la lettre d'Ulrich von Altembergh, fut chargé de lui transmettre la réponse de Jeanne.

Après l'avoir lue, un sourire de satisfaction plissa ses lèvres.

— Je savais bien, se dit-il, que je forcerais la fière Française à abaisser son orgueil jusqu'à implorer l'appui de son ennemi. Hum! l'assurance de ma gratitude... c'est déjà quelque chose... Après la reconnaissance viendra l'amour. C'est tout naturel. Allons, ma toute belle, votre vieux fou vous sera rendu, mais c'est vous qui paierez sa rançon. Eh! eh! mons Thégonnec, en voulant servir sa maîtresse, ne se doutait pas qu'il allait travailler pour moi... Ce n'est pas trop de lui accorder la liberté pour le service qu'il me rend.

Un quart d'heure après, une estafette partait à franc étrier pour la Ménadière, portant une dépêche timbrée d'un grand sceau de cire rouge aux armes du comte von Altembergh.

Qaand Jeanne la reçut elle l'ouvrit d'une main fiévreuse et lut :

« Mademoiselle,

« Je suis trop heureux de trouver l'occasion de vous être agréable pour laisser échapper celle qui se présente aujourd'hui. Vous comprendrez cependant que les graves injures que j'ai reçues me donnent le droit de demander une compensation; en échange de la grâce que je solliciterai pour votre domestique, vous vous engagerez à réduire à cinq mois le délai que vous aviez fixé pour notre mariage. Nous sommes aujourd'hui le 2 février 1871; si vous me permettez de me présenter chez vous le 2 juillet de cette année, le prisonnier sera immédiatement mis en liberté.

« Veuillez agréer l'assurance de ma plus respectueuse affection.

« ULRICH, comte von ALTEMBERGH. »

Jeanne se jeta à genoux et pria longtemps; quand elle se releva, elle était aussi blanche qu'un linceul, tous ses traits étaient bouleversés; pourtant sans hésiter elle écrivit:

« Monsieur,

« Puisqu'un nouveau sacrifice personnel est le seul moyen que j'aie de racheter la vie de celui qui est maintenant mon unique défenseur, je me résigne à accepter vos conditions.

« JEANNE. »

Le lendemain matin, quand elle revit Thégonnec, elle eut toutes les peines du monde à lui faire comprendre qu'il avait eu tort, et à lui arracher la promesse qu'à l'avenir il ne tenterait plus rien contre le capitaine de uhlans. Le vieux soldat avait cru ne faire que son devoir en s'exposant à une mort presque certaine pour sauver la fille de son maître. Pour lui, von Altembergh était un ennemi de la France, et surtout un ennemi de sa jeune maîtresse; à ce double titre, il avait le droit de le tuer; ce qu'il se reprochait, c'était d'avoir été trop généreux, et de ne pas lui avoir brûlé la cervelle sans lui laisser le temps de se défendre.

Cependant, et sans lui dire ce que son dévouement intempestif lui coûtait à elle-même, elle finit par en obtenir la promesse qu'elle désirait.

Les Prussiens avaient évacué la Touraine, Jeanne était certaine de ne plus revoir de longtemps cet homme qui

10.

l'avait fait tant souffrir, mais elle espérait bien aussi n'être
plus importunée de ses lettres ; cependant quelques jours
plus tard, la poste lui en apportait une dont l'écriture et
le cachet armorié indiquaient suffisamment l'auteur.

— Encore quelque nouvelle torture... se dit-elle ; allons,
buvons le calice jusqu'à la lie. Plus je souffrirai, moins
long sera mon martyre. Elle lut donc :

« Mademoiselle,

« Je suis un fou, un misérable, et je viens vous
demander pardon de mon odieuse conduite. Lors de
l'attaque dont j'ai été l'objet, je n'ai écouté que ma colère,
et c'est sous l'impression de cette stupide passion que
je vous ai écrit. Dans un tel moment, il m'était impossible
de mesurer mes expressions et j'ai été assez malheureux
et assez insensé pour vous insulter...

« Pardonnez-moi, Jeanne, j'étais fou quand je vous ai
accusée ; je sais bien que vous ne pouvez pas être
coupable, je sais que toutes les pensées de votre âme
sont saintes et pures comme celle des anges... Je rends
même justice à votre vieux domestique : c'est un soldat,
il a agi sous l'impression d'une chevaleresque pensée de
dévouement, puisque, vainqueur ou vaincu, le malheureux n'avait d'autre sort à attendre que la mort.

« Pardonnez-moi aussi la seconde faute que j'ai
commise, en vous imposant pour prix de ce que vous me
demandiez, la réduction du délai que vous avez fixé pour
notre mariage. Je vous aime tant !... J'avais vu dans
cette circonstance un moyen de rapprocher le jour tant
désiré où vous m'appartiendrez ; je n'ai pas su résister
à cette séduisante pensée, je n'ai pas vu que je manquais
de générosité. Mais, encore une fois, pardonnez-moi ; si
je vous aimais moins, je serais plus coupable. Si je
pouvais avoir le bonheur d'être près de vous, c'est à

deux genoux par terre que je vous supplierais, que j'im-
plorerais mon pardon.

« Vous oublierez mes torts, n'est-ce pas, et vous n'y
verrez que l'erreur d'une âme emportée par son ardente
passion.

« Votre très respectueux et très dévoué,

« ULRICH, comte von ALTEMBERGH. »

Jeanne froissa la lettre dans sa main, et la jeta au feu
avec un geste de souverain mépris, en murmurant ces
mots :

— Brutal et vil, il est complet !

XIII

L'HOMME PROPOSE ET DIEU DISPOSE

Dans une fraîche vallée de Normandie, au nord
d'Alençon, s'élève le château de Chériset. Il est abrité des
vents du nord par la forêt d'Escouves, et le parc qui
l'entoure descend en pente douce jusqu'au bord d'une
petite rivière, la Briante, un affluent de la Sarthe.

C'est là que, vers la fin du mois de juin, nous retrou-
vons Jeanne de La Rochegauthier. A la suite des
événements que nous avons racontés, elle a quitté la
Touraine, et, suivie de son fidèle Thégonnec, est venue
se réfugier près de sa tante.

Les souffrances morales qu'elle a endurées ont laissé
sur ses traits des traces visibles. Ses vives couleurs ont
été remplacées par une pâleur mate que font encore
ressortir ses vêtements de deuil : ses beaux yeux sont
atones, un cercle bistré les entoure et donne à son regard,

autrefois si vif et si franc, une expression de mélancolie indéfinissable.

Mme de Précontal, qui a pour elle la tendresse et la délicatesse d'une mère, n'a jamais pu parvenir à l'arracher à ses pensées. Elle ne se plaint jamais et ne veut pas même être plainte.

Elle a demandé qu'on ne lui parlât jamais de tout ce qui s'était passé durant cet horrible hiver de 1870.

Pendant la plus grande partie de ses journées elle s'occupe près de sa tante, à quelques travaux de broderie qu'elle exécute avec une agilité fiévreuse.

Le parc de Chériset avait été autrefois dessiné à la française ; le père de M. de Précontal avait voulu suivre la mode, il avait abattu les charmilles et les avait remplacées par une vaste pelouse légèrement ondulée, entourée de massifs d'arbustes et découpée par des allées sinueuses ; mais il avait tenu à respecter une magnifique avenue de chênes qui régnait le long de la forêt et était suivie d'un long berceau de tilleuls. Ce berceau où le soleil ne pouvait pénétrer, avait un caractère de solitude silencieuse et recueillie qui l'avait fait choisir par Jeanne pour le lieu ordinaire de ses promenades.

Dès qu'elle pouvait échapper à la surveillance de sa tante, elle se dirigeait vers les tilleuls où elle restait des heures entières, seule avec ses pensées ; et quand elle revenait ses joues était plus pâles, ses mains plus maigres, ses yeux plus enfoncés. Elle avait toujours espéré que la prophétie de son père s'accomplirait ; tous les jours elle demandait à Dieu le miracle qui devait la sauver, et le miracle ne se faisait pas. Les jours se succédaient, le moment fatal approchait maintenant avec une épouvantable rapidité, et dans son âme l'ombre se faisait de plus en plus et le désespoir prenait la place de la foi.

Mme de Précontal, qui avait dû s'absenter pour quelques heures, ne la voyant pas au salon, se dirigea im-

médiatement vers le haut du parc où elle savait bien la
trouver. Jeanne était assise sur un banc de jardin, au
fond de la sombre allée.

— Tu n'es pas raisonnable, lui dit sa tante, tu te
feras mourir.

— Mourir! répondit la jeune fille en regardant le ciel;
si vous pouviez dire vrai, ma tante, mourir!... Il ne vien-
drait pas me chercher là-haut...

— Tu étais plus forte autrefois, Jeanne, tu avais plus
de confiance en Dieu...

— Ma tante, ne comprenez-vous pas que mon courage
est épuisé? Ah! si vous saviez ce que je souffre!

— Je le sais, mon enfant, mais nous ne devons jamais
perdre l'espérance.

— L'espérance! nous sommes aujourd'hui le 26 juin,
et c'est le 2 juillet, dans huit jours...

— Dans huit jours, mon enfant, Dieu peut faire bien
des miracles!

— Non, il est trop tard; j'ai espéré encore longtemps
que George n'était pas mort et qu'il reviendrait... Mais
voilà six mois que la guerre est finie, et s'il vivait, il nous
aurait écrit au moins. Non, je n'y veux plus penser.
George... oh! il est plus heureux que moi.

— Dieu est le maître des événements, Jeanne, et il n'a
besoin de personne pour accomplir ses volontés. Si
George ne peut plus revenir pour te délivrer, Dieu peut
te susciter un sauveur au dernier moment.

— Oui, ma tante, la mort, et c'est mon seul sauveur.
Tous les jours, je la demande dans mes prières. La mort...
voilà mon seul espoir. Ah! mon Dieu, pourquoi me laissez-vous vivre?

À la même heure où Jeanne laissait voir ainsi à sa
tante les angoisses de son cœur, un homme descendait
du chemin de fer, à la station d'Amboise. Bien qu'on fût
en plein été et que la température fût très élevée, il était

enveloppé d'un grand manteau, un chapeau à larges bords lui couvrait le front, et le bas de son visage disparaissait dans un ample cachez-nez, tandis que des lunettes bleues lui cachaient les yeux et achevaient de le rendre méconnaissable. Il se fit conduire à l'hôtel, demanda une chambre et s'y enferma ; un peu plus tard, il sonna pour donner l'ordre de lui monter à dîner.

Enfin, la nuit venue, il sortit et se dirigea vers la campagne. Évidemment cet homme connaissait le pays qu'il parcourait, car il marchait d'un pas assuré, sans hésiter jamais sur le chemin qu'il devait prendre. Bientôt il se trouve en face de la grille de la Ménadière, mais là il s'arrête, et, sans essayer de l'ouvrir, il s'appuie à un tronc d'arbre et semble s'absorber dans une mystérieuse contemplation.

Il reste ainsi près d'une heure, immobile comme une statue, les yeux fixés sur les fenêtres du château. Enfin, il exhale un profond soupir, se détache de l'arbre, et fait quelques pas comme pour s'en retourner ; mais, changeant subitement de résolution, et comme ramené par une force invincible, il revient coller son front brûlant contre les barres de fer de la grille et, après être encore resté quelque temps dans cette position, il s'engage dans un petit sentier qui suit les haies de clôture du parc.

Il marche lentement, s'arrêtant à chaque pas, écoutant et cherchant à voir au travers l'obscurité. Le sentier le conduit ainsi jusqu'à la forêt ; de là le château lui apparaît tout entier ; un faible rayon de lune éclaire sa blanche façade, devant lui s'étend la pelouse... Mais, est-ce une illusion causée par le défaut de lumière ? le parc lui paraît dans un profond désordre, les herbes ont envahi les massifs et les allées, dont on peut à peine suivre les contours ; de grandes touffes d'orties ou de chardons se dressent de différents côtés...

Alors l'inconnu s'assied sur un tronc d'arbre renversé, laisse tomber sa tête entre ses mains, et de grosses larmes roulent le long de ses joues... Un silence de mort plane autour de lui ; pas une lumière, pas un aboiement de chien, pas un de ces mille bruits qui annoncent la présence de quelque créature humaine. Il passe toute la nuit à rôder autour du château ; vingt fois il veut s'éloigner, et toujours il revient... et le jour naissant le trouve appuyé contre un des montants de la grille. La cour, comme le jardin, est envahie par toutes sortes de mauvaises herbes, et l'absence de toute trace de pas lui prouve qne le château est abandonné...

L'inconnu reste encore longtemps absorbé dans ses réflexions, puis faisant un violent effort sur lui-même.

— Allons, dit-il, il faut que je sache la vérité.

Et il se dirige vers le hameau habité par Mathurine, la mère de la petite fille à qui Jeanne a sauvé la vie.

Ici nous sommes obligés de prier le lecteur de retourner avec nous de quelques mois en arrière.

Dans le hameau dépendant de la commune de Niederbronn, où nous avons vu George de Nuriac tomber, au moment où il espérait sauver les derniers débris de son héroïque régiment ; dans ce hameau, disons-nous, habitait un bon vieillard, ancien soldat du premier empire, connu sous le nom de père Marcou.

Au moment où la bataille s'était engagée, il avait dû, comme ses concitoyens, s'enfuir au plus vite, pour ne pas être pris entre deux feux. C'était bien à contre-cœur qu'il s'était éloigné, et il aurait voulu être plus jeune et pouvoir se glisser entre les rangs de nos soldats, pour prendre sa part dans la défense de la patrie.

Puisqu'il ne lui était plus permis de combattre, il était allé offrir ses services aux ambulances de l'armée française, et sa bonne volonté trouva bientôt à s'occuper. Pendant toute la durée du combat, il aida de son mieux

à transporter nos malheureux blessés, et quand les ambulances françaises durent battre en retraite avec le reste
de notre armée, le père Marcou resta avec quelques
autres pour soigner ceux qu'on n'avait pu transporter.
C'est ainsi qu'il passa la nuit qui suivit la bataille. Vers le
matin, harassé de fatigue, et désireux de savoir en quel
état il trouverait sa maisonnette, il reprit le chemin de
son village.

Il dut pour cela traverser une grande partie du champ
de carnage ; il détournait la tête pour ne pas voir le spectacle hideux que le soleil levant éclairait de ses premiers
rayons. Mais, de quelque côté qu'il portât ses regards,
ce n'étaient de toutes parts que cadavres étendus, hommes et chevaux, pêle-mêle, sanglants, défigurés, hideux.
Les plaies, vieilles déjà d'un jour, étaient tuméfiées,
vertes, bleues ou violacées ; les visages étaient livides, le
sang coagulé était devenu noir.

Le vieillard pressait le pas pour s'arracher à ces terribles visions, il se rappelait que lui aussi avait assisté,
dans sa jeunesse, à ces sanglantes tragédies. Il se sou-
venait d'Austerlitz, de Wagram, de Waterloo ; mais il
lui semblait qu'à cette époque les tueries étaient moins
hideuses. Il est vrai qu'il ne les voyait plus que dans de
lointaines réminiscences.

En faisant ces réflexions il approchait, et déjà il apercevait le pignon de sa modeste demeure, quand tout à
coup il lui semble avoir entendu un soupir. Il s'arrête,
écoute ; rien ! Non loin de lui, dans un fossé, est étendu
un homme que ses insignes font reconnaître pour un
lieutenant de cuirassiers ; son visage est couvert de sang
et paraît avoir été labouré par un éclat d'obus. C'est lui
qui a dû pousser le soupir.

Le père Marcou s'approche et veut s'assurer si son
cœur bat encore ; mais la cuirasse l'en empêche ; il coupe
les lanières qui la retiennent ; une fois l'enveloppe de

fer enlevée, il applique son oreille contre la poitrine et entend distinctement de faibles pulsations. Il soulève le moribond et l'assied contre le talus, puis il va chercher du secours, trouve enfin un de ses compatriotes et, avec son aide, transporte chez lui le malheureux agonisant.

Après l'avoir débarrassé de ses vêtements, il le couche dans son propre lit, examine ses blessures, les lave doucement avec un peu d'eau qu'il a fait chauffer et leur applique un premier pansement.

Cela fait, notre brave paysan remet sa maisonnette en ordre, et alors seulement il se demande comment il pourra faire face aux dépenses que « son blessé » va lui occasionner.

Il n'est pas riche, une pension de 150 francs comme ancien soldat de Napoléon Iᵉʳ, et la culture d'un petit champ, constituent toutes ses ressources.

Il pourrait faire prévenir l'ambulance allemande ; mais il en repousse la pensée avec indignation ; livrer un Français aux Prussiens ! Quand bien même ce serait pour le soigner, ce n'est pas le père Marcou qui ferait jamais une semblable chose ; ensuite il n'y a pas de Prussien qui puisse valoir le vieux Wittersheim pour raccommoder des membres brisés.

Son parti est pris ; après s'être assuré que le malade pourra se passer de lui pour quelque temps, il va à la recherche du docteur Wittersheim. C'était chose bien difficile que de trouver un médecin dans un pareil moment ; il y avait des blessés dans toutes les maisons, dans les granges, dans les écuries, partout ; les médecins allemands ne pouvaient suffire à la besogne, et le docteur de Niederbroon était appelé de tous côtés.

Marcou finit cependant par le trouver, lui confie qu'il a recueilli un officier français dans un état affreux, et le supplie de venir l'aider à lui sauver la vie.

— Je suis bien fatigué, lui dit le docteur, voilà qua-

11

rante-huit heures que je n'ai pas pris une minute de repos; mais il ne sera pas dit, père Marcou, que j'aurai refusé de contribuer à votre bonne action.

Et bientôt tous deux se dirigeaient vers la maisonnette du vieux soldat.

Le docteur Wittersheim était un de ces bons praticiens de campagne qui laissent quelquefois à désirer sous le rapport de la science, mais qui, en compensation, possèdent une longue expérience, un coup d'œil juste et une grande habileté de main pour les opérations chirurgicales. Dès qu'il fut près du blessé, il commença par enlever les bandages que le bon paysan avait posés de son mieux, et il procéda à l'examen des plaies. A la tête d'abord, il constata que plusieurs os du visage étaient brisés ; le maxillaire supérieur, un coin de l'arcade sourcilière et les cartilages étaient plus ou moins endommagés ; il remit tout en place, enleva les esquilles et rattacha avec des bandelettes les chairs déchirées.

Le blessé ne fit pas un mouvement.

— Allons, dit le médecin, voilà qui est fait; il sera borgne et fortement défiguré par la cicatrice ; mais de ce côté, il n'y a pas de danger de mort. Voyons les autres blessures.

— Il a une jambe cassée, répondit le père Marcou.

— Il doit avoir autre chose encore.

— Oui, au ventre.

— Nous allons voir.

Le docteur constata l'existence d'un trou rond sur le côté droit de la région pelvienne. Il y enfonça une sonde pour chercher le projectile, mais la sonde plongea sans éprouver de résistance jusqu'à ce qu'elle ait rencontré les os de la colonne vertébrale.

— Diable ! fit le vieux Wittersheim, mauvaise affaire, la balle a dévié, et pas moyen de l'aller chercher... Il faudra attendre qu'elle se montre... Pas autre chose à faire jusque-là que d'entretenir un tampon de charpie dans la plaie pour l'empêcher de se refermer. Voyons la jambe.

La fracture n'avait pas été occasionnée par un projectile : il ne fut pas nécessaire de recourir à l'amputation. Le docteur remit les os dans leur situation normale, appliqua des lattes sur le membre et banda le tout solidement, en attendant qu'il put se procurer les objets nécessaires pour faire un pansement plus efficace. Puis, après avoir tâté le pouls au malade il branla la tête, et en s'en allant dit au paysan :

— Si vous voyez passer M. le curé, vous ne ferez pas mal de lui dire d'entrer, le pauvre garçon n'ira pas loin.

Huit jours après, le docteur Wittersheim et le curé du village se rencontraient près du lit où gisait agonisant le lieutenant de cuirassiers.

— Comment le trouvez-vous aujourd'hui ? demanda le prêtre au médecin.

— Je ne comprends pas qu'il vive ; il faut qu'il ait l'âme chevillée au corps. Il y a une inflammation épouvantable dans les intestins ; heureusement, pour lui qu'il a perdu beaucoup de sang ; s'il guérissait jamais, il le devrait à la blessure de la tête qui a occasionné une abondante hémorragie ; mais cela me paraît absolument impossible.

— Vous n'avez plus aucun espoir ?

— Aucun, je prévois toute espèce de complications dont une seule suffira pour l'enlever. Cependant il est jeune, d'une constitution robuste, la nature opère quelquefois des réactions inattendues qui viennent nous surprendre et renverser toutes nos prévisions ; mais, s'il a le bonheur de ne pas mourir, il est là pour longtemps.

Le curé se tournant alors vers Marcou :

— Comment ferez-vous, mon ami, pour supporter la dépense que ce malade va vous occasionner ?

— Pour le moment, il ne me coûte rien, monsieur le curé, et plus tard, s'il va mieux, on verra; mais puisque j'ai commencé, je ne l'abandonnerai pas.

— Savez-vous qui il est?

— C'est un lieutenant de cuirassiers, je n'en sais pas davantage. J'ai bien trouvé un portefeuille dans ses poches, mais je ne sais pas lire. A ce propos, vous me faites penser que j'oubliais quelque chose : pendant que vous êtes là tous deux, veuillez me faire le plaisir de compter avec moi ce que contient la ceinture qu'il avait sur lui.

Et il alla ouvrir un coffre d'où il retira une ceinture de cuir fauve qu'il jeta sur la table.

— Pourquoi faire? interrogea le curé; votre probité est bien connue, mon bon ami.

Le docteur Wittersheim fit un signe de tête qui était l'approbation des paroles du prêtre.

— Non pas, messieurs, cela ne peut se passer ainsi : vous me croyez un honnête homme, je vous en remercie; mais il y a par le monde de méchantes langues qui se plaisent à déchirer le prochain, et je ne veux pas qu'on puisse dire que le père Marcou a ramassé un officier français sur le champ de bataille pour lui voler sa bourse.

En disant ces mots, il débouclait la ceinture et en vidait le contenu sur la table; les pièces d'or tombaient en faisant entendre un bruit sec et métallique; on les compta, il y en avait pour quinze cents francs.

— Avec cela, observa le médecin, vous pourrez toujours lui donner ce dont il aura besoin.

— Cela, répondit Marcou, et ceci, ajouta-t-il en faisant voir une montre et une chaîne en or, c'est sacré, et quoi qu'il arrive, je n'y toucherai pas. Qu'il guérisse ou qu'il meure, lui ou ses parents feront ce qu'ils voudront; mais ils ne me devront rien. Le père Marcou ne l'a pas recueilli pour être payé, il l'a fait parce qu'il n'a pas voulu qu'un

officier français fût enterré vivant. Maintenant, messieurs, voulez-vous ouvrir le portefeuille et constater ce
qu'il contient?

On y trouva quelques cartes de visites au nom de George
de Nuriac, lieutenant au 4ᵉ cuirassiers, une photographie
représentant une jeune fille, et deux billets de banque
de cinq cents francs. Rien de plus ; pas une lettre, pas
seulement une adresse qui pût servir à informer sa
famille. Quant à son régiment, il était resté tout entier
sur le champ de bataille de Reischoffen.

— A quoi bon nous occuper de cela maintenant?
observa le père Marcou ; s'il guérit, il préviendra lui-
même ceux qui ont intérêt à savoir ce qu'il est devenu ;
s'il meurt, sa famille le saura toujours assez vite, et,
après la guerre, il sera facile de remettre ce qui lui appartient au commandant de la garnison la plus voisine, qui
le fera passer à qui de droit.

Cette affaire étant ainsi conclue, on n'eut plus à s'occuper que de disputer à la mort le pauvre blessé. Le bon
médecin de village s'attachait à son malade ; il mit son
point d'honneur à le sauver contre toute espérance, et
cependant il avait à jouer une terrible partie avec la
maladie.

La blessure du ventre avait amené une violente inflammation intestinale, à la suite de laquelle s'était déclarée
une fièvre putride, compliquée d'accidents cérébraux.
Le malade éprouvait des périodes de délire et de trans-
ports furieux ; puis, pendant de longues semaines, il restait
dans une complète atonie, sans donner d'autres signes
de vie qu'une respiration haletante.

Le curé du village venait presque tous les jours s'informer de l'état de George, et pendant plusieurs mois
aucun changement ne s'opérait.

— Nous gagnons du temps, disait le docteur Wittersheim ; c'est beaucoup, et nous conserverons à la

France un de ses braves défenseurs, un des héros de Reischoffen. Vous verrez, monsieur le curé, que nous le sauverons.

— Dieu vous entende, disait le prêtre, et qu'il daigne bénir vos efforts !

Mais, pour lui, il commençait à désespérer.

Enfin, après plusieurs mois d'une affreuse et lente agonie, une légère amélioration se fit sentir, le malade demanda à boire lui-même. Il regarda avec étonnement les personnes et les choses qui l'entouraient.

— Où suis-je, dit-il ; puis il ferma les yeux et s'assoupit.

Quelques jours après, on l'entendit murmurer le nom de Jeanne.

Le bon docteur Wittersheim l'avait déclaré hors de danger ; il était dans le ravissement, il regardait George comme une mère regarde son enfant. La vie qui lui revenait de jour en jour c'était son œuvre, c'était le résultat de ses soins ; le bonhomme Marcou n'était pas moins heureux que lui.

— Sans vous, disait-il au docteur en montrant le lit, il serait mort là ; on ne peut pas dire le contraire ; mais sans moi, il mourait dans le fossé, où il était enterré vivant.

Et le curé, pour les mettre d'accord, leur disait que le malade leur devrait la vie à tous deux.

Bientôt George, qui continuait à aller de mieux en mieux, put interroger ses bons et dévoués amis : il leur demanda à quoi en était la guerre, si Berlin était pris... Pour ne pas lui causer d'émotions fâcheuses, on ne lui répondit d'abord que vaguement, en lui laissant toutes ses illusions ; mais petit à petit il finit par apprendre nos désastres, l'envahissement d'un tiers de la France, et enfin la paix conclue dans les plus douloureuses conditions.

Un jour, il demanda si, pendant le cours de sa longue maladie, il n'était pas venu de lettres pour lui.

— Qui aurait pu vous écrire ? répondit le vieux paysan, personne ne sait où vous êtes.

Il lui expliqua alors comment ils avaient été dans l'impossibilité d'informer ni sa famille, ni son régiment, et qu'ensuite, vu l'incertitude de sa situation, on avait toujours remis à faire des démarches.

George demanda qu'on lui donnât ce qui était nécessaire pour écrire; mais, après avoir essayé, il dut y renoncer, il était trop faible.

— Voulez-vous que j'aille chercher M. le curé? il pourrait écrire pour vous, proposa Marcou.

— Merci, mon ami, j'attendrai que je sois plus fort.

Puis se parlant à lui-même.

— Qu'est-elle devenue? Son cœur a dû bien souffrir... Il faut que je lui dise moi-même que je vis, que je pense toujours à elle, que je lui suis plus dévoué que jamais.

Tout à coup il s'arrêta, une terrible pensée venait de traverser son esprit.

— Donnez-moi une glace, dit-il à Marcou.

Celui-ci le regarda avec des yeux ébahis; il se demandait si la fièvre le reprenait.

— Vous n'avez pas de glace ici? recommença George.

— Mon lieutenant, vous avez donc oublié que nous sommes au mois d'avril? Dieu merci, nous ne sommes pas en Sibérie, et il y a longtemps qu'il n'y a plus de glace dans le pays.

George sourit.

— Je veux dire un miroir.

— Ah! un miroir, oui, oui, j'en ai un, s'écria le brave homme, et je vais le chercher.

Quand George eut aperçu ses traits dans le petit miroir que le paysan venait de lui apporter, il ne put retenir une exclamation de douleur.

— Horrible! se dit-il, horrible!

Puis il essaya de se persuader que la grossièreté et les imperfections du verre avaient exagéré la difformité de ses traits; il l'essuya... et s'armant de tout son courage, il se regarda de nouveau.

Hélas! son œil droit absent laisse un grand vide sous l'arcade sourcilière, son nez brisé est contourné, un creux profond a remplacé la saillie de la pommette de la joue droite, et toute cette partie de son visage est sillonnée de marbrures bleues et rouges qui font un horrible contraste avec le reste de sa figure blême et décharnée, encadrée dans une barbe inculte et de longs cheveux collés aux tempes... Alors, il pousse un soupir, et laisse échapper l'innocent miroir qui se brise en tombant.

Ce jour-là, le docteur le trouva moins bien, il avait repris de la fièvre. Le curé, qui continuait à venir le voir tous les jours, et qui depuis quelque temps passait de longs moments à causer avec lui, remarqua aussi un grand changement dans sa manière d'être; il lui parut sombre et presque farouche, et le père Marcou, pour qui George s'était toujours montré si doux et si reconnaissant, fut presque rudoyé. Mais le vieux soldat ne fut pas longtemps à rapprocher dans sa pensée les deux circonstances de la lettre qu'il avait tenté d'écrire et de la scène du miroir, et à conclure une histoire où se trouvait d'un côté une jeune fille et de l'autre un officier défiguré; et il n'avait peut-être pas tort, le père Marcou.

Quelques jours après, il lui demanda s'il n'essaierait pas de nouveau d'écrire, ses forces ayant bien augmenté.

— Merci, lui dit George d'une voix sombre, je n'ai plus besoin d'écrire.

Les forces physiques allaient s'accroissant de jour en jour; mais aux souffrances du corps avaient succédé celles de l'âme. Ses amis en étaient profondément attristés. Tantôt il se montrait pour eux plein d'affection, cherchant mille moyens de leur témoigner sa reconnaissance, puis, pendant des journées entières, il était impossible de lui arracher une parole; il restait assis dans son grand fauteuil, envoyé par le curé, les yeux fixés sur l'horizon, et plongé dans d'interminables méditations.

Le prêtre, le médecin et le vieux Marcou avaient bien souvent délibéré sur les moyens à prendre pour l'arracher à ce nouveau mal; il ne s'agissait cependant pas de le perdre après avoir tant fait pour le sauver.

Pour combattre un ennemi, il faut d'abord le connaître. Ils tentèrent donc chacun de leur côté, de l'amener à quelque confidence qui pourrait les guider dans leurs efforts : mais il restait impénétrable, détournant la conversation, et faisant semblant de ne pas comprendre les allusions, et, si l'on insistait, il se renfermait dans un silence absolu qui prouvait une intention arrêtée de ne pas faire connaître son secret.

Nous avons dit que sa santé s'améliorait chaque jour ; il put bientôt, appuyé sur le bras du père Marcou d'un côté, et sur celui du docteur ou du curé de l'autre, faire le tour du jardinet du bon paysan; plus tard, il fit quelques petites promenades le long des haies d'aubépine.

Puis le bras de Marcou lui suffit, et il eut la satisfaction d'aller successivement jusqu'au presbytère, et enfin chez le docteur Wittersheim, dont la maison était cependant éloignée de sept à huit cents mètres; et pourtant la joie du retour à la vie disparaissait sans cesse sous une amère préoccupation.

Il vivait au jour le jour, ne parlait jamais de l'avenir; on eût dit qu'il comptait rester éternellement chez le paysan. Celui-ci, quelque temps auparavant, lui avait remis ce qui lui appartenait, et George lui avait rendu la ceinture en lui disant seulement :

— Prenez là-dedans ce qu'il faut pour payer les dépenses; nous règlerons plus tard.

Il était temps, car le bonhomme avait dû faire pour
plusieurs centaines de francs de dettes, et il se demandait
ce qu'il allait devenir.

Depuis quelques jours le malade, en s'appuyant sur
une canne, pouvait marcher seul; il faisait ainsi des
promenades de plus en plus longues; il arriva enfin à
faire plus d'une lieue sans se reposer, et cependant il ne
parlait pas de partir.

Un soir, il entra au presbytère.

— Monsieur le curé, dit-il, quand il fut seul avec le
prêtre, je viens vous faire mes adieux. Je vous remercie
des soins de toute nature que vous avez bien voulu me
donner pendant ma longue maladie. Jamais je n'oublierai
ce que je vous dois, à vous et aux deux excellents vieillards qui m'ont arraché à la mort.

Le peu d'argent que j'avais sur moi au moment de la
bataille, ne peut pas me suffire pour dédommager mes
bienfaiteurs des peines et des dépenses que je leur ai
coûtées; j'espère, monsieur le curé, que vous voudrez
bien être mon mandataire : dans quelques jours, vous
recevrez trente mille francs dont vous ferez trois parts :
Une pour le bon docteur Wittersheim, ce sont ses honoraires; une pour le père Marcou, pour logement, nour-
riture, remèdes, etc.; et la troisième, vous l'emploierez
comme vous le jugerez bon dans votre paroisse. Je désire
qu'une partie soit consacrée à la restauration où à l'em-
bellissement de l'église, et que l'autre soit distribuée
aux pauvres; je vous laisse cependant à cet égard toute
liberté.

— Vous êtes beaucoup trop généreux, répondit le
prêtre, et ce que nous avons fait pour vous ne mérite pas
une si forte récompense.

— Je trouve, monsieur, qu'aucune somme ne peut

payer les services que vous m'avez rendus. Ce que j'offre n'est qu'une indemnité pour les dérangements et les dépenses que j'ai causés, et je prierai Dieu tous les jours pour qu'il supplée à mon impuissance, et qu'il veuille bien vous récompenser comme vous le méritez.

— Prenez garde monsieur, vous allez nous enlever tout le mérite de notre bonne œuvre, fit le prêtre en souriant. Puis il ajouta : mais votre résolution de partir est bien subite, vous ne nous en aviez jamais parlé.

— C'est vrai, mais j'y pensais depuis longtemps.

— Vous retournez près de votre famille ?

— Je n'ai plus de famille, monsieur le curé. A mon régiment on me croit mort, et je pense qu'il vaut mieux que les choses restent ainsi.

— Dans ce cas, monsieur, permettez-moi de vous demander où nous pourrons vous écrire, car enfin nous sommes trop habitués à vous, nous vous estimons et nous vous aimons trop, pour...

— Où je vais, monsieur le curé, on ne reçoit plus de lettres.

— Monsieur de Nuriac, fit le prêtre en se relevant, vous êtes chrétien ?

— Certainement.

— Vous savez donc que le suicide est un crime, et quelque grands que soient vos malheurs, vous n'avez pas le droit d'attenter à vos jours.

— Ne craignez rien, répondit George en souriant, je n'ai nulle intention de me suicider.

— Mais alors, je ne comprends plus.

— Je vais à la Grande-Chartreuse, monsieur le curé.

— A la Chartreuse !

— Oui. Et que trouvez-vous là d'étonnant ? En votre qualité de prêtre, vous devez comprendre les vocations religeuses.

— Je les comprends, en effet; mais, pardonnez-moi si je touche un sujet délicat, les déterminations qui sont la suite d'un chagrin violent, d'une déception, d'un malheur ne sont souvent pas des vocations réelles; c'est du dépit, du découragement, c'est le renoncement à la lutte. Dans le cloître comme dans le monde, on trouve la douleur, les souffrances, les souvenirs amers; là aussi, il faut lutter.

— Je le sais, monsieur le curé, et je n'espère pas trouver sous la robe du moine le bonheur qui n'appartient qu'à l'autre monde. Depuis trois mois, je résiste, je combats; mais je fais de vains efforts. Dieu, qui a conduit les événements, voulait m'arracher de ce monde en m'enlevant les unes après les autres toutes mes espérances, toutes mes illusions...

— Vous avez donc bien souffert, monsieur?

— Si j'ai souffert!... Tenez, le bon docteur m'a guéri de bien affreuses blessures; vous, médecin des âmes, voulez-vous que je vous montre les plaies de mon cœur, et vous me direz si elles ne sont pas plus cruelles encore, vous me direz si vous leur connaissez un remède sur la terre. Quand la guerre a éclaté, je devais épouser une jeune fille qui réunissait toutes les plus charmantes qualités. Il est inutile que je vous fasse ici la description de ses mérites, de sa beauté et de ses talents : nous nous aimions, cela suffit. Quand je me suis réveillé, après plus de six mois passés entre la vie et la mort, ma première pensée fut pour elle; j'avais tort sans doute, j'aurais dû remercier Dieu d'abord, mais vous êtes homme, et vous me comprenez.

Je l'aimais tant... ajouta-t-il. Un jour je demande une glace. Je vois mes traits horribles, hideux, et le désespoir entre dans mon âme. Pouvais-je aller porter à Jeanne cette face meurtrie, labourée, repoussante?

— Mais, monsieur, de tout temps, les traces des

blessures reçues sur le champ de bataille, en combattant pour la patrie, n'ont été considérées que comme de glorieuses cicatrices, et, si cette jeune personne vous aime réellement, la perte de votre beauté ne sera pas un motif pour elle de vous aimer moins.

— Je sais bien que, si je revenais près de Jeanne, elle ne voudrait pas seulement s'apercevoir de ma laideur; aussi n'est-ce pas cette raison seulement qui me fait une obligation de la fuir. La balle que l'on n'a pu extraire me cause toujours de violentes douleurs; je suis un infirme, entendez-vous bien? un infirme pour le reste de ma vie, je sens que je ne guérirai jamais. La pauvre fille me croit mort; à mon régiment je suis inscrit parmi ceux qui ont succombé sur le champ de bataille; le mieux pour moi est de ne détromper personne, et d'aller m'ensevelir dans un cloître pour y finir en repos les quelques années qui me restent à vivre.

— Prenez garde, monsieur, vous exagérez beaucoup votre difformité, et quant à la balle qui vous fait tant craindre, le docteur Wittersheim me disait encore hier qu'elle finirait certainement un jour où l'autre par aboutir à un endroit d'où on pourrait l'enlever, et qu'alors vous seriez complètement guéri.

— Non, monsieur, n'essayez pas de me flatter d'un faux espoir. Je connais ma situation, je suis un homme perdu. Ma carrière est brisée... Depuis dix mois Jeanne me croit mort; elle a dû s'habituer à cette idée; peut-être même son père, qui doit craindre par-dessus tout de la laisser seule après lui, a-t-il réussi à la faire consentir à quelque nouvelle alliance. Qui sait? peut-être est-elle mariée... Non, non, je suis mort depuis dix mois, et les morts ne doivent pas revenir.

Tout ce que le prêtre put lui dire fut inutile, son parti était pris irrévocablement. Le lendemain, il faisait ses adieux au docteur et au brave Marcou, et montait dans

une voiture qui devait le conduire à la station de chemin
de fer la plus voisine, où il allait prendre l'express pour
Paris.

Aussitôt arrivé, il se rendit chez le notaire qui était
chargé de la gestion de ses affaires, et lui expliqua
l'emploi qu'il avait résolu de faire de sa fortune.

— Mais, lui dit celui-ci, c'est votre testament que vous
faites là ?

— C'est plus, c'est une donation immédiate que je
veux.

— Mais vous, monsieur ?

— Moi, il est clair que quand j'aurai tout donné, il ne
me restera rien.

— Cependant, monsieur, permettez-moi.

— Je vous permets tout ce que vous voudrez, mais
ne vous fatiguez pas en vain, ma résolution est irrévo-
cable, et rien ne pourra l'ébranler. Je me retire du monde.
Les amis que je viens de quitter en Alsace, et qui m'ont
arraché à la mort, ont essayé tous les arguments imagi-
nables pour me dissuader; tont ce qu'il était possible
de dire contre mon projet m'a été dit, et rien n'a pu
changer ma détermination.

Le notaire s'inclina, et, sans rien ajouter, se mit immédiatement à prendre note des ordres de son client.

Quand il eût fini d'écrire.

— Nous disons donc 30,000 francs au curé de Niederbroon; 10,000 francs à placer en rentes 3 pour cent en faveur des pauvres de Nuriac. Puis, il énuméra une série de
dons et de legs à diverses personnes.

— C'est cela, dit George quand il eut fini, et je voudrais pouvoir terminer cette affaire immédiatement.

— Je le regrette, mais c'est impossible, mon étude
est en ce moment surchargée de travail; l'acte que vous
me demandez sera très long, il vous manque des indications précises relativement à plusieurs de vos propriétés;

je crois les avoir dans mes dossiers, mais cela demandera de grandes recherches.

— Enfin, pourrai-je venir signer demain matin?

— Impossible, monsieur; je ne puis m'engager à terminer cet acte avant trois jours.

— Soit, fit George, visiblement contrarié, je reviendrai
dans trois jours.

En sortant du cabinet du notaire, il éprouva la sensa-
tion d'un homme soulagé d'un lourd et accablant fardeau ;
ses dernières dispositions étaient prises, il n'avait plus
d'hésitations à combattre. Le sort en était jeté, il allait
être irrévocablement rayé de la liste des vivants...

Il éprouvait une sorte d'âpre satisfaction d'avoir ainsi
disposé de son sort; le monde l'avait oublié, il voulait
oublier le monde... L'oubli, ce néant de la pensée, il
allait s'y précipiter tout entier.

Ce fut dans ces dispositions qu'il rentra à son hôtel ;
il s'enferma dans sa chambre, se jeta dans un fauteuil,
laissant son esprit suivre le cours de ses pensées.

— C'est donc fini, cette fois; les joies du monde ne sont
plus pour moi que des souvenirs... Jeanne... Ah! puisses-
tu trouver hors de moi tout le bonheur que j'aurais voulu
te donner! Tu ne sauras jamais ce qu'il m'en a coûté de
renoncer à toi; tu ne sauras jamais que, pour ne pas
t'imposer une union devenue impossible, j'ai arraché
mon cœur de ma poitrine et je l'ai foulé aux pieds.
Depuis dix mois, tu me crois mort; si tu te souviens
encore de moi, tu m'oublieras bientôt; mais moi, oh!
non, je ne t'oublierai jamais... Ah! mon cœur ne peut
donc pas mourir!...

Et voilà que ce premier contentement, cette première
satisfaction d'avoir arrêté une suprême résolution, fait
place à un sentiment tout autre: le passé se déroule
devant lui, il revoit tout ce qu'il a aimé depuis sa première enfance, sa mère, son père, le jardin où il jouait,

ses premiers camarades, le vieux chien qui le traînait
pendu à ses oreilles ; puis c'est le collège, l'école militaire, ses premières épaulettes, son premier cheval, puis
encore les joies du monde, les spectacles et les bals de
l'hiver, les grandes chasses de l'automne, et enfin, sous
l'ombre des grands arbres de la Ménadière, voilà le vieux
comte Gaëtan et Jeanne qui s'appuie doucement à son
bras : ses beaux yeux le regardent, et ses lèvres ver-
meilles lui sourient...

Jamais le printemps ne lui a semblé aussi riant,
jamais les fêtes du monde n'ont brillé d'un aussi splendide éclat, jamais Jeanne ne lui apparut aussi admirablement belle...

Et c'est tout cela qu'il va quitter !... Pour lui, plus de
bonheur, plus de joie, plus de printemps, plus de soleil,
et surtout plus d'amour... Sa tête s'affaisse sous cette
désolante pensée, une larme silencieuse coule le long de
sa joue... et il reste écrasé, broyé, anéanti...

— Ah ! se dit-il, j'avais voulu trouver l'oubli, et je ne
trouve que les regrets. Soyons homme, à quoi sert de
regarder en arrière ?

Il se lève, et va se placer devant une glace.

— Allons, malheureux, contemple tes traits hideux,
ta face labourée, marbrée, couturée. Dans la rue, tu te
caches, tu crains de laisser voir aux hommes le masque
hideux qui te sert de visage, et tu regretterais qu'elle...

Mais il s'arrête, ses traits lui paraissent moins dif-
formes, les traces de ses cicatrices sont bien moins
apparentes qu'il ne le croyait.

— Non, non, pas d'illusion, je commence à m'habituer
à ce triste spectacle ; mais elle, la pauvre fille, reculerait
d'horreur malgré elle.

Un violent combat se livrait dans son âme ; il n'aurait
jamais cru qu'il fut si difficile à s'arracher à la vie. Pour
faire cesser cette agonie morale, il aurait voulu partir.

de suite ; il lui semblait que quand les portes du couvent se seraient refermées derrière lui, il aurait trouvé le calme qu'il cherchait en vain. Mais il est contraint d'attendre trois jours ; ces trois longues journées, il ne peut se décider à les passer seul avec ses pensées tumultueuses. Où aller ? que faire ?

— Trois jours, se dit-il, j'ai le temps d'aller à la Ménadière ; je m'arrangerai en sorte de n'y arriver que la nuit. Je reverrai une dernière fois ces lieux où j'avais cru trouver le bonheur, je reverrai les endroits où nous nous sommes promenés ensemble, je respirerai l'air qu'elle respire !... Peut-être pourrai-je apercevoir sa silhouette se dessiner sur les rideaux de sa fenêtre : ce sera ma dernière consolation, avant d'aller m'ensevelir dans ma cellule de Chartreux.

Une pensée vient subitement le frapper de terreur :

— L'acte que je fais préparer prouve que j'existe encore, un grand nombre de personnes en auront forcément connaissance. Si elle venait à le savoir... elle m'attend peut-être encore, et elle croira que je l'abandonne... Non, c'est impossible ! Mais comment faire ? Un testament... Oh ! mais oui, un testament daté du jour de mon entrée en campagne. Je puis le faire suivre de cette clause, que si, un an après le jour de son dépôt, je n'ai pas reparu je veux que les intentions que j'y aurai exprimées soient exécutées. Je puis le faire immédiatement, l'envoyer au notaire avec une lettre explicative, et tout sera fini : je n'aurai plus à attendre, je pourrai partir pour la Grande-Chartreuse.

Et la Ménadière ! Renoncera-t-il à y aller ? Il hésite, et finit par se dire qu'il a bien le droit de s'accorder cette suprême consolation, et qu'aussitôt son retour il fera son testament, et partira alors pour le couvent.

Nous l'avons vu passant la nuit suivante à errer autour du château ; quand il se fut complètement assuré qu'il

était inhabité, une foule de conjectures se pressèrent
dans son esprit. C'est alors qu'il se dirigea vers la chau-
mière habitée par Mathurine.

La paysanne venait de se lever et se disposait à aller
aux champs.

— Dites-moi, lui demanda George, vous connaissez
bien les personnes qui habitaient le château ?

— Si je les connais ! monsieur ; c'est mademoiselle
qui a empêché ma petite fille d'être mordue par un chien
enragé.

— C'est ce que je pensais, et c'est pourquoi je m'adresse
à vous.

— Ah ! monsieur ! elle a eu bien des malheurs ; son
père, M. le comte, est mort pendant la guerre ; il a failli
être fusillé, et mademoiselle n'a pu le sauver qu'en
épousant un Prussien...

— Jeanne ! mariée à un Prussien ! s'écria George
d'une voix terrible ; c'est impossible, vous mentez !...

La paysanne eut peur.

— Pardonnez-moi, monsieur, je n'ai pas cru mal parler.

— Mais enfin, expliquez-vous !

— Cette pauvre demoiselle, elle a bien pleuré, allez ;
elle est devenue si triste qu'elle faisait peur à voir. Elle
a résisté bien longtemps ; mais quand elle a vu son père
placé contre un mur dans la cour du château, et des
soldats le fusil en joue pour le tuer, alors que pouvait-
elle faire, la pauvre enfant ?

George se laissa tomber sur une chaise, la tête dans
la main ; il pleurait, lui aussi...

Puis, Mathurine se rappelant un souvenir :

— Après cela, monsieur, il est encore possible qu'elle
ne soit pas mariée.

George fit un bond.

— Vous voulez donc me rendre fou, malheureuse ?
Voyons, est-elle mariée, oui ou non ?

— Dame! monsieur, je ne sais plus au juste, dit la paysanne ahurie.

Le jeune homme comprit que s'il continuait à lui parler sur ce ton, il n'en tirerait plus rien. Il fit un effort pour se calmer.

— Voyons, ne craignez rien, dites-moi tout ce que vous savez.

Mathurine reprenant courage :

— Mademoiselle avait donc été forcée de promettre d'épouser l'officier prussien, aussitôt après la guerre ; mais le mariage n'a pas eu lieu ici ; elle est partie, et l'on a dit dans le pays, qu'à cause du deuil de son père elle avait obtenu un délai.

George eut un soupir de soulagement.

— Il est peut-être encore temps, se dit il. Puis, s'adressant à Mathurine : Savez-vous où est Mlle Jeanne en ce moment ?

— Chez sa tante.

— Où habite sa tante ?

— Je ne sais pas, monsieur.

— N'y a-t-il personne qui puisse me renseigner mieux que vous ?

— Dame! monsieur, je ne sais pas.

— Attendez, je me souviens.

Et se parlant à lui-même :

— Où donc avais-je l'esprit ? Mme de Précontal habite le château de Chériset, près d'Alençon.

Une heure après, il était au chemin de fer, mais, au lieu de se diriger sur Paris, il prenait un billet pour Tours, et dans la journée il était à Alençon.

XIV

SUUM CUIQUE

En descendant du train, George de Nuriac s'était fait
conduire au premier hôtel de la ville, avait demandé une
chambre et fait prier le maître de la maison de monter
lui parler.

— Connaissez-vous, lui demanda-t-il, Mme de Précontal ?

— Parfaitement, monsieur ; cette dame me fait l'honneur de descendre chez moi quand elle vient à Alençon.

— Savez-vous si elle est en ce moment à son château
de Chériset ?

— Elle doit y être, monsieur.

— Quelle distance comptez-vous d'ici à Chériset ?

— Deux petites lieues.

— C'est très bien ; pendant que j'écrirai une lettre,
veuillez me faire demander une voiture et me procurer un
homme absolument sûr.

— Pour porter la lettre de monsieur ?

— Oui.

— Le cocher pourrait faire cette commission.

— Non pas ; ma lettre ne devra être remise qu'à Mme
de Précontal elle-même. Il est de la plus haute importance que personne ne soit présent quand elle la recevra
et quand elle la lira. C'est peut-être une question de vie
ou de mort pour quelqu'un ; vous comprenez combien il
faut que vous soyez certain de l'homme que vous m'in-
diquerez.

— En effet, monsieur, et si vous voulez me le permettre, j'irai moi-même à Chériset.

— Je n'osais pas vous le demander.

— J'ai déjà eu l'honneur de vous dire que Mme Précontal me connaît. Il me sera donc très facile de me faire recevoir; et, en mettant en avant une affaire personnelle, je pourrai la voir en particulier et exécuter complètement vos intentions.

— Très bien; faites atteler immédiatement, dans deux minutes ma lettre sera prête.

Prenant une feuille de papier, il écrit:

« Madame,

« S'il est temps encore de sauver Jeanne, au nom du ciel, venez, afin que je puisse m'entendre avec vous. La personne qui vous portera ce mot vous dira où vous me trouverez.

« Veuillez agréer, l'hommage de mon profond respect.

« George de Nuriac »

Cinq minutes plus tard, la voiture sortait de l'hôtel, George aurait voulu pouvoir la suivre des yeux, mais elle disparut au tournant de la porte cochère. Cependant il resta le visage collé à la fenêtre, épiant déjà son retour, il calculait le temps nécessaire pour franchir deux fois la distance, et celui qu'il fallait au maître d'hôtel pour se faire recevoir, exécuter sa mission, fournir les explications qui lui seraient demandées, entendre enfin ce qu'on lui dirait de répondre. Il lui semblait qu'il avait attendu un siècle, quand la voiture rentra dans la cour. Son envoyé en descendit, disparut dans le vestibule, et l'on entendit le bruit de ses pas sur les marches de l'escalier.

Le cœur de George battait à se rompre, sa vie était, pour ainsi dire, suspendue ; il se précipita vers la porte pour l'ouvrir. L'hôtelier entra.

— Votre commission est faite, monsieur, et vous voyez que, suivant votre recommandation, je me suis hâté.

— Je vous en remercie. Qu'a dit Mme de Précontal ?

— J'ai agi comme nous en étions convenus ; on m'a introduit dans le grand salon, j'ai attendu seulement quelques minutes.

— Au fait, au fait ! s'écria George mourant d'impatience ; vient-elle ?

— Oui, monsieur.

— Ah ! Dieu soit loué ! Maintenant dites-moi l'impression que ma lettre a produite.

— Oh ! monsieur, vous ne pourriez jamais croire l'étonnement et la joie de cette dame.

— Sa joie, dit George, il n'est donc pas trop tard ?

— Comme j'avais commencé à vous le dire, elle est donc arrivée dans le grand salon. — Madame, lui ai-je dit, j'ai à vous parler d'une affaire que vous devez connaître. — Vous pouvez me dire sans crainte ce qui vous amène, me répondit-elle, vous voyez que nous sommes seuls. — Madame, un voyageur qui vient de descendre à mon hôtel, m'envoie ici avec l'ordre de vous remettre cette lettre, et je dois vous demander de la lire sans témoins. « Elle prend le lattre, l'ouvre et, quand elle a lu votre nom, elle s'est écriée : George, il vit ! vous l'avez vu ?

— Dame ! j'étais assez embarrassé ; je lui dis que j'avais parfaitement vu le monsieur qui avait écrit la lettre, mais que j'ignorais s'il s'appelait George. Alors elle m'a fait mille questions, sur votre âge, votre taille, la couleur de vos cheveux, le son de votre voix... Enfin, a-t-elle dit, ce doit être lui, c'est le bon Dieu qui l'envoie ! Elle a sonné et a donné l'ordre d'atteler immédiatement et

pendant qu'elle allait se disposer à partir, je me suis
hâté de remonter en voiture pour venir vous annoncer
le résultat de ma démarche.

— Je vous suis sincèrement reconnaissant, monsieur,
de l'empressement que vous avez mis à me rendre service.

— C'était mon devoir, monsieur, et c'est toujours un
bonheur pour moi d'être agréable à mes clients.

— Je n'en doute pas, répondit George, qui ne pensait
déjà plus à l'hôtelier ni à ce qu'il lui disait... Vous dites
donc que Mme de Précontal ne peut plus tarder à
arriver ?

— Vous la verrez dans un moment; tenez, voilà une
voiture qui entre, ce doit être la sienne.

Il alla à la fenêtre.

— C'est elle, je vais la recevoir.

— Veuillez la prier de monter ici, je désire n'être
pas vu.

— Très bien, monsieur, très bien...

Quelques minutes après, la tante de Jeanne entrait
dans la chambre occupée par George...

Quand elle en sortit, notre ami était un autre homme,
il était transformé. Il la reconduisit jusqu'à sa voiture,
et Mme de Précontal en le quittant, lui dit :

— Tout est bien entendu, n'est-ce pas ? Quand il sera
temps, je vous enverrai prévenir, ou plutôt je viendrai
moi-même vous chercher.

Il était dix heures du soir, quand elle rentra chez elle.
Jeanne était couchée; elle ne put résister à l'envie d'aller
l'embrasser. La jeune fille remarqua quelque chose de
fébrile dans les mouvements de sa tante, ses yeux avaient
les regards imprégnés de joie; sur ses lèvres errait un
sourire de triomphe.

— Qu'avez-vous donc, ma tante, questionna Jeanne,
vous paraissez bien heureuse ce soir ?

— Oui, j'ai eu une bonne nouvelle de... de...

— De qui ?

— De rien... d'un procès que je viens de gagner.

— Ah ! je suis contente pour vous.

— Et toi, es-tu toujours aussi triste ?

— Pouvez-vous me faire une semblable question, quand six jours seulement me séparent du 2 juillet ? Si j'entends seulement le roulement d'une voiture, je tremble ; si l'on marche près de moi, je crois toujours reconnaître le son de ses lourdes bottes...

— Bah ! pourquoi toujours trembler enfant ?

— Pourquoi trembler ? Mais ma tante, je ne vous comprends plus... Ah ! si je pouvais encore espérer !

— Pourquoi ne pourrais-tu plus espérer ? Espère toujours, ne serait-ce que pour gagner du temps.

— Ma tante, c'est mal à vous de me parler ainsi, quand vous savez combien j'ai l'âme triste. Je n'ai plus qu'une seule espérance, la mort...

Mme de Précontal s'embarrassait, elle ne voulait pas tuer sa nièce en lui annonçant trop brusquement le retour de George.

— Voyons, ma chérie, lui dit-elle, ton père ne t'a-t-il pas promis de veiller sur toi, de prier pour toi ? Ne t'a-t-il pas prédit que Dieu arrangerait les événements ?...

Jeanne se leva à demi sur son lit.

— Ma tante, vous savez quelque chose ?

— Ecoute bien ; mais seras-tu raisonnable ?

— Ma tante, de grâce. Ah ! tenez, vous me faites peur !

— Ne crains rien ; du reste, j'ai bien peu de chose à t'apprendre. Je t'apporte un petit rayon d'espoir, rien que cela, et encore... Je viens de rencontrer à Alençon un soldat qui était tombé à Reischoffen...

Jeanne était livide, les yeux démesurément ouverts ;

elle tremblait; elle appuya les deux mains sur son cœur
pour en comprimer les battements, et un souffle sortit de
ses lèvres; ce souffle disait : « George. »

— Ne te fais pas illusion, petite, je n'ai pas dit un
officier, j'ai dit un soldat. Eh bien ! ce soldat m'a raconté
qu'il y avait encore beaucoup de blessés dans les hôpi-
taux allemands, et que les lettres qu'ils ont écrites ayant
été souvent égarées ou arrêtées par les Prussiens; on
les a crus morts, tandis qu'ils sont encore très vivants, et
qu'il en revient tous les jours.

Jeanne se laissa retomber sur son lit.

— Ah! ce n'était qu'une illusion.

— Pas tout à fait, puisque tu as encore le droit d'espérer. Je ne sais pas pourquoi, mais je n'ai pas perdu
toute confiance. Allons, bonsoir, petite, tâche de bien
dormir.

— Bonsoir, ma tante.

Mais le dernier souhait de madame de Précontal ne
devait pas s'accomplir. Jeanne passa la moitié de la
nuit à se demander si sa tante avait voulu la préparer
à recevoir une bonne nouvelle, et cette bonne nouvelle
ne pouvait être que le retour de George. Ou bien avait-
elle seulement voulu adoucir les derniers jours qui la
séparaient du fatal dénouement en la berçant d'une trom-
peuse espérance?

Il lui semblait matériellement impossible que George
vivant eût été près d'une année sans écrire. D'autre part,
Mme de Précontal n'avait pas été maîtresse de cacher
une émotion profonde, et cette émotion avait une cause.
Elle craignait de se laisser éblouir par de chimériques
illusions, le désenchantement eût été trop cruel, et cependant, malgré elle, sa mémoire lui rappelait chaque
parole de sa tante avec les inflexions de voix qui semblaient donner aux mots plus de signification qu'ils n'en

12

avaient; elle lui rappelait son regard qui semblait inondé de bonheur.

Toute la nuit se passa ainsi entre la crainte et l'espérance, entre la vie et la mort.

Le matin, elle entendit marcher sous ses fenêtres; le pas était lent et lourd comme celui d'un vieillard, et en même temps l'air retentit d'un sifflement. C'était l'air de Thégonnec, l'air javanais; il y avait bien longtemps qu'il n'avait retenti, et jamais les échos de Chériset ne l'avait répété. Jeanne court à la fenêtre. C'est lui, c'est le vieux et fidèle breton... Mais alors ce serait donc vrai... Cependant comment saurait-il? Oh! hier le cocher de la maison était absent, et c'était Thégonnec qui avait conduit Mme de Précontal à Alençon.

Elle se laissa tomber à genoux sur son prie-Dieu et y resta longtemps...

Quand elle descendit près de sa tante, elle la trouva aussi calme que d'ordinaire, toute trace de la surexcitation qu'elle avait laissé voir la veille avait disparu; elle ne paraissait même plus penser à ce qu'elle avait dit en rentrant de la ville.

— Me serais-je trompée? se demanda Jeanne. Oh! ce serait trop cruel!

Mme de Précontal, après avoir parlé un moment de choses indifférentes et sans changer de ton:

— Je viens de lire dans le journal un fait qui m'a paru navrant: un pauvre garçon de... je ne sais plus quel pays, mais un Français, bien entendu, avait une fiancée qu'il devait épouser quand la guerre a éclaté. Au moment de son départ, celle-ci lui promit de l'attendre, ce qu'elle fit en effet; mais le malheureux soldat reçoit un éclat d'obus qui lui laboure le visage. Après un long et interminable traitement, il se guérit et rentre à son village... Hélas! il est complètement défiguré... Pourrais-tu croire que sa fiancée le trouva tellement affreux qu'elle refusa de l'épouser ?

— Cette fille ne l'avait jamais aimé, répondit Jeanne froidement.

— C'est ce que je pense aussi ; et je me suis dit que toi, dans des circonstances semblables, tu n'aurais pas repoussé George.

— George !... Ma tante, décidément vous savez quelque chose que vous ne voulez pas me dire. Par pitié, avez-vous des nouvelles de George ?

— Qui peut te faire supposer ?...

— Tout, ma tante : votre émotion d'hier soir, l'histoire du soldat revenant d'Allemagne, celle de tout à l'heure ; jusqu'à Thégonnec que j'ai entendu ce matin siffler cet air qui est pour lui une preuve de joie.

— Allons, ma chère, te voilà dans un état de surexcitation !... Tu me fais peur. Si j'avais une bonne nouvelle à t'annoncer, je ne l'oserais pas...

— Oh ! je suis forte encore... Comment voulez-vous qu'une bonne nouvelle me fasse plus de mal que toutes les tortures que j'ai endurées depuis un an ? Tenez, je suis calme, très calme ; si vous avez une lettre de George, donnez-la moi.

— Non, ma chérie, je n'ai pas de lettre, et l'attirant à elle et l'embrassant au front : mais je sais qu'il a écrit à quelqu'un.

— Il vit ! soupira Jeanne, et elle tomba dans les bras de sa tante. Sa pâleur était livide, sa respiration suspendue ; mais bientôt, ranimée par les soins et les caresses de sa seconde mère :

— Maintenant, dit-elle, la première impression est passée, je puis tout savoir, dites-moi tout.

— Je ne sais si j'oserai, tu vas encore te trouver mal.

— Il est ici ?

— Oh ! pour cela non.

— Mais il va y venir ?

— Peut-être.

— Ah ! parlez, où est-il ?

— Eh bien ! je crois qu'il va arriver à Alençon.

— Quand ?

— Je ne sais pas... dans quelques jours.

— Vous ne savez pas ?

— Non, pour le coup, je ne sais plus rien. Il faut tâcher d'être bien calme, de reprendre un peu de force et de couleur. Sais-tu, mignonne, qu'il serait effrayé s'il te voyait ainsi ? Et il ne tardera peut-être plus long-temps...

Jeanne, voyant que sa tante était bien décidée à ne pas lui en dire plus, resta un moment silencieuse ; elle cherchait dans sa pensée un moyen de savoir ce qu'on lui cachait encore. Bientôt elle se leva en disant à sa tante :

— Si vous ne le trouvez pas mauvais, je vais faire un tour de parc. Je sens comme un nouveau sang courir dans mes veines, ma poitrine se dilate, j'étouffe ici, je sens le besoin de respirer un moment le grand air.

— Va, chérie, tu as raison, cela te fera du bien ; pro-mène-toi jusqu'à l'heure du déjeuner.

Mais, au lieu de se diriger vers l'allée des chênes ou vers le berceau de tilleuls, Jeanne s'achemina vers les dépendances dans l'espoir d'y rencontrer Thégonnec. Elle n'eût pas besoin de le chercher longtemps. Quand elle approcha de l'écurie, elle entendit l'air javanais qui faisait résonner jusqu'aux voûtes peu habituées à sem-blable concert.

— Vous êtes bien gai aujourd'hui, dit-elle au vieux Breton, qui s'occupait à bouchonner consciencieusement un magnifique alezan doré.

— Mademoiselle, fit Thégonnec en saluant profondément, j'ai tort, grondez-moi ; mais, voyez-vous, on ne
peut pas être toujours triste, à la fin ça ennuie.

— Je ne vous en fais pas un reproche ; au contraire,
moi aussi je suis heureuse aujourd'hui, M. de Nuriac va
revenir

— Vous le savez ?

— On vient de me l'apprendre.

— Ah ! mademoiselle, je n'en ai pas dormi de toute la
nuit, tant je suis content !

— Vous l'avez donc vu ?

— Oui et non ; il avait un grand chapeau, et du haut
de mon siège je n'ai pu voir sa figure ; mais je ne m'y
suis pas trompé ; il était à peine sur le perron de l'hôtel
que je me suis dit : Voilà un garçon qui s'est fait attendre un peu longtemps, mais qui arrive rudement à
propos.

— Ainsi, il est à Alençon, se dit Jeanne. Puis, s'a-
dressant au domestique : Pourquoi n'est-il pas encore
venu ?

— Je crois bien que madame l'en a empêché, je l'ai
entendue lui dire qu'elle le préviendrait quand il en serait
temps, et qu'elle irait le chercher elle-même.

Jeanne était satisfaite ; elle quitta brusquement Thégonnec, et retourna au salon.

— Je sais tout, ma tante, George est à Alençon. Mais
pourquoi lui avoir défendu de venir ?

— Tu sais !... Ah ! tu as été questionner Thégonnec,
petite malicieuse !

— Il ne faut pas lui en vouloir, ma tante ; il ne se doute
pas qu'il a trahi votre secret.

— Je n'en veux ni à lui, ni à toi, fit Mme de Précontal
avec un bon sourire. Du reste, je pensais que tu étais
suffisamment préparée à le revoir, et, vois, je viens de
lui écrire.

12.

— Merci, ma tante, que vous êtes bonne ! dit Jeanne
en lui sautant au cou; et tout bas : Si vous envoyiez
Thégonnec lui porter cette lettre de suite ?

Mme de Précontal sonna pour appeler un domestique,
en disant !

— Vois si je t'obéis ! Et au domestique qui parut :
Envoyez-moi Thégonnec.

Quand celui-ci eut reçu la lettre :

— Ne perdez pas de temps, lui dit Jeanne à demi-
voix.

— Soyez tranquille, mademoiselle, si le cheval n'en
crève pas, ce sera heureux.

— J'avais promis à George d'aller le chercher, répliqua
Mme de Précontal, mais j'ai pensé qu'il valait mieux
lui écrire et rester ici pour te prévenir, avant son arrivée,
des circonstances qui l'ont empêché de te donner signe
de vie depuis si longtemps.

Jeanne écouta avec des frémissements de douleur le
récit de sa tante.

Deux heures après le départ de Thégonnec, une voiture entrait dans le parc, traînée par deux chevaux
ruisselants de sueur. A peine était-elle au perron qu'une
portière s'ouvre, un jeune homme saute à terre, et,
sans attendre qu'on l'introduise, se précipite dans le
salon.

Jeanne veut se lever pour aller à lui, mais elle est
violemment émue, elle ne peut faire un mouvement.

— Jeanne, lui dit George, pardonnez-moi !

— Vous pardonner ! reprend la jeune fille, dont le cœur
étouffe de bonheur. Quoi donc ? Oh ! oui, d'avoir douté
de moi, car je sais tout.

— Non, Jeanne, jamais je n'ai douté de vous, c'est de
moi que j'ai douté; il me semblait que dans l'état où la
guerre m'a réduit je n'avais plus le droit...

— Pardon, George, si je vous arrête : vous savez que

je n'ai jamais aimé à entendre, ni à dire des fadaises ;
mais pour qu'il ne soit plus parlé de ces blessures, je
vous affirme que vous vous êtes grandement exagéré
leur effet : vous êtes beaucoup moins défiguré que vous
ne le pensez, et ces cicatrices, j'en suis fière pour vous ;
elles prouvent que vous avez fait votre devoir, et si tous
les Français vous avaient imité, nous ne serions pas
vaincus comme nous le sommes.

— Je savais que vous me parleriez comme vous venez
de le faire, Jeanne, je connaissais votre cœur.

— George, la beauté est essentiellement passagère, et
si le bon Dieu nous fait la grâce de vieillir ensemble,
aimerez-vous moins votre femme, quand ses cheveux
seront blanchis et ses traits ridés ?

— Non, Jeanne, car ce que j'aime en vous c'est surtout
votre âme, et elle ne vieillira pas. Ce qui m'effrayait, ce
n'était pas tant la cicatrice qui me défigurait ; j'ai une
autre blessure qu'on n'a pas pu guérir ; c'est un infirme,
un incurable que vous voyez devant vous.

— George, si j'étais malade, refuseriez-vous de me
soigner ?

— Oh ! pouvez-vous avoir cette pensée ?

— Je vous fais la même question.

— C'est vrai, j'ai tort ; mais je ne puis me rendre
compte à moi-même de l'état de désespoir où j'étais
plongé. Quand il m'a été possible de vous écrire pour
la première fois, il y avait huit mois que vous me croyiez
mort. Pouvais-je savoir les événements qui s'étaient
passés pendant ces huit mois ? et si, au lieu d'obtenir
de cet infâme Prussien un délai de six mois, vous aviez
été contrainte à l'épouser aussitôt après la guerre,
n'aurait-il pas mieux valu pour vous d'ignorer mon
existence ?

— Non, George, car ce jour-là, je serais morte de

douleur, et, sans manquer à mes devoirs, j'aurais été délivrée de mon persécuteur.

— Jeanne, ne pensez donc plus à ce misérable, mon retour vous en délivre, et ce qui m'a donné le courage de revenir près de vous, c'est cette pensée que, tel que je suis, je puis au moins vous rendre ce service de vous arracher à une horrible contrainte.

Jeanne écoutait son fiancé, ses yeux semblaient l'interroger. Après un moment de silence :

— George, cet Allemand revient dans cinq jours, pour me sommer de tenir la parole donnée ; mon père mourant m'a rappelé lui-même que l'honneur est une chose sacrée. Maintenant je vous demande à vous-même, je m'adresse à votre conscience de chrétien, votre retour me dégage-t-il complètement des promesses que j'ai faites à cet homme ?

— Jeanne, ce doute, cette question montrent bien la délicatesse de votre âme qui préférerait la mort à une souillure ; mais sur mon honneur, vous êtes libre ; vos premiers engagements rendraient nuls tous les autres, s'ils ne l'étaient déjà par le fait qu'ils vous ont été arrachés par la violence.

— Vous en êtes bien sûr, George ?

— Mais cela me paraît de toute évidence. Du reste, quand ce von Altembergh se présentera ici, c'est moi qui le recevrai, et je me charge de tout.

— Non, George, je vous devine, vous le provoqueriez.

— J'éviterai toute provocation autant que ce sera possible ; mais, s'il n'y avait pas d'autre moyen...

— Vous oubliez donc, mon ami, que le duel est un crime aux yeux de Dieu.

— Avec un ennemi de la patrie...

— Il n'y a plus d'ennemis dans le sens que vous voulez dire, puisque la paix est faite.

— Cependant il faudra bien...

— Quoi? que cet homme vous tue, et que je reste alors sans défense. Non, il ne « faut » jamais faire une chose défendue, et le mal ne peut jamais produire le bien. Quand il viendra vous ne paraîtrez pas, c'est moi qui le recevrai, et Dieu, qui a su vous ramener au moment où j'avais si grand besoin de vous, saura bien m'inspirer ce que j'aurai à lui répondre.

George combattait longtemps cette décision, mais Jeanne fut inflexible.

Le 2 juillet, à trois heures de l'après-midi, Jeanne était dans le salon entre sa tante et son fiancé, quand elle aperçut une voiture qui traversait le parc.

— C'est lui, dit-elle. George, vous m'avez promis de ne pas assister à cette entrevue.

— Puisque vous le voulez absolument, je me retire, mais je reste dans l'appartement voisin, et si ce misérable vous insultait...

— Oh! il ne m'insultera pas devant ma tante.

— Mais s'il l'osait?...

— Mais s'il l'osait, je vous appellerais.

George était à peine sorti, que la porte du salon s'ouvrait à deux battants, et Thégonnec annonçait d'une voix de stentor : « M. le comte von Altembergh ». Celui-ci s'avança gravement et salua d'abord Mme de Précontal. Au même moment, le vestibule résonna d'un certain air bien connu du lecteur et fredonné à demi-voix ; ce n'était peut-être pas absolument correct au point de vue des convenances, mais il y eut une petite oreille fine qui entendit l'air javanais, et un invincible sourire parti du cœur lui monta aux lèvres.

Le comte poméranien s'était approché de Jeanne, et lui avait dit :

— Vous voyez, mademoiselle, que j'ai tenu ma parole. Les six mois de délai que vous avez réclamés sont expirés ce matin, et permettez-moi d'ajouter qu'ils m'ont paru bien longs.

— Moi aussi, reprit la jeune fille, sans lever les yeux de sa tapisserie, je les ai trouvés longs.

Von Altembergh la regarda pour deviner le sens qu'il devait donner à ces paroles. Serait-il possible?... Pourquoi pas? les jeunes filles françaises sont si romanesques... Le regard seul aurait pu lui donner une certitude, malheureusement le regard resta obstinément baissé.

Il continua:

— Mais j'ai utilisé ce temps pour me préparer à vous recevoir comme vous le méritez: mon château de Brackenfordt, près de Kœnigsberg, a été complètement remis à neuf, l'appartement que je destine à la comtesse von Altembergh a été meublé avec le luxe et le confort possible, les tentures et l'ameublement viennent des premières maisons de Paris; c'est vous dire qu'il est exquis et digne d'une reine. J'espère que vous en serez contente.

— Je n'en doute pas, monsieur; mais si ces derniers mois ont été très occupés pour vous, ils l'ont été aussi pour moi. J'ai bien souffert, monsieur, et, bien que décidée à ne pas manquer à ma parole, je suis très... très... empêchée.

— Je croyais vous avoir entendu dire, mademoiselle, que pour les Français, et pour vous en particulier, l'honneur est une chose sacrée, et que vous consentiez à tout plutôt que de manquer à vos promesses.

— C'est vrai, monsieur, je l'ai dit et je le pense encore; mais vous ne sauriez comprendre combien est affreuse la position d'une jeune fille qui n'a plus près d'elle aucun défenseur. Que diriez-vous, s'il était arrivé que cette parole j'avais dû la donner deux fois; si un homme abusant, comme vous l'avez fait vous-même, de sa force et de ma faiblesse, avait pu me contraindre à lui promettre ce que j'avais promis à un autre ?

— Mais, mademoiselle, cette seconde promesse serait nulle, et mille fois nulle.

— Vous pensez ?

— Mais, c'est plus qu'évident.

— C'est donc la première parole donnée qui seule engage ? dit Jeanne en relevant cette fois les yeux de son ouvrage et les fixant sur son adversaire.

Celui-ci craignit un piège ; mais il s'était trop avancé pour pouvoir reculer.

— Évidemment... mademoiselle.

— Cela me suffit, monsieur, et je m'en rapporte à votre décision. Comme j'étais fiancée à M. de Nuriac avant de vous avoir promis ma main, vous voudrez bien choisir une autre personne pour la conduire dans l'appartement préparé à la comtesse von Altembergh.

Le Prussien resta un moment atterré. Il était debout, pâle, les dents serrées, les poings crispés.

— Prenez garde, Jeanne, ne vous jouez pas de moi, dit-il d'un voix concentrée, vous ne savez pas ce dont je suis capable.

— Pardonnez-moi, monsieur, je ne le sais que trop ; mais vous n'êtes plus en pays conquis, et, comme il ne me reste rien à vous dire, permettez-moi de me retirer.

— Pas encore, reprit le Prussien furieux, pas avant que vous ne m'ayez expliqué cet odieux manque de foi. Le prétexte que vous donnez pour mentir à vos engagements est faux. George de Nuriac est mort.

— Pardon, monsieur, George de Nuriac vit.

— Je vous dis qu'il est mort, je vous dis que je l'ai vu, j'ai vu son...

Il s'arrêta soudain ; une porte venait de s'ouvrir, un homme entrait dans le salon, et s'avançait lentement vers lui en disant :

— Continuez, monsieur. Qu'avez-vous vu? Votre conversation m'intéresse étrangement.

L'Allemand, la bouche entr'ouverte, le regard fixe, était comme pétrifié.

— George! supplia Jeanne, vous m'avez promis...

— Ne craignez rien, mademoiselle, je suis parfaitement calme, et j'étais bien décidé à ne pas intervenir; mais la voix de... de cet homme vient de me révéler une chose que j'ignorais...

S'adressant à von Altembergh:

— Je vous fais, semble-t-il, l'effet de la tête de Méduse; vous ne dites plus rien?

— Je... je ne vous connais pas, dit le capitaine de uhlans d'une voix éteinte.

— Vous ne me connaissez pas?... Dites plutôt que vous ne voudriez pas me reconnaître... mais dans tous les cas, je vous connais, moi... Je ne veux pas, en présence de ces dames, vous stigmatiser du nom qui vous appartient; mais je vous dis que vous êtes indigne de rester une minute de plus dans ce salon, que vous souillez par votre présence; et je vous ordonne de sortir à l'instant, si vous ne voulez pas que je vous fasse jeter à la porte.

— Monsieur de Nuriac, hurla le Prussien, vous me rendrez raison.

Mlle de La Rochegauthier implora George d'un regard.

— Soyez sans crainte, Jeanne; il est des gens avec lesquels on ne se bat pas, et ce misérable est de ce nombre.

Von Altembergh avait les yeux injectés de sang:

— Vous vous battrez avec moi, Français maudit!

— Je vous ai déjà dit, monsieur, que si vous ne sortiez pas, j'allais vous faire jeter à la porte.

— Vous refusez donc de vous battre?

— Je refuse.

— Vous êtes un lâche.

— Vos insultes ne peuvent m'atteindre, je vous méprise trop.

— C'est bien, je me retire; mais je dirai partout que le lieutenant George de Nuriac est un lâche et un infâme, comme du reste tous les officiers français.

En toute autre circonstance, George eût bondi sous une semblable injure, mais cette fois il resta parfaitement calme; il se dirigea vers la porte du vestibule et appela Thégonnec. Celui-ci se présenta aussitôt.

— Entrez, lui dit George, fermez la porte et restez là, pour empêcher cet homme de sortir jusqu'à ce qu'il ait entendu tout ce que j'ai à lui dire. Mme de Précontal me pardonnera si je me permets de donner des ordres chez elle, mais les circonstances l'exigent.

Se tournant alors vers von Altembergh:

— Vous diriez partout que les officiers français sont des lâches, que cela serait sans aucune conséquence; ils sont connus. Quant à moi, les blessures que j'ai reçues prouvent que je n'ai pas passé le temps de la guerre à piller les châteaux et les chaumières. Vos insultes ne m'atteignent donc en aucune manière. J'aurais voulu ne pas faire connaître à ces dames le motif qui m'empêche d'accepter votre défi; je ne le puis plus. Ce motif, le voici: je refuse de me battre avec vous, parce qu'on ne se bat pas avec un assassin.

— Moi, un assassin! s'écria l'Allemand dont les traits devinrent livides.

— Laissez-moi parler, reprit George, en fixant sur son adversaire un regard que celui-ci ne put soutenir. A la fin de la journée de Reischoffen, nous nous sommes rencontrés face à face sur le champ de bataille; mon revolver était tourné contre votre poitrine, j'allais presser la détente, quand je vous reconnus. Je fis alors ce

13

qu'aurait fait tout homme de cœur, je laissai retomber
l'arme, je ne voulais pas tuer celui dont j'avais autrefois
serré la main. Vous avez eu moins de scrupule, et, pro-
fitant de ce mouvement qui me mettait sans défense,
vous m'avez tiré à bout portant un coup de pistolet, qui
m'a jeté par terre.

George s'arrêta un instant.

Von Altembergh se redressa, il paraissait soulagé d'un
grand poids :

— Sur le champ de bataille, il n'y a pas d'amis, et si
vous appelez cela un assassinat, vous avez une manière
d'entendre la signification des mots qui vous est par-
ticulière, et que vous me permettrez de ne pas partager.

— Je connais votre opinion à cet égard, car au moment
même où vous m'avez blessé, vous avez eu soin de m'en
instruire, en me disant précisément la phrase que vous
venez de prononcer : « Sur le champ de bataille, il n'y a
pas d'amis. »

— Vous avez la mémoire longue, monsieur.

— Oui, et certains souvenirs s'effacent difficilement.
Pourtant il est une autre particularité de cette même
journée du 16 août que j'avais oubliée ; mais vous savez
qu'il arrive quelquefois qu'un simple incident, la vue d'un
objet sans importance, le son d'une voix, vient tout à coup
réveiller votre mémoire, et vous expliquer des choses
que l'on n'avait pas même pu soupçonner. Je continue :
J'étais tombé au milieu d'un chemin, j'eus la force de me
traîner dans un petit fossé, j'avais alors ma blessure au
ventre, et une jambe cassée, je perdis complètement
connaissance ; je restai ainsi je ne sais combien de temps.
Vers le milieu de la nuit, je revins de mon évanouissement. J'étais tellement affaibli, et si complètement
engourdi par le froid, que je ne pouvais faire un mouvement. J'entendis passer une voiture d'ambulance

j'espérais qu'on allait venir à mon secours, mais les infir-
miers me crurent mort et passèrent.

Von Altembergh était haletant; il regardait l'officier
français, comme le criminel regarde la victime qu'il croit
avoir condamnée à un éternel silence et qui, tout à coup,
se dresse devant lui pour l'accuser. George, qui suivait
tous ses mouvements, qui étudiait toutes ses impressions,
se plaisait à parler lentement, à scander chaque mot, à
s'arrêter après chaque phrase, pour prolonger l'angoisse
du Prussien, et, de minute en minute, le Prussien était
plus anxieux, sa respiration était suspendue, son cœur
battait à peine; il se sentait défaillir et s'appuyait à la
cheminée pour ne pas choir sur le parquet.

— Le désespoir commençait à s'emparer de moi; j'étais
brûlé par une soif ardente, je souffrais horriblement de
mes blessures, et personne, personne qui vînt me secourir... Je vous ai déjà dit que j'étais dans l'impossibilité
absolue de faire un mouvement; je ne pouvais pas ouvrir
les yeux, je ne pouvais pas parler, et, chose singulière,
j'entendais tous les bruits qui se faisaient autour de moi.
J'avais perdu l'usage de tous mes sens, l'ouïe exceptée;
c'est cet état que les médecins désignent, si je ne me
trompe, par le mot de catalepsie.

— Où voulez-vous en venir, monsieur? je trouve vos
digressions plus que fatigantes, et il m'est fort indifférent
de savoir le nom de vos maladies.

— Vous pensez, monsieur?

— Oui, monsieur continua von Altembergh, qui désirait
par-dessus tout éviter la fin du récit de George, et je vous
prie de donner à votre domestique l'ordre de me laisser
passer.

— Un instant encore, monsieur, et je vous affirme
que la fin de ma narration vous paraîtra beaucoup plus
intéressante que le commencement. J'étais donc au
désespoir, et convaincu qu'il ne me restait plus qu'à

mourir, seul, sur le bord de la route... quand un bruit de pas retentit près de moi. Un homme s'approche, il s'arrête, prononce quelques phrases à voix basse; je veux ouvrir les yeux, appeler, faire un signe : je vous l'ai déjà dit, cela m'était impossible. Celui qui est près de moi me prend la main, il va me relever, m'emporter... Non, il laisse retomber ma main inerte et froide, il se recule et va s'éloigner; je fais un effort désespéré pour pousser un cri; cette fois mes lèvres mourantes ont laissé échapper un soupir. Alors une voix dans la nuit prononce ces quatre mots : « Il vivait donc encore ! » J'entends le bruit sec d'un pistolet qu'on arme, une horrible douleur me saisit, et la nuit se fait dans mon âme... Cette voix, comte von Altembergh, cette voix d'assassin, je viens de la reconnaître, cette voix, c'était la vôtre !

Jeanne et sa tante laissèrent échapper un cri d'horreur.

L'Allemand se cramponna d'une main à un dossier de fauteuil, et de l'autre à la cheminée pour ne pas tomber.

Sur un signe de George, Thégonnec avait ouvert la porte et il annonça :

— La voiture de M. le comte von Altembergh, capitaine de uhlans.

A cette saillie du vieux domestique, George ne put s'empêcher de sourire, mais le Prussien se redressa.

— Tout cela est faux; c'est une calomnie inventée pour excuser un odieux manque de parole.

— Sortez, ordonna George, ou je ne réponds plus de moi.

Jeanne tremblante se jeta devant son fiancé :

— George, je vous en prie, ne me faites pas cet horrible chagrin de dire encore un seul mot à ce misérable.

14

En même temps, Mme de Précontal qui, jusque-là, n'avait pas cru devoir intervenir, s'adressa au Prussien :

— Si vous ne voulez pas vous retirer, monsieur, je serai obligée d'appeler du monde.

— Faut-il ? interrogea Thégonnec en se dirigeant vers l'Allemand ; mais Mme de Précontal l'arrêta d'un signe.

— Soit, dit enfin von Altembergh, je sors, mais j'espère bien que la paix avec votre pays ne sera pas de longue durée, et si j'y reviens un jour, tremblez tous, vous vous souviendrez de moi !

— J'espère, reprit George de Nuriac, que si la France se mesure encore avec l'Allemagne, nous vous éviterons la peine de vous déranger, et si nos soldats pénètrent un jour sur le sol allemand, ils se souviendront de la captivité qu'ils y ont subie... Un dernier mot encore, monsieur. Il arrive souvent que les mauvaises actions se retournent contre ceux qui les ont commises. En voulant me tuer dans la nuit du 16 août, vous m'avez défiguré, mais vous m'avez sauvé la vie. Le médecin qui m'a guéri m'a répété plus de vingt fois que sans l'abondante hémorragie qu'a amenée ma dernière blessure j'aurais infailliblement succombé à l'inflammation produite par la première. Et si je suis arrivé ici à temps pour délivrer Mlle de La Rochegauthier de vos odieuses poursuites, c'est à vous que je le dois.

— Malédiction ! s'écria le Prussien en se précipitant hors du salon.

Quand la voiture qui l'avait amené fut sortie du parc, Thégonnec se dirigea vers l'écurie, sella un cheval, le conduisit par la bride jusqu'à une barrière qui donnait sur les champs ; là, il sauta en selle, et partit à fond de train vers Alençon, ayant soin de prendre un chemin de traverse.

Il alla droit à l'hôtel où nous avons vu descendre George, mit son cheval à l'écurie en recommandant au garçon de bien le panser, et se dirigea vers un petit cabaret qui se trouvait précisément en face de l'entrée de l'hôtel. Il demanda un verre de cognac, et alla s'asseoir près d'une fenêtre, de manière à voir tout ce qui se passait dans la rue.

Il y était à peine depuis un quart d'heure, quand il vit rentrer la voiture du capitaine de uhlans.

Thégonnec secoue la pipe qu'il a allumée pour se donner une contenance, vide son verre, et se dirige vers la cour de l'hôtel. Après s'être informé du numéro de la chambre occupée par le Prussien, il gravit l'escalier et frappe à sa porte, mais il ne reçoit aucune réponse. Le Breton essaie d'ouvrir la porte, elle est solidement fermée, il frappe de nouveau et de plus en plus fort; mais soit que von Altembergh l'ait reconnu traversant la cour, soit pour toute autre cause, il s'obstine à ne pas donner signe de vie.

Thégonnec, furieux, frappe à coups redoublés; les garçons, attirés par le bruit, viennent le prier de cesser ce tapage, et ne peuvent rien obtenir; l'hôtelier intervient lui-même, et le menace d'appeler la police s'il continue à troubler sa maison.

— Mais c'est un espion prussien, dit le vieux domestique; c'est un brigand, un assassin, et je veux qu'il se batte avec moi.

— C'est possible; quand il sortira de chez moi, vous ferez tout ce qu'il vous plaira, mais je ne puis permettre qu'on attaque les voyageurs dans mon hôtel.

Enfin, après bien des pourparlers, Thégonnec se décida à s'éloigner; mais sans rien changer à ses projets, il retourna à son observatoire.

Cependant le mot d'espion prussien avait été entendu, bientôt il est répété partout, un attroupement se forme, et le malheureux maître d'hôtel est obligé de faire fermer ses portes pour empêcher le peuple d'envahir la maison. Il monte ensuite à la chambre de von Altembergh, il frappe sans obtenir plus de résultat que Thégonnec.

— Ouvrez, monsieur, ouvrez, c'est moi, je suis le maître de l'hôtel... J'ai besoin de vous parler... dans votre intérêt.

Pas de réponse. Alors il pousse la porte et est tout étonné de la sentir céder. Il entre, la chambre est vide, le voyageur est disparu. On le cherche partout, impossible de le découvrir.

La foule, bientôt prévenue de cette fuite, veut entrer pour fouiller la maison, et l'hôtelier ne trouve d'autre moyen de se débarrasser de cet envahissement que de faire courir le bruit que le prétendu Prussien n'est jamais descendu chez lui, que c'est une histoire absurde inventée par un homme ivre qu'il a dû mettre à la porte, et enfin, petit à petit, la foule se disperse.

Qu'était devenu von Altembergh? Il avait entendu tout ce qu'avait dit Thégonnec; de sa fenêtre, il avait vu l'attroupement se former, menaçant de lui faire un mauvais parti. Il avait profité du moment où l'hôtelier s'efforçait avec ses garçons, d'empêcher le peuple de pénétrer chez lui, était sorti à la hâte, et avait gagné l'étage supérieur, espérant y trouver un refuge. A l'extrémité d'un corridor, il rencontre un escalier qui conduit à une autre partie de l'hôtel, il descend, suit un long couloir à l'extrémité duquel est une fenêtre; elle donne sur un toit en pente douce; au-dessous de ce toit un autre, puis un tas de fumier. Il enjambe la fenêtre, se laisse glisser sur les tuiles, et arrive dans une cour située derrière les écuries et entourée de magasins, dont l'un est rempli de toutes sortes d'objets hors d'usage; il se coule derrière un tas de caisses vides, et bien certain qu'on ne viendra pas l'y chercher, il attend que la nuit vienne.

Thégonnec, de son côté, voyant la foule se disperser, ne tarde pas à apprendre la disparition de l'Allemand ; il retourne à l'hôtel où on lui fait voir la chambre vide. L'heure du train de Paris approchait, le Breton se persuade que von Altembergh a dû se diriger vers la gare. Il s'y rend en toute hâte, mais c'est en vain qu'il le cherche partout, le train part sans que le Prussien ait paru.

De guerre lasse, il s'en revient prendre son cheval, et retourne à Chériset.

— Puisqu'il n'est pas parti, se dit-il, c'est qu'il médite quelque mauvais coup.

Et Thégonnec veilla ; il fit plusieurs fois le tour du parc, mais en vain rien ne vint dénoncer la présence d'un étranger.

Le vieux Breton n'était pas tranquillisé, il était persuadé que le Prussien ne s'éloignerait pas sans essayer de se venger ; aussi fut-il pris soudainement d'une violente passion pour la chasse aux moineaux ; il se promenait toute la journée dans le parc et aux alentours, un fusil chargé à la main...

George s'était aperçu qu'il ne pouvait sortir du château sans voir le bonhomme rôder autour de lui, armé en guerre et l'oreille au guet ; il le laissait faire ; Thégonnec était de ces vieux serviteurs auxquels on passe quelques fantaisies.

On commençait à oublier von Altembergh à Chériset ; tous les jours George faisait avec Jeanne et sa tante de longues promenades dans le parc, et le plus souvent dans l'allée de chênes. Ils avaient tant de chose à se dire ! George devait raconter dans les plus petits détails sa vie dans la maisonnette du père Marcou, et il ne se lassait pas de redemander à Jeanne l'histoire de ses angoisses.

Un jour, il venait de redire à sa fiancée les impressions qu'il avait éprouvées durant la nuit qu'il avait passée à errer autour de la Ménadière, quand un coup de feu retentit à peu de distance, suivi d'un cri de douleur ; il se détourna et aperçut Thégonnec se précipitant dans un taillis ; il le suivit et arriva bientôt près d'un homme habillé comme un mendiant et étendu à terre.

— N'approchez pas ! lui cria Thégonnec ; c'est lui, c'est le Prussien !

Le Breton ne s'était pas trompé, c'était bien von Altembergh, et un revolver chargé de six balles et tombé à côté de lui, disait suffisamment ce qu'il était venu faire quand le coup de fusil l'avait arrêté. Thégonnec commença par ramasser l'arme, puis il aida George à relever le blessé, dont la figure était couverte de sang.

Les domestiques du château, attirés par le bruit de la détonation, arrivèrent bientôt. Le faux mendiant qui n'était qu'évanoui ne tarda pas à ouvrir les yeux, et la première personne qu'il aperçut fut son ennemi qui se tenait debout devant lui ; il poussa un cri de rage, fit un effort comme pour s'enfuir, et retomba inanimé.

George s'éloigna un instant pour rendre compte à Mme de Précontal et à Jeanne de ce qui était arrivé, et, après s'être concerté avec elles, il fit transporter l'Allemand dans la loge du concierge, et dépêcha un exprès au commissaire de police d'Alençon.

Celui-ci arriva bientôt, accompagné d'un médecin et de deux agents. Pendant que George l'informait de ce qu'il avait besoin de savoir pour connaître le coupable, le docteur constatait que la balle venue obliquement lui avait profondément labouré les chairs de l'épaule, sans cependant toucher les os, et qu'elle lui avait brisé la mâchoire inférieure. Il déclara qu'il était nécessaire de le transporter immédiatement à l'hôpital.

Thégonnec interrogé répondit que, depuis la visite de

13.

von Altembergh à Chérisel, il avait été convaincu qu'il tenterait de se venger de M. de Nuriac. Depuis plusieurs jours, il avait remarqué un mendiant qui rôdait aux environs, et qui lui avait paru suspect; il n'avait pu voir sa figure, mais il était convaincu que ce mendiant n'était autre que l'officier Prussien.

Ce jour-là, au moment où ses maîtres se promenaient dans l'allée des chênes, il l'avait vu se glisser dans un taillis, tirer un revolver de dessous ses vêtements et mettre M. de Nuriac en joue; c'est alors qu'il avait tiré sur lui et l'avait mis ainsi dans l'impossibilité de commettre un nouveau crime.

— La mise en jugement de ce misérable, observa George, pourrait créer des embarras au gouvernement qui négocie en ce moment l'évacuation de plusieurs départements. D'autre part, si des poursuites étaient dirigées contre lui, il faudrait faire intervenir mon nom et celui de Mlle de La Rochegauthier, faire connaître au public les tristes détails des tortures qu'elle a endurées par les manœuvres de cet homme, et nous voudrions à tout prix éviter cette fâcheuse publicité.

Le commissaire de police ne pouvait prendre sur lui d'étouffer une affaire aussi grave, d'autant plus qu'il n'avait pas encore une certitude complète que le récit de Thégonnec fût parfaitement exact.

— Tout ce que je puis faire pour vous être agréable, dit-il, c'est de ne pas rédiger immédiatement de procès-verbal, et de me borner à un simple rapport que j'adresserai à M. le procureur de la République. Ce sera à lui et à M. le préfet du département de décider.

On fit transporter le Prussien dans la voiture qui avait amené le médecin et le commissaire.

George, de son côté, fit atteler et partit immédiatement pour Alençon, où ses démarches eurent le résultat qu'il espéait, l'administration étant désireuse d'éviter tout conflit avec les Allemands.

Quinze jours plus tard, von Altembergh étant en état de supporter le voyage, deux agents de police l'accompagnèrent jusqu'à Reims, où ils le remirent entre les mains des autorités allemandes.

ÉPILOGUE

Dans les premiers jours de septembre, une voiture s'arrêtait devant la porte du père Marcou. Le brave paysan ne pouvait revenir de sa surprise en voyant entrer chez lui « son blessé, » sur le bras duquel s'appuyait une charmante jeune femme.

— Mademoiselle, balbutia le pauvre homme tout transi, c'est pour moi un grand honneur...

— Madame, si vous voulez bien, répondit Jeanne avec un gracieux sourire, depuis avant-hier, et j'ai voulu que ma première visite de noce fut pour le sauveur de mon mari.

— Votre mari! voyez donc le sournois! il nous disait qu'il allait se faire chartreux.

— Il paraît qu'il en a eu réellement la pensée; mais il a changé d'avis.

— Et j'en suis enchanté pour lui. Mon lieutenant, je vous fais mon compliment, vous avez la... la plus... eh! ma foi, la plus jolie petite femme que j'aie jamais vue.

— Et si vous saviez combien elle est bonne !

— Ça se voit.

—Assez, assez, je n'aime pas les compliments, interrompit Jeanne, mais laissez-moi vous remercier, monsieur Marcou, de ce que vous avez fait pour George ; en le sauvant, vous m'avez sauvée aussi.

—Moi ! madame, et comment aurais-je pu avoir ce bonheur ?

— M. de Nuriac vous le dira ; pour moi, j'ai hâte de montrer à notre sauveur à tous deux, qu'il n'a pas eu affaire à des ingrats. Si vous saviez combien j'ai prié le bon Dieu pour, vous depuis que George m'a dit tout ce que vous aviez fait pour lui !

— Madame, j'ai fait mon devoir de Français et d'honnête homme, répondit le paysan ; mais votre visite et vos bonnes paroles me paient largement de mes soins et de mes fatigues. Je... je...

Le bonhomme, profondément ému, ne pouvait plus sortir de sa phrase ; George vint à son secours :

— Père Marcou, pendant tout le temps que j'ai passé chez vous, vous m'avez toujours dis que je devais m'y considérer comme chez moi.

— Mais comment donc ! mon lieutenant, trop honoré... trop flatté...

— Alors vous nous permettez de nous croire encore chez nous ici pendant quelques heures.

— Mais certainement, trop heureux, mon lieutenant...

— Attendez donc. Figurez-vous que ma femme a eu une idée ; et quand une femme a une idée, vous savez qu'il n'y a pas moyen de désobéir.

— M'est avis, mon lieutenant, que d'obéir à gentil petit colonel comme celui-là, ça ne doit être ni trop difficile, ni trop désagréable.

— Vous êtes galant, monsieur Marcou.

— Madame, je suis Français, dit le paysan en se redressant ; puis tout à coup, et avec une larme dans la voix : J'étais Français, maintenant je suis annexé.

— Oublions cela pour aujourd'hui, mon bon Marcou, continua George, ma femme désire faire de ce jour un jour de bonheur.

— Pour vous êtres agréable, madame, j'oublierai tout, excepté l'honneur que me fait votre présence dans ma maisonnette.

— Figurez-vous qu'elle a rêvé de dîner chez vous.

— J'en suis très flatté... mais j'ai bien peu de choses.

— Ne vous inquiétez de rien. Non seulement elle veut dîner chez vous, mais elle s'est permis d'y inviter des convives : en traversant le village, j'ai fait dire au docteur Wittersheim et à votre bon curé que nous les attendions pour dîner ici.

Le paysan rougissait et regardait de tous côtés, comme pour y chercher une foule de choses qu'il ne voyait pas.

— Vous avez très bien fait, dit-il enfin, mais je ne sais pas...

— Où nous trouverons tout ce qu'il nous faut ?

— Précisément.

— Dans le coffre de la voiture ; et je pense que rien ne fera défaut, car c'est ma bonne petite femme qui a voulu se charger de tout préparer elle-même.

— Madame ! c'est vraiment trop de bonté. Ah ! avec une femme comme elle, mon lieutenant, vous ne pouvez pas manquer d'être heureux.

— Je l'espère bien.

— Je vous ai déjà dit que je n'aime pas les compliments. George, dites donc à Thégonnec d'apporter les provisions.

Quand celui-ci entra, tenant un grand panier sous chaque bras :

— Ah ! monsieur Marcou, il faut que je vous présente un vieux serviteur de la famille, ce bon Thégonnec qui a fait je ne sais combien de fois le tour du monde avec mon père, et qui, depuis ma naissance, a passé son temps à m'aimer.

Les deux vieillards se regardaient. Thégonnec prit la parole :

— Mon ancien, j'ai su ce que vous aviez fait pour M. de Nuriac ; touchez là, vous avez mon estime.

L'estime de Thégonnec ! il y a des gens qui trouveront cela risible ; mais j'en connais aussi qui pensent que l'estime d'un honnête homme a sa valeur, quel que soit le rang social de celui qui la donne, et le père Marcou fut sans doute de cet avis, car il redressa sa vieille taille, et regardant le Breton bien en face :

— Merci, et je n'ai pas besoin de prendre des renseignements sur votre compte pour vous dire que vous aussi, vous êtes un brave homme, je le vois dans vos yeux.

Jeanne interrompit cet échange de compliments :

— Allons, Marcou, pendant que Thégonnec dételler a, vous allez m'aider à dresser la table.

Le pauvre paysan était tout à la fois si content et si surpris qu'il ne savait où mettre la main. Cependant la bonne volonté de tous aidant, tout était prêt quand les deux convives arrivèrent.

Après les poignées de main, les présentations et les échanges de félicitations, on se mit à table.

Vers la fin du repas :

— Monsieur le curé, dit Jeanne, M. de Nuriac vous avait promis de vous envoyer une somme dont vous connaissiez la destination.

— C'est vrai, madame.

— Vous avez dû vous étonner de ne voir rien venir ?

— J'ai pensé, madame, que ce n'était qu'un retard ; je savais M. votre mari trop homme d'honneur pour manquer à sa parole.

— Et vous avez eu raison. C'est moi qui ai voulu que

cet envoi fût retardé pour pouvoir joindre mon offrande à la sienne ; et ce n'était que justice, puisqu'en me le conservant vous m'avez sauvé plus que la vie.

Prenant alors des mains de son [mari trois grandes enveloppes cachetées, elle en tendit une au prêtre en lui disant :

— Pour votre église et pour vos pauvres !

— Au docteur pour ses honoraires ! dit-elle en présentant la seconde enveloppe au vieux Wittersheim.

Et mettant la troisième dans la main de son voisin :

— A notre sauveur, pour le dédommager de ses dépenses et de ses fatigues !

— Est-il permis de décacheter maintenant ? interrogea le curé.

— Certainement.

Les trois enveloppes furent déchirées ; chacune contenait vingt billets de mille francs. Le prêtre et le médecin se confondaient en remerciements, mais le vieux paysan restait là, immobile, rougissant :

— C'est trop, madame, oui, c'est trop, vous me gâtez mon bonheur...

— Ne devons-nous pas vous indemniser de vos frais ?...

— Mes frais ! quelques centaines de francs ! Et tenez, je ne voudrais pas qu'on puisse dire que le père Marcou a reçu de l'argent pour avoir sauvé un officier français.

Jeanne réfléchit un instant, et se penchant à l'oreille de George, lui dit quelques mots à voix basse ; celui-ci fit un signe approbatif.

— Vous avez témoigné tout à l'heure une profonde tristesse de n'être plus Français ?

— Oui, madame, et vous devez comprendre ma douleur.

— Je la comprends. J'ai près du château que nous devons habiter une maisonnette entourée de quelques arpents de terre ; voulez-vous y venir habiter ? Vous resterez Français, vous serez près de nous, et nous aurons soin de vous.

— Ce serait trop de bonheur, madame ; mais vous reprendrez cet argent ?

— Si vous acceptez ma maison.

— Je voudrais vous remercier comme vous le méritez, mais je ne sais comment m'y prendre.

Et deux larmes, deux de ces larmes que le ciel bénit, coulèrent le long de ses joues.

— Si Dieu, dit-il enfin, daigne exaucer la prière d'un pauvre vieillard, il vous rendra heureux, car vous le méritez !

Le repas était terminé ; Jeanne, s'appuyant gracieusement sur le bras du bon vieux Marcou, se fit conduire à l'endroit où George était tombé ; elle voulait voir la place où il avait passé cette horrible nuit ; elle voulait se rendre compte de la disposition des lieux, pour bien comprendre le récit que George lui en avait déjà fait vingt fois.

Pendant ce temps, son mari causait avec le médecin.

— Docteur, lui dit-il, j'éprouve, depuis quelques jours, une douleur sourde dans la cuisse ; là, dit-il, en désignant la partie sensible.

— Voyons, fit le praticien, en passant la main sur l'endroit indiqué, attendez...

— Aïe ! fit George.

— Bonne affaire. Voici mon ordonnance : Vous allez partir pour les Eaux-Bonnes, vous n'y serez pas de quinze jours que la balle, que je n'avais jamais pu découvrir, touchera la peau. Le premier médecin venu vous l'enlèvera d'un coup de bistouri, et vous serez radicalement guéri.

Et comme Jeanne rentrait :

— En venant ici, madame, vous avez seulement pensé

à y faire des heureux, permettez-moi de vous annoncer une grande joie à mon tour : avant un mois votre mari sera complètement débarrassé du projectile qui pouvait lui occasionner plus tard de graves accidents.

— Monsieur de Nuriac, dit le prêtre, vous voyez que vous aviez tort de désespérer. Dieu se plaît souvent à éprouver ses enfants, mais c'est précisément alors que l'on croit tout perdu que tout est sauvé.

Et Thégonnec s'étant approché de Marcou :

— Eh bien ! l'ancien, il paraît que vous allez devenir notre voisin ?

— En effet, grâce à la bonté de Mme de Nuriac.

— J'irai vous voir souvent ; nous causerons d'eux, et nous serons deux pour les aimer.

FIN

TABLE DES MATIÈRES

Angers, imp. Burdin et Cⁱᵉ, rue Garnier 4.

BIBLIOTHÈQUE CHOISIE

NE CONTENANT QUE DES OUVRAGES IRRÉPROCHABLES
POUVANT ÊTRE MIS DANS TOUTES LES MAINS

A

AIMARD (Gustave)

fr. c.

Les Bandits de l'Arizona. 1 vol. in-12 . . . . 3 »

ALAIN DE LA ROCHE

Le Page de la duchesse Anne. 1 vol. in-12 . . . . 2 »

ALTENHEIM (Mme B. d')

Les Marguerites de France. 1 vol. in-12. . . . . 2 »

ANROSAY (Paul d')

Les Montrépan. 1 vol. in-12. . . . . 3 »

ARMOISES (Olivier des)

Le Prêtre. 1 broch. in-8. . . . . » 60

ARVOR (Gabrielle d')

Dent pour dent. 1 vol. in-12. . . . . 2 »

AUDEVAL (Hippolyte)

Le Drame des Champs-Élysées. 1 vol. in-12 . . . . . 2 »
La Dame guerrière. 1 vol. in-12. . . . . 2 »
La Grande Ville. 1 vol. in-12. . . . . 3 »

B

BALLACEY (Henri)

L'Antre des Mystères. 1 vol. in-12. . . . . 2 »
Raphaëla (suite de l'Antre des Mystères). 1 vol in-12. . . 2 50

BALLEYDIER (Alphonse)

BARTHÉLEMY (A. de)

BARTHÉLEMY (Charles)

BEUGNY-D'HAGERUE (G. de)

BOUILLY (J.-N.)

BUET (Charles)

BUSSEROLLE (Louis de)

	fr. c.
Les Deux vallées. 1 vol. in-12..	2 »

C

CANTEL

Le Roi Polycarpe. 1 vol. in-12 . . . . 3 »

CARPENTIER (Em.)

Les Jumeaux de Lusignan. 1 vol. in-12. . . . . . . 2 »
Mémoires de Barbe-Bleue. 1 vol. in-12. . . . . . . 2 »
Les Vaillants cœurs. 1 vol. in-12. . . . . 2 »

CASSAN (Mᵐᵉ Marie)

Les Jeudis de Germain et de Marinette. 1 vol. in-12. . . . 2 »
Comment on devient millionnaire. 1 vol. in-12. . . . . 3 »

CAUVIN (Jules)

Les Proscrits de 93. 1 vol. in-12. . . . . 3 »

CHANDENEUX (Claire de)

Les Ronces du chemin. 1 vol. in-12. . . . . 2 »
Les Terreurs de lady Suzanne. 1 vol. in-12. . . . . . 3 »
Val-Regis la Grande. 1 vol. in-12. . . . . 3 »
Vaisseaux brûlés. 1 vol. in-12.. . . . . 3 »
Cléricale. 1 vol. in-12. . . . . 3 »
La Vengeance de Geneviève. 1 vol. in-12 . . . . . . 3 »

CHATEAUBRIAND

Études historiques, suivies du Voyage en Amérique. 1 vol. in-12. . . . . 2 »
Le Génie du Christianisme, édition revue. 1 vol. in-12. . . 2 »
Itinéraire de Paris à Jérusalem, édition revue. 1 vol. in-12. 2 »
Les Martyrs, édition revue. 1 vol. in-12. . . . . . . 2 »

CHAUVIGNÉ (A. DE)

	fr. c.
Recueil dramatique pour jeunes gens. 1 vol. in-12. . . .	3 50
Théâtre de jeunes filles. 1 vol. in-12.	3 50
Une conversion sous Dioclétien, drame en 3 actes. . . .	» 60

CHEVÉ

Histoire complète de la Pologne. 2 vol. in-12.	4 »

COLLAS (LOUIS)

Jean Bresson. 1 vol. in-12.	3 »

COOPER (FENIMORE)

ÉDITION CORRIGÉE

Le Cratère ou le Robinson américain. 1 vol. in-12. . . .	2 »
Le Corsaire rouge. 1 vol. in-12.	2 »
Le Dernier des Mohicans. 1 vol. in-12.	2 »
L'Écumeur de mer. 1 vol. in-2.	2 »
Le Lac Ontario. 1 vol. in-12.	2 »
Les Pionniers. 1 vol. in-12.	2 »
La Prairie. 1 vol. in-12.	2 »
Le Tueur de daims. 1 vol. in-12.	2 »

CORDIER (ALPHONSE)

A travers la France, l'Italie, la Suisse et l'Espagne. 1 vol. in-12.	2 »
Aventures d'une mouche 1 vol. in-12.	2 »
Madame Élisabeth de France, ses vertus, son martyre. 1 vol. in-12.	2 »

CROLLALANZA (G. DE)

Les Compagnons de la chausée. 1 vol. in-12.	3 »

COWLEY (MARIE WILSON)

L'Irlande à vol d'oiseau, traduit des Mémoires de sir Charles Gavan Duffi. 1 vol. in-12.	2 »

D

DARCHE (JEAN)

fr. c.

Feminiana. 1 vol. in-12. . . . . 2 50

DARVILLE (LUCIEN)

Le Commencement de la fin. 1 vol. in-12. . . . . 1 »

DAVID (L'ABBÉ)

Petites études sur les Livres saints. 1 vol. in-12. . . . . 2 »

DELMAS (JULES)

La Neuvième croisade. 1 vol. in-12. . . . . 3 »

DESLYS (CHARLES)

La Balle d'Iéna. 1 vol. in-12. . . . . 2 »
L'Ami du village (Maître Guillaume). 1 vol. in-12. . . . 2 »
Le Blessé de Gravelotte. 1 vol. in-12. . . . . 2 »

DES PREZ DE LA VILLE-TUAL (Mme)

La Femme d'un avocat. 1 vol. in-12. . . . . 1 50

DEVOILLE (A.)

Andréas ou le Prêtre soldat. 1 vol. in-12 . . . . 2 »
Apostats et Martyrs. 1 vol. in-12. . . . . 2 »
L'Astre du soir. 1 vol. in-12. . . . . 2 »
La Bohémienne. 1 vol. in-12. . . . . 2 »
Le Cercle de fer. 1 vol. in-12. . . . . 2 »
La Charrue et le Comptoir. 1 vol. in-12. . . . . 2 »
Le Château de Maîche. 1 vol. in-12 . . . . 2 »
La Cloche de Louville. 1 vol. in-12 . . . . 2 »
Les Croisés. 2 vol. in-12. . . . . 4 »
La Croix du Sud. 1 vol. in-12. . . . . 2 »
La Dame de Chatillon. 1 vol. in-12. . . . . 2 »
Déception. 1 vol. in-12. . . . . 2 »
Les Deux Lyonnais. 1 vol. in-12. . . . . 2 »
Les Deux ombres. 1 vol. in-12. . . . . 2 »
Échos de ma lyre. 1 vol. in-12. . . . . 2 »

	fr. c.
L'Enfant de la Providence. 1 vol. in-12.	2 »
L'Étoile du matin. 1 vol. in-12.	2 »
L'Exilée. 1 vol. in-12	2 »
La Fiancée de Besançon. 2 vol. in-12.	4 »
Le Fruit de l'arbre. 1 vol. in-12.	2 »
Iréna, la vierge lyonnaise. 2 vol. in-12.	4 »
Lucie de Poleymieux. 1 vol. in-12.	2 »
Mémoires d'un ancien serviteur. 1 vol. in-12.	2 »
Mémoires d'un curé de campagne. 1 vol. in-12.	2 »
Mémoires d'un vieux paysan. 1 vol. in-12.	2 »
Mémoires d'une mère de famille. 1 vol. in-12.	2 »
L'Œil d'une mère. 1 vol. in-12.	2 »
Les Ouvriers. 1 vol. in-12.	2 »
Le Parjure. 1 vol. in-12.	2 »
Le Paysan soldat. 1 vol. in-12.	2 »
La Prisonnière de la tour. 1 vol. in-12.	2 »
Les Prisonniers de la Terreur. 1 vol. in-12	2 »
Le Proscrit. 1 vol. in-12.	2 »
Le Rendez-vous de famille. 1 vol. in-12.	2 »
Le Renégat. 1 vol. in-12.	2 »
Le Sac de Rome. 1 vol. in-12.	2 »
Le Siège de Paris. 1 vol. in-12.	2 »
Le Solitaire de l'île Barbe. 1 vol. in-12.	2 »
Les Suites d'un caprice. 1 vol. in-12.	2 »
Le Terroriste. 1 vol. in-12	2 »
Le Tour de France. 1 vol. in-12	2 »
Un Intérieur. 2 vol. in-12.	4 »
Un Rêve. 1 vol. in-12.	2 »
Vengeance. 2 vol. in-12.	4 »

DIDIER (ÉDOUARD)

| La Petite Modeste. 1 vol. in-12. | 2 » |

DROHOJOWSKA (Mᵐᵉ)

| Les Faux visages. 1 vol. in-12 | 2 » |

DUBOIS (CHARLES)

| Madame Agnès. 1 vol. in-12 | 2 » |
| Sophie. 1 vol. in-12. | 3 » |

DU CAMPFRANC (M.)

fr. c.

I Édith. 1 vol. in-12 . . . . 2 »

DU VALLON (Georges)

M Natalie Koumiarof. 1 vol. in-12 . . . . 2 »
O Chez les Magyars. 1 vol. in-12 . . . . 2 »
J Libre penseuse!... 1 vol. in-12 . . . . 2 »

E

ÉNAULT (Louis)

J La Circassienne. 2 vol. in-12 . . . . 6 »

ESSARTS (Alf. des)

J Le Roman d'un vieux garçon. 1 vol. in-12 . . . . 3 »

EXAUVILLEZ (B. d')

H Histoire de l'abbé de Rancé, réformateur de la Trappe.
1 vol. in-12 . . . . 2 50

F

FÉVAL (Paul)

O Contes de Bretagne. 1 vol. in-12 . . . . 3 »

FLEURIOT (Mlle Zénaïde)

A Aigle et Colombe. 1 vol. in-12 . . . . 3 »
H Histoires pour tous. 1 vol. in-12 . . . . 2 »
I Les Mauvais jours. 1 vol. in-12 . . . . 2 »

FOË (Daniel de)

A Aventures de Robinson Crusoé. 1 vol. in-12 . . . . . . 2 »

FONTENELLES (Jacques de)

I Le Baron de Kœnig. 1 vol. in-12 . . . . 2 »

FRANCO (le R. P. Joseph)

fr. c.
Trois nouvelles. 1 vol. in-18. . . . . 1 75

G

GIRON (Aimé)

Le Manoir de Meyrial. 1 vol. in-12. . . . . 3 »

GODINEAU (Abbé Fréd.)

Perles et Joyaux spirituels pour les jeunes personnes.
1 vol. in-16 . . . . 2 »

GONDRY DU JARDINET

La Vierge de Walcourt. 1 vol. in-18. . . . . » 60

GOURAUD (Mlle Julie)

Esquisses morales. 1 vol. in-18. . . . . 1 75

GRANGE (Jean)

Histoire d'un jeune homme. 1 vol. in-12. . . . . 3 »
Ville et Village. 1 vol. in-12. . . . . 3 »
Le Trésor du souterrain. 1 vol. in-12. . . . . 2 »
Les Révélations d'un sacristain. 1 vol. in-12. . . . . 2 »
La Justice du duc de Brunswick. 1 vol. in-18 . . . . . 1 25
Journal d'un ouvrier. 1 vol. in-12. . . . . 2 »
Notes d'un commis-voyageur. 1 vol. in-12 . . . . 2 »

GUERRIER DE HAUPT (Mlle Marie)

Un Châtelain au XIXe siècle. 1 vol. in-12. . . . . . . 2 »
Le Roman d'un athée. 1 vol. in-12. . . . . 3 »

H

HANN-HANN (Ctesse Ida de)

Quatre portraits. 1 vol. in-18. . . . . 1 75

HELHEM (C.)

fr. c.

Madame de Marnay. 1 vol. in-12 . . . . 3 »

HERMEREL (Séraphie d')

Loisirs des Casseaux. 1 vol. in-18 . . . . 1 50

J

JOUSSE (Gustave)

Vive la France! 1 vol. in-12 . . . . 2 »

K

KARR (Th.-Alphonse)

Souvenirs d'hier et d'autrefois. 1 vol. in-12 . . . . 2 »

KERLYS (Jean de)

Les Enfants d'Ernée. 1 vol. in-12 . . . . 2 »
T. F. 1 vol. in-12 . . . . 2 »

KERNAC (Eliane de)

Sylvinette. 1 vol. in-12 . . . . 2 »

L

LABUTTE

Entretiens populaires sur l'histoire de France. 1 v. in-12. 2 »

LACHÈSE (Mlle Marthe)

La Pupille de Salomon. 1 vol. in-12 . . . . 3 »
Le Mariage de Renée. 1 vol. in-12 . . . . 3 »
Maitre Le Tianec. 1 vol. in-12 . . . . 3 »

LALAING (Ed. de)

L'Interne du Val-de-Grâce. 1 vol. in-12 . . . . 2 50

LAMOTHE (A. DE)

	fr.	c.
Les Camisards suivis des Cadets de la Croix. 3 vol. in-12 illustrés	6	»
Les Faucheurs de la Mort. 2 vol. in-12.	4	»
Idem. 1 vol. gr. in-8 illustré	4	50
Les Martyrs de la Sibérie. 4 vol. in-12 illustrés.	8	»
Histoire d'une Pipe. 2 vol. in-12 illustrés	4	»
Marpha. vol. in 12	4	»
Les Soirées de Constantinople. 1 vol. in-12.	2	50
Histoire populaire de la Prusse. 1 vol. in-12.	1	50
Les Mystères de Machecoul. 1 vol. in-12.	2	»
Le Gaillard d'arrière de la Galathée. 1 vol. in-12	2	
Légendes de tous pays. Les Animaux. 1 vol. in-12 illustré de 100 gravures.	3	»
Mémoires d'un déporté à la Guyane française. 1 v. in-18.	»	60
L'Orpheline de Jaumont. 1 vol. in-12.	3	»
Le Taureau des Vosges. 1 vol. in-12.	2	50
Aventures d'un Alsacien prisonnier en Allemagne. 1 vol. in-12.	2	»
Journal de l'Orpheline de Jaumont. 1 vol. in-12.	1	50
L'Auberge de la Mort. 1 vol. in-12.	2	50
La Reine des Brumes et l'Émeraude des Mers. 1 v. in-12.	3	»
Les Métiers infâmes. 1 vol. in-12	3	»
Le Roi de la nuit. 2 vol. in-12.	5	»
Les Compagnons du Désespoir. 3 vol. in-12.	6	»
Pia la San Pietrina. 2 vol. in-12	5	»
Les Fils du martyr. 1 vol. in-12	2	50
Les Deux Romes. 1 vol. in-12	3	»
Le Proscrit de Camargue. 1 vol. in-12	3	»
La Fille du Bandit. 1 vol. gr. in-8 de 800 pages, illustré de 500 gravures.	10	»
Le Secret du Pôle. 1 vol. in-12.	3	»
Le Cap aux Ours. 1 vol. in-12.	3	»
Le Fou du Vésuve. 1 vol. in-12.	3	»
Les Secrets de l'Océan.		
1re partie : Le Capitaine Ferragus. 1 vol. in-12.	3	»
2e partie : Fleur des Eaux. 1 vol. in-12	3	»
A travers l'Orient : de Marseille à Jérusalem. 1 vol. in-12.	3	»

fr. c.

Fœdora la Nihiliste. 1 vol. in-12. . . . . 3 »
Nadiége, roman sur le Nihilisme, 1 vol. in-12 . . . . . 3 »
Le Puits sanglant (épisode de la Michelade à Nîmes). 1 vol.
in-12 . . . . 3 »
Patrick O'Byrn. 1 vol. in-12. . . . . 2 »

LANDER (JEAN)

Marguerites en fleurs. 1 vol. in-18. . . . . 1 75

LANGLOIS (HIPPOLYTE)

Jean le Solognot. 1 vol. in-12 . . . . 3 »

LASSERRE (HENRI)

Les Serpents. 1 vol. in-12. . . . . 1 75

LATOUR (Cᵗᵉ DE)

Les Tolnay. 1 vol. in-18. . . . . 1 75

LE BOURGEOIS (Mˡˡᵉ MARIE)

La Goutte de miel. 1 vol. in-12. . . . . 3 »

LEPAGE (A.)

Les Boutiques d'esprit. 1 vol. in-12. . . . . 3 50

LE PRÉVOST (MAURICE)

Les Misérables d'autrefois. 1 vol. in-12. . . . . 2 »
Annuaire des œuvres de jeunesse et de patronage. 1 vol.
in-12 . . . . 3 »

LOISEAU DU BIZOT

Veillées amusantes. 1 vol. in-12. . . . . 2 »

LOYSEAU (JEAN)

Bas les masques. 1 vol. in-12. . . . . 2 »

AIMARD (GUSTAVE)

Les Bandits de l'Arizona. 1 v. in-12 3 »

ALAIN DE LA ROCHE

Le Page de la duchesse Anne. 1 vol.
in-12. 2 »

ALTENHEIM (Mme B. D')

Les Marguerites de France. 1 vol.
in-12 2 »

ANROSAY (PAUL D')

Les Montrépan. 1 vol. in-12 3 »

ARMOISES (OLIVIER DES)

Le Prêtre. 1 broch. in-8 » 60

ARVOR (GABRIELLE D')

Dent pour dent. 1 vol. in-12 2 »

AUDEVAL (HIPPOLYTE)

Le Drame des Champs-Élysées. 1 vol.
in-12. 2 »
La Dame guerrière. 1 vol. in-12. 2 »
La Grande Ville. 1 vol. in-12. 3 »

BALLACEY (HENRI)

L'Antre des Mystères. 1 v. in-12 2 »
Raphaëla (suite de l'Antre des Mystères)
1 vol. in-12. 2 50

BALLEYDIER (ALPHONSE)

Veillées de famille. 1 vol. in-12. 2 »
Veillées de vacances. 1 vol. in-12. 2 »
Veillées du peuple. 1 vol. in-12. 2 »
Veillées du presbytère. 1 vol. in-12. 2 »
Veillées maritimes. 1 vol. in-12. 2 »
Veillées militaires. 1 vol. in-12 2 »

BARTHÉLEMY (A. DE)

Jacques de Morangeais. 1 vol. in-12. 2 50
Pierre le Peillarot. 1 vol. in-12. 2 50
L'Affiquet de la Marquise. 1 vol.
in-12. 2 50

BARTHÉLEMY (CHARLES)

Voltaire et Rousseau jugés l'un par
l'autre. 1 vol. in-12 2 »
Erreurs et mensonges historiques.
16 vol. in-12 32 »
Chaque volume se vend séparément. 2 »

...GNY-D'HAGERUE (G. DE)

in-12. 3 »
...lerin. 1 vol. in-12. 1 50

...UILLY (J.-N)

...fille. 1 vol. in-12. 2 »

BUET (CH...

Le Crime de...
in-12
Les Rois du Pays d'or...
Les Chevaliers de...
1 vol. in-12.
L'Honneur du nom...
Philippe, Monsieur. 1 vol...
Le Maréchal de Montrevel...
in-12
Hauteluce et Blanchelaine...
François le Balafré. 1 vol. in...
La Dame Noire de My...

BUSSEROLLE (...

Les deux vallées. 1 vol. in...

GANTEL...

Le Roi Polycarpe. 1 vol. in...

CARPENTIER (...

Les Jumeaux de Lusi...
in-12.
Mémoires de Barbe-Bleue...
Les Vaillants cœurs. 1 v. in-12

CASSAN (Mme MARIE)

Les Jeudis de Germaine...
1 vol. in-12
Comment on devient millionnaire...
in-12

CAUVIN (JULES)

Les Proscrits de 93. 1 vol. in-12

CHANDENEUX (CLAIRE...

Les Ronces du chemin. 1 vol. in-12
Les Terreurs de lady...
in-12
Val-Regis la Grande. 1 vol. in-12
Vaisseaux brûlés. 1 vol. in-12
Cléricale. 1 vol. in-12
La Vengeance de Germaine...
in-12

CHATEAUBRIAND

Études historiques, suivies...
en Amérique. 1 vol. in-12
Le Génie du Christianisme, édi...
vue. 1 vol. in-12
Itinéraire de Paris à Jérusalem...
tion revue. 1 vol. in-12
Les Martyrs, édition revue...
in-12

CHAUVIGNÉ (A. DE)

Recueil dramatique pour...
gens. 1 vol. in-12.
Théâtre de jeunes filles. 1 vol
Une conversion sous Dioclé...
drame en 3 actes.

— Imp. de l'Étoile, Boudet, directeur, rue Cassette, 1.

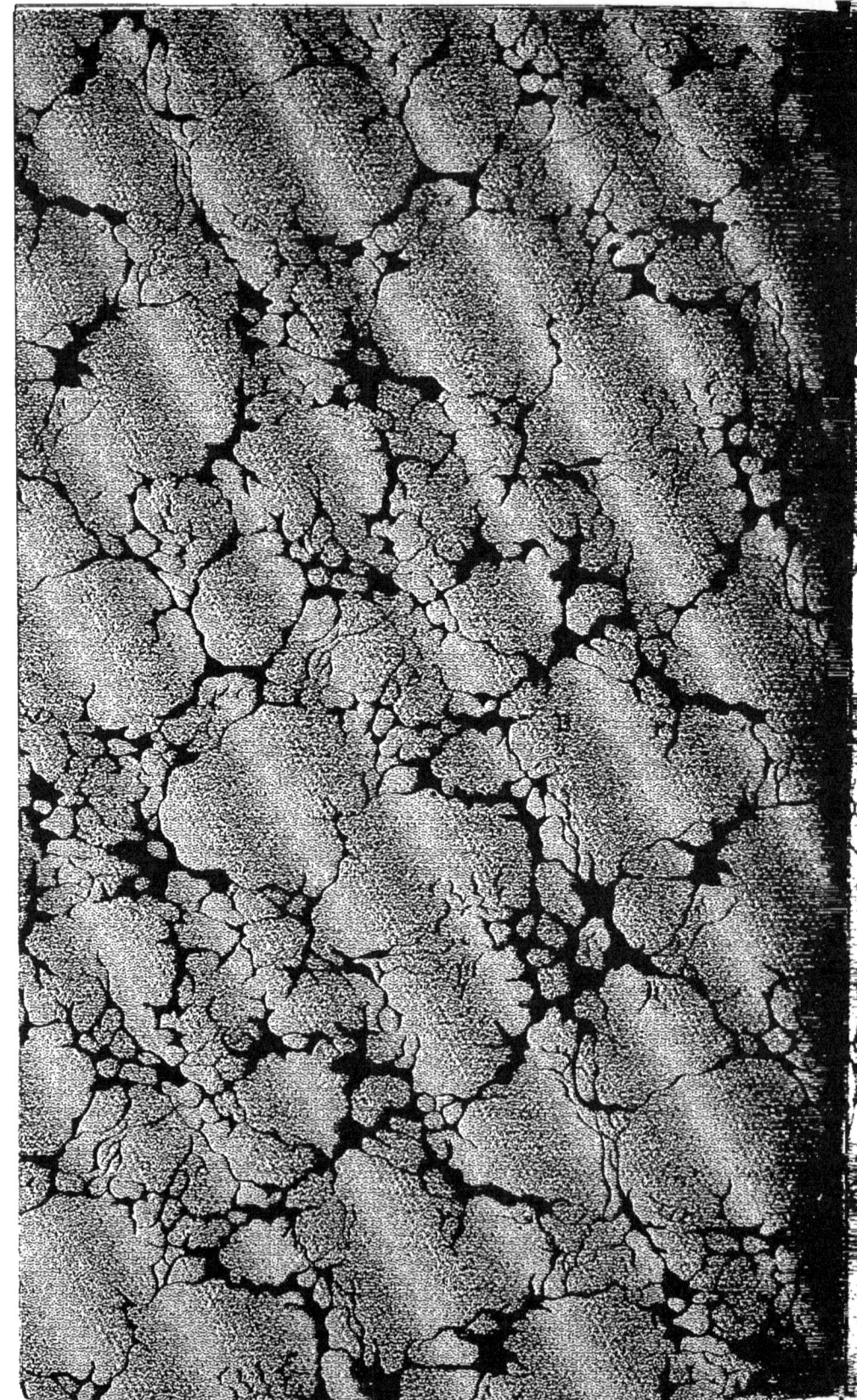

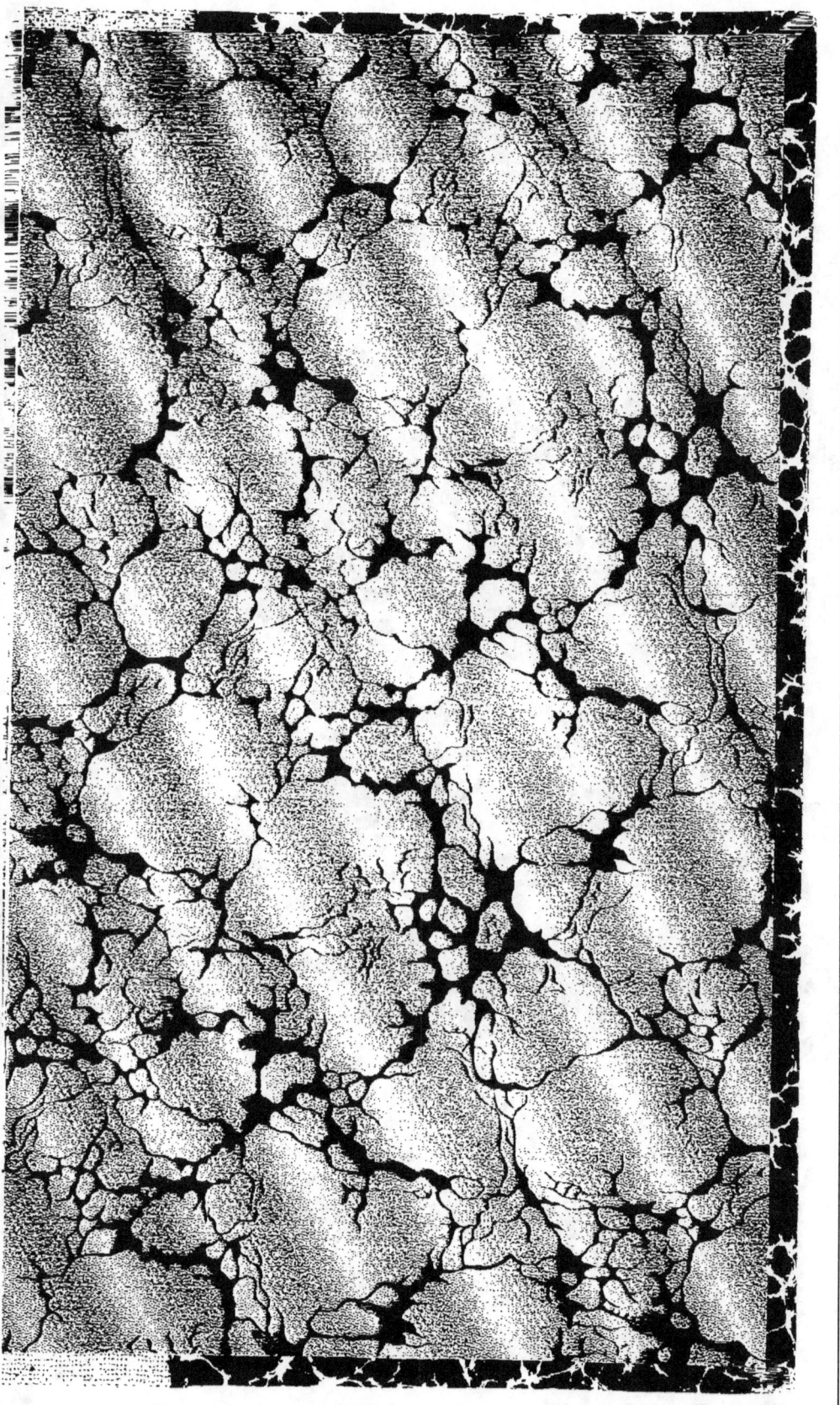

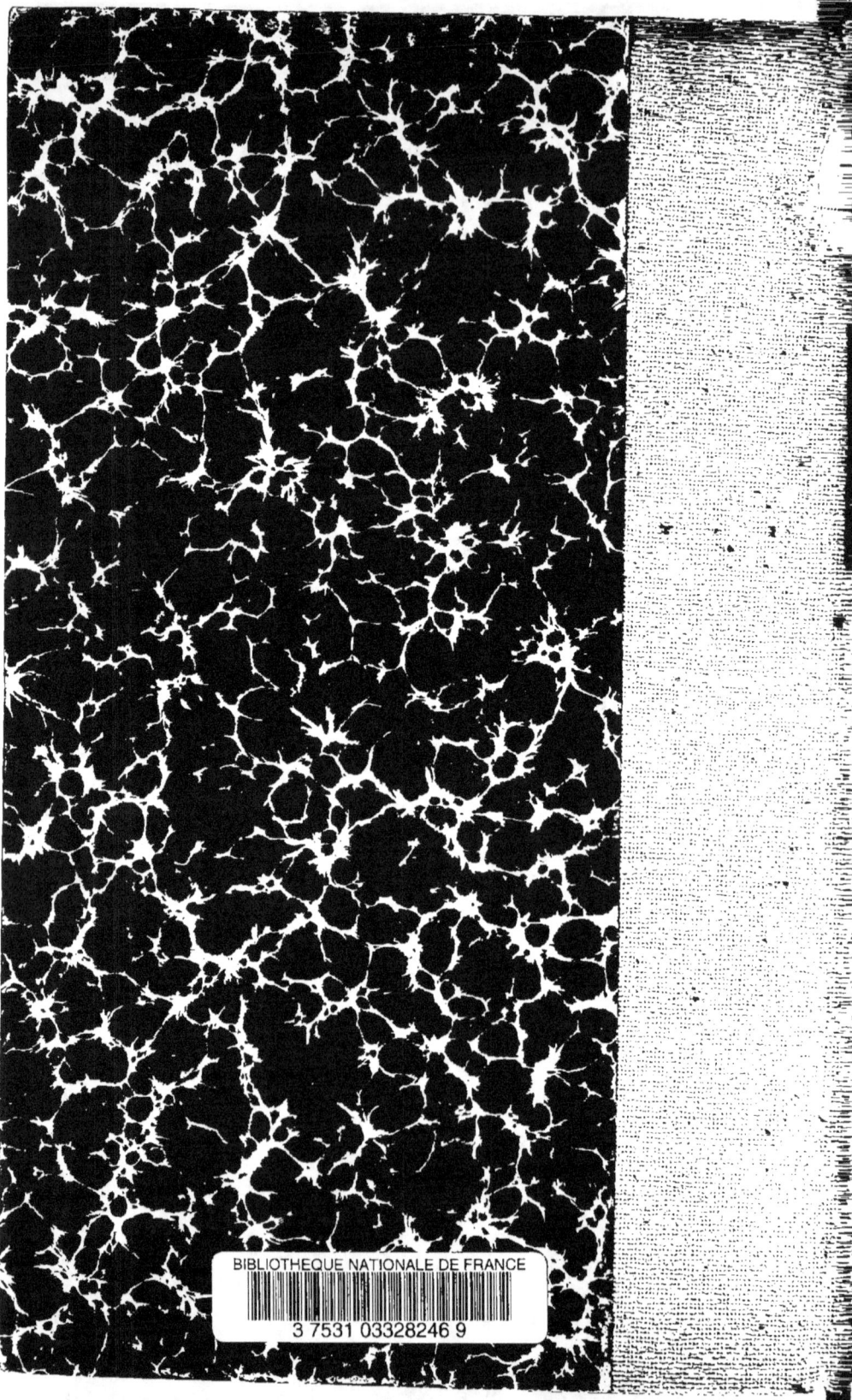

www.ingramcontent.com/pod-product-compliance
Lightning Source LLC
Chambersburg PA
CBHW070456030726
47503CB00004B/1068